山水田园卷

性本爱丘山

历代诗词分类鉴赏

周啸天 主编

天地出版社 | TIANDI PRESS

图书在版编目（CIP）数据

性本爱丘山 / 周啸天主编. —成都：天地出版社，
2025.6
（历代诗词分类鉴赏）
ISBN 978-7-5455-7522-4

Ⅰ. ①性… Ⅱ. ①周… Ⅲ. ①诗词—诗歌欣赏—中国
Ⅳ. ①I207.2

中国版本图书馆CIP数据核字（2025）第250320号

XING BEN AI QIUSHAN

性本爱丘山

出 品 人	杨　政
主　　编	周啸天
责任编辑	杨　露
责任校对	曾孝莉
封面设计	叶　茂
版式设计	张迪茗
内文排版	成都新和平文化传播有限公司
责任印制	王学锋

出版发行	天地出版社
	（成都市锦江区三色路238号　邮政编码：610023）
	（北京市方庄芳群园3区3号　邮政编码：100078）
网　　址	http://www.tiandiph.com
电子邮箱	tianditg@163.com
经　　销	新华文轩出版传媒股份有限公司

印　　刷	北京天宇万达印刷有限公司
版　　次	2025年6月第1版
印　　次	2025年6月第1次印刷
成品尺寸	710mm×1000mm　1/16
印　　张	22.25
字　　数	287千
定　　价	98.00元
书　　号	ISBN 978-7-5455-7522-4

版权所有◆违者必究

咨询电话：（028）86361282（总编室）
购书热线：（010）67693207（营销中心）

如有印装错误，请与本社联系调换。

　　田园与山水，不仅供给人们的衣食之需，而且从其作为文学的题材那一天开始，也成了人们艺术精神活动的一方家园。仁者乐山，智者乐水——"此中有真意，欲辨已忘言"。

　　千百年来，描绘田园山水自然风光的作品，千汇万状，千姿百态——雄奇、瑰丽、清幽、空灵、真朴、简淡——美感纷呈，承载着博大深厚的思想意识、超凡脱俗的精神气质、丰富饱满的审美情感、闲逸多姿的人生趣味，及生动传神的艺术表现。

　　绿色环境产生绿色的诗，看看杜甫笔下的锦江风光："舍南舍北皆春水，但见群鸥日日来""清江一曲抱村流，长夏江村事事幽。自去自来堂上燕，相亲相近水中鸥"……

　　而今天江岸的巨幅标语是：还两江清水，造一片绿荫。锦江重温旧梦，不会为时太远吧？

目次

●《诗经》，我国最早的诗歌总集，本称《诗》，儒家列为经典，汉时独尊儒术，始称《诗经》。共收西周初年至春秋中叶的民歌和朝庙乐章歌辞305篇，另有笙诗6篇有目无诗。全书按音乐分风、雅、颂三类（一说分风、小雅、大雅、颂四体）。汉代传诗者有齐、鲁、韩、毛四家，今传《诗经》为"毛诗"。

◇周南·芣苢

采采芣（fú）苢（yǐ），薄言采之。采采芣苢，薄言有之。

采采芣苢，薄言掇（duō）之。采采芣苢，薄言捋（luō）之。

采采芣苢，薄言袺（jié）之。采采芣苢，薄言襭（xié）之。

这是周代南方妇女在劳动中即兴歌唱的山歌。以"韵分三章，章四句；然每二句只换一字，实六章，章二句也"（姚际恒），在《诗经》中是很独特、很值得注目的一首。

诗中主题句——"采采芣苢"的"采采"二字，郑笺为"非一辞也"，孔疏为"见其采者多也"，故今流行的《诗经》选本或译本，多

释作"采了又采"。这其实是很成问题的。首先，《诗经》的叠字多见于形容词（如"灼灼""依依"）、名词（如"燕燕"）、拟声词（如"喈喈""喓喓"）等，动词复叠，似不二见（"采采卷耳"的"采采"，则与此实属一例）。这是一个疑点。其次，《诗经》中"采采"一词凡四见，即本篇"采采芣苢"、《卷耳》"采采卷耳"、《蒹葭》"蒹葭采采"、《蜉蝣》"采采衣服"。后二例比照同一诗中叠咏对应的诗句"蒹葭苍苍""衣裳楚楚"，可知"采采"为形容词无疑。则此芣苢、卷耳的"采采"应一例类推，故陈子展译为"形形色色的车前草"；而闻一多释为"犹粲粲也"，尤为通达，用之四句而皆准。因此，"采采芣苢"是对劳动对象状貌的歌咏，也可以说是触物起情，属于兴象之列。其中饱含着劳动者获取植物的愉快，是素朴而很有感染力的诗句。

　　妇女采集车前子是一种古老的习俗，系于繁衍种族的观念，因为相传食能受胎生子，且可治难产。诗序解题说"和平则妇人乐有子矣"，韩诗及汉以来论诗者亦皆缘芣苢宜子立说，是不错的。因此当芣苢粲粲结子之时，妇女们结伴而出，竞相采撷，其情绪是相当兴奋的，场面是尤其热烈的。闻一多通过想象描述了这样一幅动人的情景："揣摩那是一个夏天，芣苢都结了了，满山谷是采芣苢的妇女，满山谷响着歌声。这边人群中有一个新嫁的少妇，正捻那希望的玑珠出神，羞涩忽然潮上她的靥辅，一个巧笑，急忙地把它揣在怀里了，然后她的手只是机械似的替她摘，替她往怀里装，她的喉咙只随着大家的歌声唝着歌声——一片不知名的欣慰，没遮拦的狂欢。不过，那边山坳里，你瞧，还有一个佝偻的背影。她许是一个中年的硗确的女性。她在寻求一粒真实的新生的种子，一个祯祥，她在给她的命运寻求救星，因为她急于要取得母亲的资格以稳固她的妻的地位。"这段由诗还原生活的描画，对于读者真切地体味这歌谣字面下深藏的意蕴，是大有帮助的。

　　鲁迅曾幽默地论及诗歌起源于劳动："我们的祖先的原始人，原是连话也不会说的，为了共同劳作，必须发表意见，才渐渐地练就复杂的声音来，假如那时大家抬木头，都觉得吃力了，却想不到发表，其中有一个叫道'杭育杭育'，那么，这就是创作；大家也要佩服，应用的，这就等于出版；倘若用什么记号留存下来，这就是文学。"《芣苢》一诗比"杭育杭育派"自然是高明多了——它虽然是两句成一节拍，不断反复，但毕竟有形象的描绘与动词的屡换，然而在情不自禁地通过反复的有节奏的歌声，去协调那反复的有节奏的动作，去模仿自身与自然的关系这一点上，它和"杭育杭育派"还是一脉相通的。

"口唱山歌手不闲。"在《芣苢》中，劳动者灵巧的手上动作，也就成了即兴歌唱取材的对象。诗"实六章，章二句"，每章变换的就在一个动词，一共变换了六个字：采、有、掇、捋、袺、襭。这六字可以细分为三组，采、有（有即采得），是对采集最一般性的描述，概括得不具体；掇、捋，是对手的动作的具体描写，或一颗一颗地拾，或一把一把地抹，写来很真切很生动，是没有劳动经验者难以捕捉到的动词；袺、襭，这两个"衣"部的字，是对用裙襟盛取芣苢的动作的具体描写，或是手提衣襟而往里揣，或是掖起衣襟来兜着，从采写到盛，暗合劳动实际操作程序，它取自生活，是不必用意而自工的神来之笔。由此我们又发觉，这首口头创作的歌在笔录为诗时分为三章，也是深具匠心的。

"采采芣苢"描绘了景物，六个动词则表现了劳动的情态，虽然简到不能再简，但诗还是速写似的展现了一幅动人的劳动画面。"读者试平心静气，涵泳此诗，恍听田家妇女，三三五五，于平原绣野、风和日丽中群歌互答，余音袅袅，若远若近，忽断忽续，不知其情之何以移而神之何以旷。"（方玉润《诗经原始》）可见此诗虽然语言不多，但有点睛之妙，"自鸣天籁，一片好音"，故能启发读者展开生动的联想。当然，这些三五成群，愉快劳作的妇女，不是一般的"拾菜讴歌"，而是怀着强烈的母性的渴望，功利的目的；她们摘着芣苢，唱着《芣苢》，心里荡漾着虔诚与激情，默默地祈祷着神灵的赐福。较之后世跪倒在"送子娘娘"香火前的妇女，同样抱着无限希望，却有着不可比拟的奔放愉悦之感。

这样产生于自然与生命的乐章，具有不可仿效的魅力。袁枚《随园诗话》云："三百篇如'采采芣苢，薄言采之'之类，均非后人所当效法。……章辖斋戏仿云'点点蜡烛，薄言点之。剪剪蜡烛，薄言剪之'

闻者绝倒。"东施效颦，适增其丑，此之谓也。

（周啸天）

◇小雅·无羊

　　谁谓尔无羊？三百维群。谁谓尔无牛？九十其犉（chún）。尔羊来思，其角濈濈。尔牛来思，其耳湿湿。

　　或降于阿，或饮于池，或寝或讹。尔牧来思，何蓑何笠，或负其糇（hóu）。三十维物，尔牲则具。

　　尔牧来思，以薪以蒸，以雌以雄。尔羊来思，矜矜兢兢，不骞不崩。麾之以肱（gōng），毕来既升。

　　牧人乃梦，众维鱼矣，旐（zhào）维旟（yú）矣。大人占之：众维鱼矣，实维丰年；旐维旟矣，室家溱溱。

这是《诗经》中描写畜牧活动的两首诗之一。

首章写牛羊的蕃盛。以"谁谓尔无羊""谁谓尔无牛"连发两问开篇，是相对于昔日的无羊无牛而言。方玉润谓"是前此凋耗，今始蕃育口气"（《诗经原始》），极是。"三百维群"，而何止一群；"九十其犉（七尺大牛）"，而不足七尺者尚多。句中饱含对牧业生产发展的自豪。以下四句描写赶着牛羊到牧地的情态。羊牛成群上路（来思），远远看去牛羊角挨角，边走边摇耳朵，犹如人群人头攒动一般，煞是生动。

二、三章写放牧活动，方玉润说："以下人物杂写，或牛羊并题，或牛羊浑言，或单咏羊不咏牛，而牛隐寓言外。总以牧人经纬其间，以见人物并处，两相习自不觉其两相忘耳。其体物入微处，有画手所不能到。"（《诗经原始》）两章亦略有区别，盖二章从牲畜说到牧人。先写到了牧地，牛羊相对散开，以四个"或"字，着眼于牲口个体的活动，有的下坡吃草，有的就湖饮水，有的卧下歇息，有的在草地撒欢。接着出现牧人形象，着重表现其风餐露宿的辛劳——荷蓑戴笠、背负干粮。末二句说牛羊品种很多，祭品不用犯愁。因为当时宰杀牲口，主要用途之一就是祝福献祭，兼饱口福。

三章从牧人说到牲口。先说牧人除了放牧，还兼樵薪拾柴，同时留意选种交配（或释"以雌以雄"为猎鸟，似无关乎雌雄）。再写转移牧地，羊群（兼关牛群）又开始走动，争先恐后地紧跟在头羊的后边，生怕掉队挨鞭子，或落入豺狼之口，所以矜矜兢兢，不少一个。牧人挥动胳臂，吹响口哨，头羊上坡，羊群也跟着转向。写其指挥如意，是诗人妙于观察的得意之笔。

四章写牧人之梦，是一奇笔。关于梦的内容，因为年代久远，当时民俗不得其详，故难求甚解，所以众说纷纭。或解"众"为本字，"旐"为借字，则牧人梦见的是很多的鱼、很多的鸟旗。或解"众"为借字，"旐"为本字，则牧人梦见的是蝗变成鱼，龟旗变成鸟旗。都是改字训释，难定于一。然后是梦的解析，根据梦中之鱼，解析者说是丰年之兆，犹如后人所谓"连年有余"。根据梦中鸟旗，解析者说是添丁进口之兆，这一点跟弗洛伊德的理论有点挨谱。

这首诗给人留下最生动的印象，是其间描绘的放牧图景，以及牧人做的美梦——前者体物入微，而后者匪夷所思，反映了古人对和平的赞美，对幸福的向往。

（周啸天）

●淮南小山，西汉淮南王刘安一部分门客的统称。他们的作品有《招隐士》一篇，收入王逸《楚辞章句》中，王逸说是为"悯伤屈原"而作。但《文选》则题刘安作。

◇招隐士

桂树丛生兮山之幽，偃蹇连蜷兮枝相缭。山气巃嵸（lóngzōng）兮石嵯峨，谿谷崭岩兮水曾波。猿狖群啸兮虎豹嗥，攀援桂枝兮聊淹留。王孙游兮不归，春草生兮萋萋。岁暮兮不自聊，蟪蛄鸣兮啾啾。

坱（yǎng）兮轧，山曲岪（fú），心淹留兮恫慌忽。罔兮沕（mì），憭兮栗，虎豹穴，丛薄深林兮人上慄。嵚岑（qīncén）碕礒（qǐyǐ）兮，碅磳（jūnzēng）魁硊（kuǐwěi）。树轮相纠兮，林木茷骫（báwěi）。青莎杂树兮，薠（fán）草霖（suǐ）靡。白鹿麏麚（jūnjiā）兮，或腾或倚。状貌崟（yín）崟兮峩峩，凄凄兮漇（xǐ）漇。猕猴兮熊罴，慕类兮以悲。攀援桂枝兮聊淹留，虎豹斗兮熊罴咆。禽兽骇兮亡其曹。王孙兮归来，山中兮不可以久留！

清人刘熙载论辞赋，谓"屈子以后之作，志之清峻，莫如贾生《惜誓》；情之绵邈，莫如宋玉'悲秋'（指《九辩》）；骨之奇劲，莫如淮南《招隐士》"（《艺概·赋概》）。

此赋创作意图，题目明标"招隐士"，而汉人王逸谓是"闵伤屈原"（《楚辞章句》）。逐臣与隐士，本不得混为一谈。不过，既然"山中兮不可以久留"，何以"王孙游兮不归"？看来不会仅是因了泉石膏肓、烟霞痼癖的缘故，或许也有不合流俗、招致迫害的原因。

不过赋中对此并无详细交代，亦不必深求。作者着意只在刻画隐士所处的周边环境，山林中的幽深境界。刘熙载说："宋玉《招魂》，在楚辞为尤多异彩。约之，亦只两境：一可喜，一可怖而已。"（《艺概·赋概》）移作此赋的评语，也很恰当。

此赋极短，但叠用奇字，故并不好读。明人胡应麟说："屈宋诸篇，虽道深闳肆，然语皆平典。至淮南《招隐》，叠用奇字，气象雄奥，风骨棱嶒。拟骚之作，古今莫殆。"（《诗薮·内编一》）不过这些奇字，大多用于对自然环境的形容，而赋中的主题句"王孙游兮不归，春草生兮萋萋""王孙兮归来，山中兮不可以久留"，却相当平易近人。

而"王孙游兮不归，春草生兮萋萋"，大概是历代诗人词客化用最多的古代名句之一，乃至成为表达相思怀远之情的特殊诗词话语。以唐诗为例，用得较为明显的，如白居易《赋得古原草送别》"又送王孙去，萋萋满别情"；用得较为含蓄的，如崔颢《黄鹤楼》"晴川历历汉阳树，芳草萋萋鹦鹉洲"。无论隐显，只要化用了其字面，多少都包含进了些离别怀思的情绪。

（周啸天）

●张衡（78—139），字平子，东汉河南南阳人。曾在京师洛阳就读太学，后两度任掌管天文的太史令。精通天文历算，创制浑天仪及地动仪，并解释月食成因。著有天文学著作《灵宪》，并善诗赋。有明辑本《张河间集》。

◇归田赋

游都邑以永久，无明略以佐时；徒临川以羡鱼，俟河清乎未期。感蔡子之慷慨，从唐生以决疑。谅天道之微昧，追渔父以同嬉。超埃尘以遐逝，与世事乎长辞。

于是仲春令月，时和气清，原隰郁茂，百草滋荣。王雎鼓翼，鸧鹒哀鸣；交颈颉颃，关关嘤嘤。于焉逍遥，聊以娱情。

尔乃龙吟方泽，虎啸山丘。仰飞纤缴，俯钓长流。触矢而毙，贪饵吞钩。落云间之逸禽，悬渊沉之鲂鳢。

于时曜灵俄景，系以望舒。极般游之至乐，虽日夕而忘劬。感老氏之遗诫，将回驾乎蓬庐。弹五弦之妙指，咏周孔之图书。挥翰墨以奋藻，陈三皇之轨模。苟纵心于物外，安知荣辱之所如。

张衡晚年对宦官专权、朝政腐败的现实深为不满，有感于世路艰难，遂自外荣辱，隐居著书。

开篇直抒胸臆，用"河清乎未期""天道之微昧"等语表露对混乱时世和黑暗朝政的不满，用"感蔡子"（战国时燕国辩士蔡泽曾周游列国，长期不见任用，遂请魏国相士唐举为他看相，预测将来的命运）、"追渔父"等语表露自己不得志的苦闷和不愿同流合污的精神。

作者一生虽未能真正归隐，然而，通过想象，用清新质朴的语言，将归田的种种乐趣描写得十分闲适动人，虽然还不能像陶渊明诗赋那样饱含真实的田园生活体验，却也表现了作者向往自然和自由的高洁志趣。

此赋有三点值得注意：就内容而言，它上承淮南小山《招隐士》，下启陶渊明《归去来兮辞》，是文学史上最早的以田园隐居生活为主题的作品；就形式而言，它是现存的第一篇比较成熟的骈赋；从文学史上看，它是现存东汉第一篇完整的抒情小赋。

（周啸天）

●曹操（155—220），字孟德，小字阿瞒，东汉沛国谯县（今安徽亳州）人。汉末举孝廉，任洛阳北部尉、顿丘令；后拜骑都尉，攻打黄巾军。初平元年（190）参与讨伐董卓之战，实力得以扩充。建安元年（196）奉迎汉献帝定都许昌，拜司空，封武平侯。次第击败袁绍等割据势力，统一中国北方。后失利于赤壁之战。晚年进封魏王。其子曹丕代汉称帝后，追之为魏武帝。其诗慷慨悲凉，全用乐府诗体，对后世影响深远。有明辑本《魏武帝集》。

◇观沧海

东临碣石，以观沧海。水何澹澹，山岛竦峙。树木丛生，百草丰茂。秋风萧瑟，洪波涌起。日月之行，若出其中；星汉灿烂，若出其里。幸甚至哉，歌以咏志。

这首诗录自组诗《步出夏门行》。《步出夏门行》又名《陇西行》，乐府古题。夏门原是洛阳北面西头的城门。曹公借古题以抒今情，诗作于建安十二年北征乌桓得胜回师的途中。

汉末，群雄并起，逐鹿中原，居住在辽西一带的乌桓强盛起来，不时地袭扰中原，成为河北一带的严重边患。建安十年，袁绍死，其子谭、尚逃到乌桓，勾结乌桓统治者多次入塞为患，使曹操处于南北夹逼

（南为割据荆襄的刘表、刘备，割据江东的孙权）的不利境地。为了摆脱被动局面，曹操采用谋士郭嘉的意见，于建安十二年夏率师北征，九月胜利回师，途经碣石等地。曹公御军三十余年，手不释书，登高必赋，于此踌躇满志之际，写下了这组乐府诗。《观沧海》是《步出夏门行》的第一章。

初次见到大海的人，谁能没有一番激动？海太大，大得叫人无从下笔。冰心《往事》写道："每次拿起笔来，头一件事忆起的就是海。我嫌太单调了，常常因此搁笔。每次和朋友们谈话，谈到风景，海波又侵进谈话的岸线里，我嫌太单调了，常常因此沉默，终于无言。"又借弟弟的口说，"海太大了，我太小了""也许是我看的书太少了，中国的诗里，咏海的真是不多；可惜这么一个古国，上下数千年，竟没有一个'海化'的诗人"。说"中国的诗里，咏海的真是不多"，是不错的，但说"上下数千年，竟没有一个'海化'的诗人"，就很难令人同意了，至少曹操就是一个。

这首诗开头两句便是平直叙起，接下来四句是大笔涂抹。作者就像一个速写画家，几根线条先画一片汪洋，再点出中间的几个岛屿，再描上一点草和树，然后就是留白——而水在画处，亦在无画处。

至"秋风萧瑟，洪波涌起"之句，才逐渐加入观海人心中的激情，写出自然与心灵的感应，参比苏词"乱石穿空，惊涛拍岸，卷起千堆雪"及毛泽东"心潮逐浪高"之句，方能领悟其神韵。正因为这种感应，才引起诗人逸想遄飞，脱离写实，而进入宏丽的想象境界："日月之行，若出其中；星汉灿烂，若出其里。"日、月、星汉（银河）好像皆出于大海，是古人的浪漫想象。这是对大海的礼赞——海是这样宇宙般地包容一切呀！站在大海边上，什么虚骄，什么烦恼，什么浮躁，统统都化为乌有。

有什么比大海更能教人虚心的呢？难怪作为胜利者的曹公，口气是这般平和。拙劣的诗人可能会联系一下现实，歌咏战争的胜利，以提高思想意义。而曹公不尔，在大海面前，人的战伐功业，实在不值一提，这才是大手笔。结尾的"幸甚至哉，歌以咏志"本是乐府的套语，但用在这里，其潜台词含有为凯旋而感谢上苍赐福之意，是一种知足的口吻。删去这两句，反会觉得少了点什么。

这首诗从眼前景物——海水、山岛、草木、秋风，写到想象中的日、月、星汉，都是自然的意象，这样纯粹写景的诗，堪称中国文学史上第一首完整的山水诗。第一首就写海，而且由雄才大略的曹操来写，起点甚高。虽是秋兴，却写得沉雄健爽，气象壮阔。这与诗人积极用世的人生观，非凡的气度品格，解除边患后踌躇满志、自信乐观的心情，乃至美学情趣都是紧密相关的。从这个角度说，它又是一首不折不扣的抒情诗。毛泽东《浪淘沙·北戴河》是写海的词，过片云："往事越千年，魏武挥鞭，东临碣石有遗篇。萧瑟秋风今又是，换了人间。"就是对曹操及《观沧海》的高度评价。

（周啸天）

●陶渊明（365—427），一名潜，字元亮，浔阳柴桑（今江西九江西南）人。东晋名臣陶侃曾孙，一生三仕三隐，于彭泽令任内弃官归里，隐居田园，遂不复仕。于宋文帝时卒，友人私谥曰靖节先生。有《陶渊明集》。

◇桃花源诗并记

晋太元中，武陵人捕鱼为业。缘溪行，忘路之远近。忽逢桃花林，夹岸数百步，中无杂树，芳草鲜美，落英缤纷。渔人甚异之，复前行，欲穷其林。林尽水源，便得一山，山有小口，仿佛若有光。便舍船，从口入。初极狭，才通人。复行数十步，豁然开朗。

土地平旷，屋舍俨然，有良田、美池、桑竹之属。阡陌交通，鸡犬相闻。其中往来种作，男女衣着，悉如外人。黄发垂髫，并怡然自乐。见渔人，乃大惊，问所从来。具答之。便要还家，设酒杀鸡作食。村中闻有此人，咸来问讯。自云先世避秦时乱，率妻子邑人来此绝境，不复出焉，遂与外人间隔。问今是何世，乃不知有汉，无论魏晋。此人一一为具言所闻，皆叹惋。余人各复延至其家，皆出酒食。停数日，辞去。此中人语云："不足为外人道也。"

既出，得其船，便扶向路，处处志之。及郡下，诣太守，说如此。太守既遣人随其往，寻向所志，遂迷，不复得路。南阳刘子骥，高尚士也，闻之，欣然规往。未果，寻病终。后遂无问津者。

　　嬴氏乱天纪，贤者避其世。黄绮之商山，伊人亦云逝。往迹浸复湮，来径遂芜废。相命肆农耕，日入从所憩。桑竹垂馀荫，菽稷随时艺。春蚕收长丝，秋熟靡王税。荒路暧交通，鸡犬互鸣吠。俎豆犹古法，衣裳无新制。童孺纵行歌，斑白欢游诣。草荣识节和，木衰知风厉。虽无纪历志，四时自成岁。怡然有馀乐，于何劳智慧。奇踪隐五百，一朝敞神界。淳薄既异源，旋复还幽蔽。借问游方士，焉测尘嚣外。愿言蹑清风，高举寻吾契。

　　这是陶渊明晚年的代表作，亦是流传千古之作。桃花源的故事有它的历史与现实背景，也有文化传统的背景。盖自汉末以来，国内屡经战乱，人民往往自动起来归附于某一有威望的大姓，筑坞壁以自保，此即所谓坞堡。晋宋时代的江南也有类似事件发生，《宋书·夷蛮传》谓刘宋时民有逃入夷蛮以避征徭的事。桃花源可能就是这种现实加以理想化构想而成的。而传统儒家经典《礼记·礼运》关于大同世界的描绘，道家经典《老子》中小国寡民的思想，以及由此发展而成的魏晋时嵇康、阮籍、鲍敬言等人的无君论，则给这一构想提供了理论依据。然而，本篇中具有浓厚生活气氛的农村情景及桃源中人纯朴的精神世界，则是源于陶渊明本人田园生活的体验。

　　本篇由"记"与诗两部分组成，"记"写关于桃花源的发现和迷失的传奇故事，诗则发为吟咏。

　　"记"分三段，从"晋太元中"到"豁然开朗"为引子，叙述桃花源的发现。作者将故事发生的时间假定在东晋孝武帝太元中，发现桃源的则是一个捕鱼为业的武陵人，便使之带有传说色彩；"忽逢桃花林""仿佛若有光""豁然开朗"等语所着副词，尤能状出奇异之感；写桃花林"夹岸数百步，中无杂树，芳草鲜美，落英缤纷"，景物之美引人入胜。从"土地平旷"到"不足为外人道也"是中心段落，写渔人在桃源的所见所闻。"土地平旷，屋舍俨然，有良田、美池、桑竹之属。阡陌交通，鸡犬相闻"，显示着桃源世界的人间性，即不同于传说中不食人间烟火的仙境，另一方面，联及后文"其中往来种作，男女衣着，悉如外人。黄发垂髫，并怡然自乐"，又显示着桃源的世外性，即不同于世间满目疮痍的民生凋敝的景象。"便要还家，设酒杀鸡作食""余人各复延至其家，皆出酒食"，则意味着桃源中人之富于人情味。"自云先世避秦时乱，率妻子邑人来此绝境，不复出焉，遂与外人间隔"及"此中人语云：'不足为外人道也。'"更表现了桃源中人对自由的热爱，对传统的忠诚。"问今是何世，乃不知有汉，无论魏晋"最为妙语，暗示了桃源与世间在文化上的隔膜。从"既出"到"后遂无问津者"是尾声，桃源的不可再寻，愈增记文扑朔迷离的传奇色彩，也暗示了桃源是一个憧憬。总之，这篇记文具有丰富的诗意和想象力，它既有传奇的色彩和魅力，又具有浓郁的农村生活实感，叙述语言极其准确洗练，达到了思想性与艺术性的统一。

诗亦分三段，从"嬴氏乱天纪"到"来径遂芜废"六句，追溯桃源来历。所谓"天纪"，就是人道，这是先秦儒道两家共同的思想；"贤者避世"是孔子的话（《论语·宪问》），也是儒道相通的思想。"黄绮"指夏黄公、绮里季等四皓，是避秦时乱的代表性人物，而桃源先民与他们就是同时代人了。记文是从空间（溪行穷源）引入桃源，诗则从历史引入，但都表明桃源世界的人间性。从"相命肆农耕"到"于何劳智慧"十八句，展示桃源世界及其文化特质。"相命"以下二句暗用《击壤歌》"日出而作，日入而息，凿井而饮，耕田而食，帝力于我何有哉"之意。"桑竹"以下四句，写农桑而着重在"靡王税"三字，揭示了桃源社会政治经济的特质，耕者有其田，而没有不劳而获的剥削压迫现象（王安石《桃源行》"虽有父子无君臣"一言道破这个社会的特点），古人"五亩之宅，树之以桑，五十者可以衣帛矣""不违农时，谷不可胜食也"（《孟子》）的理想，在这里得到了实现。"荒路"以下二句，说明桃源虽对外关闭，但内部则彼此往来和睦相处。"俎豆犹古法，衣裳无新制（上下装样式保持老式）"二句揭示了桃源民俗文化的特质，意味着古老美德的保持。"童孺纵行歌，斑白欢游诣"，这就不只是"斑白者不负载于道路矣"，敬老爱幼的理想，在这里得到了全部的落实，最能表现桃源道德文化的特质。"草荣"以下六句，表明桃源人崇尚自然古朴，对科学技术和物质文明不感兴趣（对历史知识则当别论），甚至连一本反映自然季节变化的历书也没有，但他们并不因此感到不便。从"奇踪隐五百"以下，概言桃源消息披露之始末，及作者对桃源的向往。这里点明桃源再度迷失的原因，盖在它与世间文化上"淳薄异源"，道不同不相为谋，"薄"（即浇薄）字是对现实社会的根本批判。

要之，《桃花源诗并记》展示的桃源社会，其主要特点在于人人劳动，自食其力，没有剥削，没有压迫，自由和平（只差进步，在古人眼中，几乎就是一个完美的理想社会）。这是对充满动乱、篡夺、杀戮，民不聊生的现实社会的根本否定。这个理想社会的人间性，则是对当时盛行的佛教思想的根本否定（当时庐山是佛教一大中心，402年名士刘遗民等百余人与庐山僧人慧远在佛像前建斋立誓，影响极大，见《高僧传·慧远传》）。作为一种文化理想，桃源模式对传统文化思想有所继承，也有所扬弃。它吸取了《礼记·礼运》大同社会"天下为公""人不独亲其亲，不独子其子，使老有所终，壮有所用，幼有所长"等思想，而扬弃了其"选贤举能"的成分；吸取了《老子》"小国寡民，虽有什伯之器而不用""甘其食，美其服，安其居，乐其俗"等思想，而扬弃了其"民至老死不相往来"及"绝仁弃义（指古礼）"的成分，因而在思想上是推陈出新的。本篇由"记"与诗组成，它们在同一个题目下自成起讫，读起来毫无重复感。"记"是散文，以渔人经历为线索，有曲折新奇的故事情节，有人物，有对话，也可以归属于短篇小说；诗则用概括性的叙述，由诗人描述桃源社会梗概，着重在制度的交代，从而赞美之。故两者珠联璧合，相互补充，为一整体。后来唐代举子投卷及元白叙事诗，文备众体，既见诗笔、议论，又见史才，其体制亦可肇源于此。

（周啸天）

◇归去来兮辞并序

余家贫，耕植不足以自给。幼稚盈室，瓶无储粟，生生所资，未见其术。亲故多劝余为长吏，脱然有怀，求之靡途。会有四方之事，诸侯以惠爱为德，家叔以余贫苦，遂见用于小邑。于时风波未静，心惮远役，彭泽去家百里，公田之利，足以为酒。故便求之。及少日，眷然有归欤之情。何则？质性自然，非矫厉所得。饥冻虽切，违己交病。尝从人事，皆口腹自役。于是怅然慷慨，深愧平生之志。犹望一稔，当敛裳宵逝。寻程氏妹丧于武昌，情在骏奔，自

免去职。仲秋至冬，在官八十余日。因事顺心，命篇曰《归去来
兮》。乙巳岁十一月也。

归去来兮，田园将芜胡不归？既自以心为形役，奚惆
怅而独悲？悟已往之不谏，知来者之可追。实迷途其未
远，觉今是而昨非。舟摇摇以轻飏，风飘飘而吹衣。问征
夫以前路，恨晨光之熹微。

乃瞻衡宇，载欣载奔。僮仆欢迎，稚子候门。三径就
荒，松菊犹存。携幼入室，有酒盈樽。引壶觞以自酌，眄
庭柯以怡颜。倚南窗以寄傲，审容膝之易安。园日涉以成
趣，门虽设而常关。策扶老以流憩，时矫首而遐观。云无
心以出岫，鸟倦飞而知还。景翳翳以将入，抚孤松而盘桓。

归去来兮，请息交以绝游。世与我而相违，复驾言兮
焉求？悦亲戚之情话，乐琴书以消忧。农人告余以春及，
将有事于西畴。或命巾车，或棹孤舟。既窈窕以寻壑，亦
崎岖而经丘。木欣欣以向荣，泉涓涓而始流。善万物之得
时，感吾生之行休。

已矣乎！寓形宇内复几时？曷不委心任去留？胡为乎
遑遑欲何之？富贵非吾愿，帝乡不可期。怀良辰以孤往，
或植杖而耘耔。登东皋以舒啸，临清流而赋诗。聊乘化以
归尽，乐夫天命复奚疑！

本篇是作者与官场和旧我诀别的宣言书，也是陶渊明人生境界的写
照，作于义熙元年（405）。

辞前有序，是一篇优美的小品文。大致分为四层，从"余家贫"

到"求之靡途"，叙家贫思仕，然求官无门。从"会有四方之事"（或谓指刘裕讨伐桓玄的战争，或谓指义熙元年为刘敬宣参军时奉命出使京都建康之事）到"故便求之"，叙家叔陶夔代为谋求到彭泽令的职务。从"及少日"到"当敛裳宵逝"，写到官不久即有怀归之情，而准备忍耐到年底。"寻程氏妹丧于武昌"以下，叙提前弃官的经过。"乙巳岁十一月"即东晋安帝义熙元年旧历十一月。

辞分四段。从开篇到"恨晨光之熹微"，写启程归家及一路心情。前八句写对以往的反思。"归去来兮"以下二句以呼告起，表现了对人生的彻悟。在作者的潜意识中，田园与自然具有同一性，"质性自然"与热爱田园也是互为表里的，"田园将芜"就意味着本性的失落、自由的丧失，除了怪自己，还能怪谁？"悟已往之不谏"以下二句骈偶，一笔挽上，一笔启下。"知来者之可追"——与其沉湎于悔恨，不如告别过去，一切重新开始。两句偏重否定过去，为了表达对新生活的信心，进而对今日采取的行动做出明确的肯定："实迷途其未远，觉今是而昨非。"以"今是"对"昨非"，实际上也是悟往知来的反复。以上八句先作棒喝，再作沉痛反思，继而否定以往作决绝语，最后肯定今是以断案，极有思致和韵味。这里的一悟、一知、一觉，表明弃官归隐绝非一时感情冲动，而是经过认真反思之后对生活道路的理性抉择。写归途情事仅四句：一路先登水程，再走陆路，舟之轻飏，风之吹衣，表现出弃官如释重负；向征夫问路，恨天亮得太迟，则流露出归心似箭的迫切心情。本段描写详于心理而略于情事，着墨不多，已现满心欢喜。

从"乃瞻衡宇"到"抚孤松而盘桓"，写归庄之喜及家居生活的愉悦。前八句，写到家的场面。一见家门，兴奋得奔跑起来，仿佛找回了失去的天真，接着又写家人尤其是孩子们的快乐，着墨不多，但极富生活气息。"三径就荒"可慨田园将芜，"松菊犹存"可喜迷途未远，是写景，也是关合前文。后十二句，写闲适的乐趣。人不过七尺躯，一张嘴，"鹪鹩巢于深林，不过一枝；鼹鼠饮河，不过满腹"（《庄子·逍遥游》），"千年田换八百主，一人口插几张匙？"（辛弃疾），不必食禄千钟，也不必阅尽人间春色。只要壶中常有酒（"有酒盈樽""引壶觞以自酌"），只要有一个生存空间（"审容膝之易安"），只要有一个好的环境（"眄庭柯以怡颜"），只要不面对上司，还我以做人的尊严（"倚南窗以寄傲"），就心满意足。作者的心灵与生活，已对世俗关闭，而向着自然开放——"园日涉以成趣，门虽设而常关。策扶老以流憩，时矫首而遐观"，实在是太好了。说到观景，作者描绘了夕阳西下、白云出山、宿鸟归飞的景色，一个有意味的景色，两个优美的骈句！在这"景翳翳以将入"的时刻，手抚孤松，心里充满感喟，诗人面对晚霞与归鸟，既有得其所哉的愉悦，又有时序流逝的感喟。

从"归去来兮"到"感吾生之行休"，着重写徜徉于田园山水，回归自然的乐趣。在读者感到美不胜收，而作者意犹未尽的当儿，重复一下开篇的呼告，换一换气，稍事休息，以迎接新的印象，很有必要。"请息交以绝游"重复了"门虽设而常关"，无意中流露出弃官归田的另一潜在原因，那就是"世与我而相违"。陶渊明也曾有过兼济之志，可惜生不逢辰，"归去来"是件没商量的事儿。"悦亲戚之情话，乐琴书以消忧"是又一组优美的骈句，这一悦一乐，在天伦，在人文，在自然外，又在自然内。"农人告余以春及"以下八句点出农事，写田园风光之美，这里有对自然本身的赞美，有对开发自然的农业劳动的赞美，有对滋生万物的春天的赞美。"农人告余以春及，将有事于西畴"，表明作者与农人的声息相通，下段中"怀良辰以孤往，或植杖而耘耔"二句，更直接写下地劳动，乃陶渊明归耕生活相当值得重视的一个内容。此外，还有探幽访胜之喜，看他穿行于崎岖、窈窕的丘壑中，心中是何等喜悦。"木欣欣以向荣，泉涓涓而始流"是又一组优美的骈句，春天是多么富于生机啊！"欣欣以向荣"一语将愉悦之情推向了高潮。与前两段一样，此段仍然以感喟作结："善万物之得时，感吾生之行休。"朱光潜说得好："《时运》诗序中的最后一句话是'欣慨交心'，这句话可以总结他（陶渊明）的精神生活。他有感慨，也有欣喜。唯其有感慨，那种欣喜是由冲突调和而彻悟人生世相的欣喜，不只是浅薄的嬉笑；唯其欣喜，那种感慨有适当的调剂，不只是奋激佯狂，或是神经质的感伤。他对于人生悲喜剧两个方面都能领悟。"本篇每一段的抒情，实际上都"欣慨交心"，内涵丰富，耐人回味。

从"已矣乎"到篇终，有感于人生短暂而强调顺应自然。前四句从上段的结句说起，照应篇首，叹去日苦多，"心为形役"的状况不能继续下去，总是"今是昨非"之感，一篇之中，不惜三致意焉。"富贵非吾愿，帝乡不可期"二句，既否定了世俗的功名富贵，又否定了宗教的彼岸世界，这在士风忙于官、佛老盛行的东晋时代，境界不可谓不高。陶渊明的人生态度是率真的、实际的，他要通过劳动和咏吟，用双手和心灵，求得人生的意义，实现生命的价值。农闲可以出游，农忙则悉心耕作，丘壑万象，奔赴眼底，皆为诗材。下地能劳动，登高能赋诗。自然、劳动、艺术，构成陶渊明全幅充实的人生。"乘化以归尽"即顺应自然潇洒过一生，是陶渊明人生哲学的概括。

全辞四段基本上符合起、承、转、合的节奏。艺术表现上颇具特色，概括起来有以下几点：抒情的欣慨交心；形象的疏朗饱满（自然的和人事的）；结体的反复唱叹（欣与慨的内容于一篇中皆三致意）；行文的骈散有致（骈偶处多为佳句）；语言的平易流畅；风格的自然妍美。它为后世所重是理所当然的。欧阳修谓"晋无文章，唯陶渊明《归去来兮辞》而已"《容斋随笔》载："建中靖国间，东坡和《归去来》，初至京师，其门下宾客从而和者数人，皆自谓得意也，陶渊明纷然一日满人目前矣。"

（周啸天）

◇归园田居五首（录三）

少无适俗韵，性本爱丘山。误落尘网中，一去三十年。羁鸟恋旧林，池鱼思故渊。开荒南野际，守拙归园田。方宅十余亩，草屋八九间。榆柳荫后檐，桃李罗堂前。暧暧远人村，依依墟里烟。狗吠深巷中，鸡鸣桑树颠。户庭无尘杂，虚室有余闲。久在樊笼里，复得返自然。

陶渊明在辞去彭泽令后的次年，写下了《归园田居》五首，与《归去来兮辞》一样，它们是诗人辞旧我的别词、迎新生的颂歌。五首诗分别从辞官、居闲、农事、访旧、夜饮几个侧面描绘诗人归隐后的生活情趣，合起来是整体，分开来则具有相对的独立性。

这是第一首，写辞官归来如释重负的愉快心情。诗一起即从少年时代养成个性说起，"韵""性"即气质禀性，"性本爱丘山"也就是"质性自然"（《归去来兮辞并序》）的意思。然而陶渊明一生有三仕的经历，自觉在较长时间内失落了自我（或谓陶渊明为江州祭酒至彭泽弃官共十二年，到作诗时正好十三年，所以"三十"应作"十三"），成了"羁鸟""池鱼"。唯其是羁鸟，才深知恋旧林的滋味；唯其是池鱼，才深知离故渊的苦恼。这里"羁鸟""池鱼"的设喻，妙在"羁""池"两个定语，前应"尘网"的那个"网"，后起篇末"樊笼"二字，从而形成贯穿首尾的系列比喻，是此诗在写作上的一个特点。

紧接着写归田。"守拙"是一个关键词。"拙"，相对于"巧"字而言。所谓"巧"，也就是官场中的权术、机巧，也就是"机关算尽太聪明"（《红楼梦》）所谓的"机关"。曾有诗人借七夕之题发挥道："年年乞与人间巧，不道人间巧已多！"讲机巧讲权术，就讲不得原则，讲不得持守。回到农村，参加劳动，本本分分做人，老老实实做事，机巧就派不上用场，这就是所谓的"守拙"。

"方宅"以下是一段田园风光的描绘，其中包含诸多的信息：久经战乱，地广人稀，农舍虽多草屋，宅地却也宽敞；只要投入劳动，就可

再造生活，种下的榆柳在檐后形成绿荫，桃李在堂前织得绚烂，心里多
么快活；村落相隔较远，人口密度不大，竹树掩映着几许田舍，天空中
升起几缕炊烟；鸡犬之声相闻，象征着和平与安宁——这里信手拈来汉
乐府《鸡鸣》中"鸡鸣高树颠，狗吠深宫中"，点化入"桑""巷"二
字，即成田园风光；这里没有污染（"户庭无尘杂"），不像陆机所叹
的"京洛多风尘，素衣化为缁"；这里有的是自由支配的时间（"虚室
有余闲"），可以从事自己的爱好。"余闲"也是一个关键词，使今人
想起马克思所说的"自由支配的时间"，自由支配的时间就是财富，自
由支配的时间也标志着人的解放程度。

　　正因为如此，所以诗人感到脱离官场，复返自然，实现了本性的复
归，心情自然轻松舒畅。"从出世后归田，与烟霞泉石人不同。譬如潜
渊脱网，无二鱼也，其游泳闲促，自露惊喜。"（蒋薰）

诗人生在动乱时代，对现实政治不抱任何幻想。难能可贵的是他不悲观，也不疯狂，魏晋几代人中，只有他从与社会对立的自然、与城市对立的农村、与破坏对立的生产中看到希望，只有他奇迹般创造了一个桃花源，教人们无须绝望。他固然不是诗圣，没有杜甫那种悲天悯人的写实；然而他参透生活的哲理，教人在事不可为时怎样进行自我完善和维持心态的平衡。他用冲淡的五言诗，以平和从容的语调，叙述着他的愉悦和发现，他的诗有着强大的感染力，使人向真向善向美。《归园田居》的价值或许就在这里，方东树谓其："衣被后来，各大家无不受其孕育者，当与《三百篇》同为经，岂徒诗人云尔哉！"

（周啸天）

野外罕人事，穷巷寡轮鞅。白日掩荆扉，虚室绝尘想。时复墟曲中，披草共来往。相见无杂言，但道桑麻长。桑麻日已长，我土日已广。常恐霜霰至，零落同草莽。

此诗写乡居生活的艰辛一面，也可见陶渊明并非整日飘飘然。

前四句写脱离官场后难得的清静。极少世俗的交际应酬，极少车马贵客造访，躲进柴门里边那幽静的居室，把一切俗念都抛到九霄云外去了。"野外""穷巷""荆扉""虚室"等意象，反复强调着乡居的清贫，以及诗人固穷守拙的决心。

这样的生活是否太寂寞了呢？不，以下四句表明，村居的柴门也有敞开之时，诗人也不时从野草丛生中寻路（"披草"）与乡野之人来往，彼此有共同关心的话题，有共同的语言，经常一起谈论桑麻生长的情况，而没有讨厌的废话（"杂言"）。这是很平常的交往，但和官场中的应酬一比较，就太可人意了。

田园生活有欣有慨，有喜有惧。庄稼一天天长高，开荒种地越来越多，这都是令人高兴的事情（"桑麻日已长，我土日已广"）；但古代农业社会一半是靠天吃饭，最怕的就是自然灾害，严重的自然灾害会造成颗粒无收，致使辛勤劳动的成果毁于一旦（"常恐霜霰至，零落同草莽"）。在这里，诗人的思想感情，通过劳动的洗涤净化，是非常接近劳动人民了。诗取乡居生活的日常片段，表现了与农人息息相通的淳朴思想感情，而语言也相应地质朴无华。

（周啸天）

种豆南山下，草盛豆苗稀。

晨兴理荒秽，带月荷锄归。

道狭草木长，夕露沾我衣。

衣沾不足惜，但使愿无违。

这首诗写日常劳动生活和诗人的心态，文字平易可解，却有较深内涵。

诗的前四句有意无意化用了汉人杨恽被罢官后以种豆寄兴发牢骚的一首诗："田彼南山，芜秽不治。种一顷豆，落而为萁。人生行乐耳，须富贵何时！"《汉书》颜师古注引张晏说，芜秽不治言朝廷荒乱，豆实零落喻己见放弃。陶渊明用这首诗，显然有自嘲之意，但也沿用了杨诗"田彼南山，芜秽不治"的喻意，说明生在浊世、乱世，洁身自好，躬耕田园，不失为一种人生选择。"理荒秽"三字，以重笔写除草，表明在陶渊明看来，社会的混乱，是由于人们放弃了农业这个根本，而无谓地争斗，自耕自食即回归自然的生活方式则是治疗社会的"荒秽"的一贴良药。

如果仅限于说理，这首诗不会如此有味。此诗还包含有真实的劳动生活感受，《归园田居》其一有"开荒南野际"之说，可见南山下的土地是新开垦的，不适合种其他庄稼，只好种较耐贫瘠、容易生长的豆类。如果不考虑用典的因素，读此诗前半就如听老农话桑麻，十分亲切实在。"带月荷锄归"一句，表明忙活了一天，收工时的心情是轻松愉快的。注意云"带"不是"戴"，说"戴月"即在月光下走，说"带月"即月亮走，我也走，意境和情趣显有不同。

后半紧承"归"字，诗人乘着月光，走在长满野草的乡间小路上，夜露打湿了他的衣裳。然而他乘着劳动归来的愉快，欣慰地想："衣沾不足惜，但使愿无违。"最后一句是全诗的结穴所在，也是陶渊明处世为人的根本原则之所在。这里的"衣沾"既是事实，又是弃官归耕必然也会遇到一定困难的象征。是事实，所以亲切；是象征，所以耐味。

（周啸天）

◇庚戌岁九月中于西田获早稻

人生归有道，衣食固其端。孰是都不营，而以求自安！开春理常业，岁功聊可观。晨出肆微勤，日入负耒还。山中饶霜露，风气亦先寒。田家岂不苦？弗获辞此难。四体诚乃疲，庶无异患干。盥濯息檐下，斗酒散襟颜。遥遥沮溺心，千载乃相关。但愿长如此，躬耕非所叹。

　　庚戌岁是义熙六年，此时陶渊明已进入弃官归隐的第六个年头，其躬耕自资思想经历了岁月的考验，得以巩固。此诗可视为《癸卯岁始春怀古田舍》（以下简称《怀古田舍》）的续作。"西田"即《归去来兮辞》所谓"西畴"，以其相对于住宅的方位而称。

　　此诗与《怀古田舍》有一些相似的句子，如《怀古田舍》说"秉耒欢时务""日入相与归"，此诗说"晨出肆微勤，日入负耒还"，《怀古田舍》用沮溺事，此诗亦云"遥遥沮溺心，千载乃相关"。然而两诗更多地表现出对生活体验有深浅的不同：《怀古田舍》写初涉足于田园，所见风拂春苗，只云"虽未量岁功，即事多所欣"，比较表面，而此诗写的是秋成，诗云"开春理常业，岁功聊可观"，直接涉及丰收的快乐，更实际也更深入。《怀古田舍》写欣而未及慨，此诗则"欣慨交心"，如云"田家岂不苦？弗获辞此难""四体诚乃疲，庶无异患干"，经过汗水的洗涤，诗人对农村生活的体验无疑更加实在、更加深刻，躬耕自资的生活信念于是更加坚定，这一点在诗的起结中表现得极为明确。

　　"人生归有道，衣食固其端。孰是都不营，而以求自安！"这里诗人不仅明确将温饱问题放到国计民生之首，而且对不劳而获的社会现象提出怀疑，实际上也是对孔孟"劳心者治人，劳力者治于人；治于人者食人，治人者食于人"那一套从来被视为天经地义的道理的否定，这是陶渊明归耕的最大收获。此诗写到农家苦乐，故较《怀古田舍》深入。

　　无论写乐，还是写苦，都能不动声色，都能持一分平常心。明明是丰收，只云"聊可观"，而喜悦之情见于言外。明明农作辛苦，只说"肆微勤"，而劳作之态已具行间。"山中饶霜露，风气亦先寒"，只写冒严寒，而酷暑可知，"弗获辞此难"似言无奈，"庶无异患干"聊可慰情，于欣慨之间，觅取绝妙平衡。这种既无大喜，也无大悲，喜愠不形于色的神态，有如万顷湖面，微风乍起，虽时有波澜，终归平静，是一种哲人的风度，也是陶诗的魅力所在。

（周啸天）

●谢灵运（385—433），小名客儿，陈郡阳夏（今河南太康）人。东晋名将谢玄孙。生于会稽始宁（今浙江绍兴市上虞区），寄养钱塘（今浙江杭州）。晋末袭封康乐公，曾入刘裕等幕府，转中书侍郎、中军咨议、黄门侍郎。宋立，降为侯爵，复起为散骑常侍，转太子左卫率。宋少帝时，出为永嘉太守。宋文帝时，起为秘书监，又曾为临川内史，后被杀。有明辑本《谢康乐集》。

◇登池上楼

　　潜虬媚幽姿，飞鸿响远音。薄霄愧云浮，栖川怍渊沉。进德智所拙，退耕力不任。徇禄反穷海，卧疴对空林。衾枕昧节候，褰开暂窥临。倾耳聆波澜，举目眺岖嵚。初景革绪风，新阳改故阴。池塘生春草，园柳变鸣禽。祁祁伤豳歌，萋萋感楚吟。索居易永久，离群难处心。持操岂独古，无闷征在今。

　　宋武帝刘裕去世后，长子刘义符即位，史称少帝，大臣徐羡之等人把持朝政，谢灵运以批评时政引起执政大臣不满，永初三年（422）被逐出京都，迁为永嘉太守，在政治上受到一次沉重打击。他到永嘉的第一个冬天就病倒在床，来春始愈，登楼观景，写下这一名篇。

前八句发官场失意卧病永嘉的牢骚。诗以比兴开篇，"潜虬"与"飞鸿"在《易经》中分别用来象征隐栖与仕宦，皆属喻象。诗人被外放永嘉做官，心里充满怅恨，生了一场大病，所以自谓"徇禄（求官）反穷海（永嘉近海），卧疴对空林"。他的思想一度处在仕与隐的矛盾之中，心中得失交战着，感到进退两难："进德智所拙，退耕力不任。"他感到仰愧飞鸿，俯怍潜虬。他病了，而且病得不轻。

中八句写病起看到的满园春色。"衾枕昧节候，褰开暂窥临"二句虽非写景，却是交代观景的特殊处境。由于长时间卧床休息，对于冬去春来的时序流逝几乎是无所知觉的，他是扶病强起，只想用活动调剂一下病榻的单调，所以下面写到的景色都是意想不到的发现。"初景（新春的太阳）革绪风（残冬的余风），新阳（春）改故阴（冬）"，这是对时序变化总体的感受，"倾耳""举目"二句则写出心情的喜悦和感觉的新鲜。"池塘生春草，园柳变鸣禽"进入具体景物的描写。还有什么比野草更能先得春意的呢？特别是池塘边的幽草，其生长之迅猛，其草色之滋润，有些不同寻常；同时变绿的还有近水的杨柳，由于枝叶渐渐茂密，也就招来了春鸟，要注意句中的"变"字所传达的新奇感，即陶渊明所谓"时鸟变声"——鸟儿变换了种类，总之是令人感到新奇的。这里的景色确实很平常，但也确实清新可喜，特别是在久病初愈的人眼中，真有说不完的生趣。两句自然生动，不假雕琢，为后人赞赏不置。元好问《论诗绝句》道"池塘春草谢家春，万古千秋五字新"，吴可《学诗诗》道"春草池塘一句子，惊天动地至今传"。钟嵘《诗品》引《谢氏家录》云："康乐每对惠连，辄得佳语。后在永嘉西堂思诗，竟日不就。寤寐间，忽见惠连，即成'池塘生春草'。故尝云：'此语有神助，非我语也。'"说明这两句诗是怎样为人津津乐道。后世选家取此诗，皆是为了这两句的缘故，陆机所谓"立片言以据要，乃一篇之警策"也。

末六句写触情感怀，决计归隐。诗人眼看池边春草，耳听园中鸣禽，忽然间想起风骚名句，一是《豳风·七月》的"春日迟迟，采蘩祁祁"，一是《楚辞·招隐士》的"王孙游兮不归，春草生兮萋萋"。古诗人描写春色的佳句不少，为什么忽然想起这两句诗来呢？原来按照如《毛诗序》等的传统说法，《七月》是周公在遭受流言，出居东都以避谗害时所作，而《招隐士》则是一首念及环境险恶，从而召唤隐士归来的诗。谢灵运想起这些诗句，当然是感于所遇的缘故。《礼记·檀弓》载："子夏曰：'吾离群索居，亦已久矣。'""索居"二句即用其语，言"遁世无闷"（《周易》）的境界一般人是很难做到的，唯古之有节操的君子能之。诗人自己也打定了这个主意，所以末二句云"持操岂独古，无闷征在今"。就在大约半年之后，谢灵运终于称疾辞职，归隐于始宁的祖居。

（周啸天）

◇石壁精舍还湖中作

昏旦变气候，山水含清晖。清晖能娱人，游子憺忘归。出谷日尚早，入舟阳已微。林壑敛暝色，云霞收夕霏。芰荷迭映蔚，蒲稗相因依。披拂趋南径，愉悦偃东扉。虑澹物自轻，意惬理无违。寄言摄生客，试用此道推。

本篇作于元嘉元年（424）至三年间。其时谢灵运托病辞官，寓居故乡会稽始宁祖上留下的庄园。庄园包括南北二山，中隔巫湖，旧宅在南山。谢灵运回乡后又在北山别营居宅。精舍在后世一般用来称佛舍，此指作者在北山营造的一座书斋。此诗当是由北山精舍返回巫湖所作。

前六句交代由精舍还湖中当日概况。诗人出谷的时候天色尚早，而到湖上船时，已是夕阳西下，山行几乎整整一天。（"出谷日尚早，入舟阳已微"）"昏旦变气候，山水含清晖"二句从大处落笔，不但写出山间早晚气候、温差变化之大，而且写出山间一日之中气象万千，所谓"若夫日出而林霏开，云归而岩穴暝，晦明变化者，山间之朝暮也"（欧阳修）。四句之妙，尤在中间顶真重复的"清晖"一词，清者清新，晖者明媚，清新者林中之空气也，明媚者山间之日色也。再就是应注意那个"含"字，可与陶诗"中夏贮清阴"中的"贮"字比美，它写出山光对于物态的孕大含深，所以难于穷尽，也正因为"清晖能娱人"到这种地步，游子才憺而忘归。也就是说，本来路程不远，却因为一路流连光景，所以到湖较晚。

中六句承"入舟阳已微"描写黄昏到湖后看到的景色和归来愉快的感觉。前四句先写望中林峦沟壑到天边云霞景色的变化，然后具体入微地描写于湖上看到的景色，"芰荷迭映蔚，蒲稗相因依"，在反照之下湖上的荷花显得特别美丽，而蒲苇和野草在微风中摇摆，渐渐变成一幅剪影。诗人像一个高明的摄影师，看准镜头，迅速按下快门，如此平常的景色，就凝固成一幅动人的图画。后二句写其舍舟陆行，拨开路边草木寻路，走向南山居所，然后愉快地偃息于东轩之下，还沉浸在莫名的愉悦之中。

末四句写归来后所领悟到的玄理，那就是，一个人只要心境淡泊，寄情于自然，那么对于名利得失和一切身外之物就会看得很轻；只要自己常常感觉良好，也就无悖于天道物理。换言之，这才是根本的养生之道。所以结句说，"寄言摄生客，试用此道推"。

此诗紧扣题中"还"字，写一天的行踪：石壁—湖中—家中，次第井然；其中工笔重点描画的是傍晚湖景，将自然景物写得极富生意；结尾的说理也是来自当日流连光景的实际感受，所以没有生硬的毛病。本诗是谢灵运山水诗中的佳作。李白《酬殷明佐见赠五云裘歌》云："故人赠我我不违，著令山水含清晖。顿惊谢康乐，诗兴生我衣。襟前林壑敛暝色，袖上云霞收夕霏。"李白此诗大量运用了谢诗中写山水的诗句来描绘服装上的图纹，可见他对谢诗的熟悉和喜爱。

（周啸天）

●谢朓（464—499），字玄晖，南齐陈郡阳夏人。少有美名，为竟陵王萧子良"西邸八友"之一。初为太尉行参军，又为卫军将军东阁祭酒、太子舍人。萧鸾（即齐明帝）辅政，任骠骑谘议，领记室。明帝时出为南东海太守、行南徐州事，迁尚书吏部郎。转中书郎，出任宣城太守，复还任中书郎。齐废帝即位，因不愿参与始安王萧遥光篡位之谋，被诬下狱死。为永明体代表人物之一。有明辑本《谢宣城集》。

◇王孙游

绿草蔓如丝，杂树红英发。

无论君不归，君归芳已歇。

魏晋以来文人创作乐府诗，多从古辞中寻找母题，此诗直接上溯《楚辞》寻找母题，表现的是思妇对游子的思念。诗题出自《楚辞·招隐士》："王孙游兮不归，春草生兮萋萋。"首句"绿草蔓如丝"即出自"春草生兮萋萋"，"杂树红英发"则是诗人补写的对句，可见春深将夏了，为后二句张本。

此诗之妙在于后二句翻进一层，放下《楚辞》的"不归"，"无论"却说君归又该如何。盖春深游子尚无消息，即使归来，亦错过一春。何况"君不归"呢！这样说就比原辞深入一层，或者说翻过原句，出了新意。

"君归芳已歇"所说的芳歇，着眼春光，骨子里却兼带了少妇的青春，这一层是读者可以联想到的。

（周啸天）

◇之宣城郡出新林浦向板桥

江路西南永，归流东北骛。天际识归舟，云中辨江树。旅思倦摇摇，孤游昔已屡。既欢怀禄情，复协沧洲趣。嚣尘自兹隔，赏心于此遇。虽无玄豹姿，终隐南山雾。

此诗为羁旅行役写景之作。齐明帝建武二年（495）春天，谢朓出任宣城太守，从金陵出发，逆大江西行，途经新林浦、三山、板桥浦等地，写下本篇及《晚登三山还望京邑》。

此诗以抒写旅途的感想为主，写景的句子不多，用字相当精审。诗人此行是逆水行舟，故云"江路西南永，归流东北骛"，"永""骛"二字不但精确地判出方向相反的船速和水速的区别，而且微妙地融进作者的感情色彩：行程刚刚开始，觉得前路漫长，而归思已随流水不停地奔向远方。然后推出诗中警句——"天际识归舟，云中辨江树"，"识""辨"二字写出了景中人的情态，那是诗人极目回顾的专注的神情。

王夫之透辟地指出："语有全不及情而情自无限者，心目为政，不恃外物故也。'天际识归舟，云中辨江树'，隐然一含情临眺之人，呼之欲出。从此写景，乃为活景。故人胸中无丘壑，眼底无性情，虽读尽天下书，不能道一句。"（《古诗评选》卷五）实开由景见情一种境界，为唐代山水行役诗将景中情、情中景融为一体（如孟浩然《早寒江上有怀》："乡泪客中尽，孤帆天际看。迷津欲有问，平海夕漫漫。"），提供了成功的艺术经验。

作者在这次出守宣城之前，曾目睹南齐皇帝走马灯似的变换，不能不心有余悸。所以当他出牧宣城时，既对京邑有所留恋，又庆幸自己能避开政治斗争的旋涡。后面八句就表现这种复杂的情绪。"旅思倦摇摇，孤游昔已屡"，既包含眷恋故乡的惆怅，又用过去的经历来作自我排遣，越是强自宽解，越见途中的孤独。"既欢怀禄情，复协沧洲趣"道出了诗人安于荣仕和畏祸全身两种思想的矛盾。

盖魏晋以后，朝隐之风逐渐兴盛，调和仕隐的理论在士大夫中也很流行，至有"小隐隐林薮，大隐隐朝市"之说。据《列女传·陶答子妻》载，答子治理陶国三年，名誉不兴，家富三倍，其妻预感不祥，谓其母云："妾闻南山有玄豹，雾雨七日而不下食者，何也？欲以泽其毛而成文章也，故藏而远害。"诗的结尾即用此典，并与首二句照应，令人掩卷之后，仿佛看到诗人乘舟向着西南漫漫的江路缓缓前行，渐渐隐没在云遮雾障的远山深处。

此诗通常被认为是谢朓山水诗代表作，其实它写景的句子不多，更着意于旅途感受和况味的抒写，然思致含蓄，结构完整，语言淡远，情味深长。两百年后李白经过诗中所写之地，还不胜神往地写道："明发新林浦，空吟谢朓诗。"（《新林浦阻风寄友人》）诗中仕与隐的矛盾心情，该引起了这位异代知音的共鸣吧。

（周啸天）

◇晚登三山还望京邑

　　灞涘望长安，河阳视京县。白日丽飞甍，参差皆可见。余霞散成绮，澄江静如练。喧鸟覆春洲，杂英满芳甸。去矣方滞淫，怀哉罢欢宴。佳期怅何许，泪下如流霰。有情知望乡，谁能鬒（zhěn）不变？

　　本篇与《之宣城郡出新林浦向板桥》写于同一旅途，三山也是从京城建康到宣城的必经之地，离建康不远，相当于灞桥到长安的距离，故诗开头借用王粲《七哀诗》"南登霸陵岸，回首望长安"，下句则借用潘岳《河阳诗》"引领望京室"，其意若云：昔读这两位古人之诗，而今日始深有同感也。

　　以下六句写景。因为登高望远，所以皇宫和贵族宅第的飞檐高高低低，在日光照射下清晰可见，"白日丽飞甍，参差皆可见"二句写尽满城的繁华景象和京都的壮丽气派。既然全城飞甍历历可见，那么从中辨认自己的旧宅当也是人之常情吧。

　　接着写白日西沉时的江景，"余霞散成绮，澄江静如练"——灿烂的晚霞铺满天空，犹如一匹散开的锦缎，清澄的大江伸向远方，仿佛一条明净的白绸。此二喻象不仅有动态与静态、绚丽与素静的对比，而且都给人以柔软的感觉，与黄昏时平静柔和的情调十分和谐。云霞是瞬息变幻的，用光彩闪烁不定的锦缎来比喻十分恰切；而大江远看给人宁静的感觉，用白练来比喻最适宜不过（唐人徐凝后用白练比喻瀑布"千古长如白练飞",为王世贞所讥,就在于白练不宜喻飞动之水)。

如果说前两句是大笔晕染江天的景色,那么"喧鸟覆春洲,杂英满芳甸"则是细笔点染江洲的佳趣——众鸟的喧声越发衬出傍晚江面的宁静,遍地繁花则与满天彩霞争美斗艳;黄昏的鸟儿皆知寻找自己的归宿,而故乡春色美丽如画,无怪诗人要发出叹息了。"去矣方滞淫,怀哉罢欢宴"以下六句抒情,"去矣""怀哉"以虚词对仗,造成散文式的感叹语气,增强了声情摇曳的节奏感,以下由乡思引起感伤作结。

全诗基本上沿袭谢灵运山水诗前半篇写景,后半篇抒情的程式,精彩在前半,表现出作者在景物剪裁方面的功力和铸造警句的本领,以及诗风的清丽和情韵的自然,标志着山水诗在艺术上的成熟。李白于小谢诗特熟,曾云"解道澄江静如练,令人长忆谢玄晖",表现了他对诗中警句的欣赏。惜乎诗的后半抒情稍弱,未能脱俗,反映了作者思想境界志趣方面的局限,钟嵘所谓"篇末多踬",即此类也。

（周啸天）

●陶弘景（452—536），字通明，自号华阳隐居，南朝齐梁时丹阳秣陵（今江苏南京）人。仕齐拜左卫殿中将军。后隐居茅山。搜集整理道经，创茅山派。入梁，武帝礼聘不出，但朝廷大事辄就咨询，时称山中宰相。有《本草经集注》《真诰》等。

◇诏问山中何所有赋诗以答

山中何所有，岭上多白云。
只可自怡悦，不堪持赠君。

本篇乃作者答梁武帝诏问，口占之作。一说乃答齐高帝诏。

"山中何所有"是诏问的内容。山中之物多矣，偏偏只拈出白云，便有意思。云是傍山而生的自然现象，古人却赋予它文化内涵。同是云，称"青云"，含义就迥乎不同。白云在山，青云在天，白云象征山中，青云却象征朝廷。故仕途通达，谓之"青云直上"。而陶渊明"云无心以出岫，鸟倦飞而知还"（《归去来兮辞》）的"云"，定是白云。

"白云"为物，实乃水蒸气之聚合。远看成云，近成雾，"白云回望合，青霭入看无"（王维《终南山》）。君问"山中何所有"，本当立即办事，把本地特产包装送去，然而这特产是"白云"，叫我如何奉送？"只可自怡悦，不堪持赠君"，是俏皮话。"君"字用得好，特指帝王，泛指第二人称。人不求人一样大，我是山人我怕谁。

再说，梁武帝之问，就是带头说俏皮话。其言外之意，是山中并无所有，入朝一切便有。陶弘景的回答，自然包含委婉拒聘之意，拒聘而不惹对方生气，是俏皮的好处。这叫以俏皮制俏皮，你俏皮我更俏皮。史载，梁武帝欲招陶出山，陶画一牛放蹄悠游于水草之间，一牛被穿了鼻孔为人所执。梁武帝见画，笑道："此人无所不作，欲学曳尾之龟，岂有可致之理。"

梁武帝到底还算半个知音，故不妨对他作俏皮诗、俏皮画。如其不然，最好赶紧闭上嘴巴，往深山逃得远远的，找一处溪流洗耳去吧。

（周啸天）

◇答谢中书书

山川之美，古来共谈。高峰入云，清流见底。两岸石壁，五色交晖。青林翠竹，四时俱备。晓雾将歇，猿鸟乱鸣。夕日欲颓，沉鳞竞跃。实是欲界之仙都，自康乐以来，未复有能与其奇者。

与山水诗的兴盛相先后，山水记也逐渐发展起来。

晋穆帝永和九年（353）的上巳，当时名流谢安、孙绰、支遁等四十一人，在会稽郡山阴（今浙江绍兴）兰亭集会，宴乐赋诗，王羲之作序，并亲笔书成尽人皆知的《兰亭集序》帖。此文实开山水记的先

河，文中曰："此地有崇山峻岭，茂林修竹，又有清流激湍，映带左右，引以为流觞曲水，列坐其次。虽无丝竹管弦之盛，一觞一咏，亦足以畅叙幽情。是日也，天朗气清，惠风和畅。仰观宇宙之大，俯察品类之盛，所以游目骋怀，足以极视听之娱，信可乐也。"其后文人出游，多在书信中与亲友谈论山水。

刘宋鲍照《登大雷岸与妹书》以形式精美的骈体在书信中畅叙山水胜景，首开风气。书中满怀兴致，用瑰丽奇崛的笔调摹写了九江、庐山一带烟云变幻、气象万千的景物："南则积山万状，负气争高，含霞饮景，参差代雄。凌跨长陇，前后相属，带天有匝，横地无穷。"又写道："夕景欲沉，晓雾将合，孤鹤寒啸，游鸿远吟，樵苏一叹，舟子再泣。诚足悲也，不可说也。"萧梁时代的陶弘景、吴均则在鲍照的基础上约为短篇，更见精粹，而为人传诵。

山水文学可称绿色文学，山水话题可称绿色话题，"山水之美"，虽说"古来共谈"，但将它引入文学创作，却是六朝为盛。山水山水，有山有水。山是水之骨，水是山之魂。写山则状其高："高峰入云"；写水则显其清："清流见底"。山水石壁，色调之富，以绿色为主："两岸石壁，五色交晖。青林翠竹，四时俱备。"山中朝晖夕阴，气象万千，人境之外，乃有动物世界，动物给山水带来声音和生机："晓雾将歇，猿鸟乱鸣。夕日欲颓，沉鳞竞跃。"总结："实是欲界之仙都。"好个"欲界仙都"，可以现成地书刻在石壁上，给山水打上文化的印记。

短短一封书信，就这样尽收山水之奇，行文既很随意，对仗亦复工整。要言不烦，点到为止，正是文贵精，不贵多。作者当然有资格说："自康乐以来，未复有能与其奇者。"言下，他本人就是能复与其奇者。

（周啸天）

●吴均（469—520），字叔庠。吴兴故鄣（今浙江安吉）人。官待诏著作，奉朝请。其文工于写景，尤以小品书札见长，时称吴均体。有《续齐谐记》《吴朝请集》等。

◇与朱元思书

风烟俱净，天山共色。从流飘荡，任意东西。自富阳至桐庐一百许里，奇山异水，天下独绝。水皆缥碧，千丈见底。游鱼细石，直视无碍。急湍甚箭，猛浪若奔。夹岸高山，皆生寒树，负势竞上，互相轩邈，争高直指，千百成峰。泉水激石，泠泠作响；好鸟相鸣，嘤嘤成韵。蝉则千转不穷，猿则百叫无绝。鸢飞戾天者，望峰息心；经纶世务者，窥谷忘反。横柯上蔽，在昼犹昏；疏条交映，有时见日。

本篇堪称"富春江第一漂"。它描写了作者从富阳到桐庐，一百里左右的长途漂流中，所见及所闻的江上胜景。

与陶弘景《答谢中书书》相比，吴均此文略有展开，从中添了一个"从流飘荡"着的人，是其新处。此文开篇即佳，水天一色乃人所共知，谁也没想出这个"天山共色"。"自富阳至桐庐一百许里，奇山异

水，天下独绝"是一个总括。

　　总括之后，即写水流，水流有缓有急，妙有节奏。缓流处，"水皆缥碧，千丈见底。游鱼细石，直视无碍"。下滩时，"急湍甚箭，猛浪若奔"，漂流中人最爱的就是这个速度，好刺激！水急的地方，江面较窄，形成峡谷，因而所见是"夹岸高山，皆生寒树，负势竞上，互相轩邈，争高直指，千百成峰"。写山妙在化静为动，状出动势、动态。然后写听觉感受：泉水激石的声音，好鸟相鸣的声音，千转不穷的蝉的声音，百叫无绝的猿的声音，组成一部交响乐。自然的启迪，音乐的抚慰，使浮躁的心情重归宁静。这里，"鸢飞戾天"既是景色，又是比喻，由声音过渡到感想，转折自然。

　　无独有偶，北朝的郦道元，与作者年相仿也，地不同也，著《水经注》，对前代地理书《水经》作注释，补充了不少材料。《水经注·江水》中有一段关于三峡水流的文字："至于夏水襄陵，沿溯阻绝。或王命急宣，有时朝发白帝，暮到江陵，其间千二百里，虽乘奔御风，不以疾也。春冬之时，则素湍绿潭，回清倒影。绝巘多生怪柏，悬泉瀑布，飞漱其间，清荣峻茂，良多趣味。每至晴初霜旦，林寒涧肃，常有高猿长啸，属引凄异，空谷传响，哀转久绝。故渔者歌曰：'巴东三峡巫峡长，猿鸣三声泪沾裳。'"这里写水的先急后缓，夹岸高山的趣味，以及山谷中的声音，而最后落到山水对人产生的影响。对读之下，你会惊异于二人发现的相似，而文章却不雷同。浙江是浙江，三峡是三峡。

　　说到山水对人产生的影响，本来也就结了，吴均却余兴未已，还要对山水补上一笔光线的描写："横柯上蔽，在昼犹昏；疏条交映，有时见日。"一般情况下，峡谷中行舟，常处幽暗，但有时可以见到太阳。什么时候？中午。于是恰到好处。骈体美文的形式，与其所表达的内容，结合得天衣无缝；对仗工整，由于没有用典，读起来更觉清新流利。

（周啸天）

◇**与顾章书**

　　仆去月谢病，还觅薜萝。梅溪之西，有石门山者，森壁争霞，孤峰限日，幽岫含云，深溪蓄翠。蝉吟鹤唳，水响猿啼，英英相杂，绵绵成韵。既素重幽居，遂葺宇其上。幸富菊花，偏饶竹实。山谷所资，于斯已办。仁智所乐，岂徒语哉！

　　前面两篇美妙的山水小牍，从书信的角度看，都是掐头去尾，自成文章。本篇则更多保留了书信原有面目。"仆去月谢病"，以第一人称叙事，间接地有第二人称的存在。信的核心内容仍属说山道水，点出"梅溪""石门山"具体的地名，是为山水之个性定位。中间描写山水的文字，"森壁争霞，孤峰限日，幽岫含云，深溪蓄翠。蝉吟鹤唳，水响猿啼，英英相杂，绵绵成韵"，几乎包括了山水记所有重要的元素：山、水、声、色、动、静等。不过较《与朱元思书》省净，却注入更多生活的内容："既素重幽居，遂葺宇其上。幸富菊花，偏饶竹实。山谷所资，于斯已办。"说怎样安家，怎样度日。"山谷所资，于斯已办"，简直就是"靠山吃山，靠水吃水"的意思，这是本文的特殊趣味。

　　结处的"仁智所乐"，概括特好。子曰："智者乐水，仁者乐山。"（《论语·雍也》）原是极富哲理意味的话，约为四言，便成品题，可以大笔书之，临水勒石。

（周啸天）

●杜审言（约645—708），字必简，祖籍襄阳（今属湖北），迁居巩县（今河南巩义西南）。咸亨元年（670）登进士第，其后任隰城尉，累转洛阳丞。圣历元年（698）坐事贬吉州司户参军。旋授著作佐郎，迁膳部员外郎。神龙元年（705）因谄附张易之兄弟流放峰州，不久召还，授国子监主簿，加修文馆直学士。有《杜审言诗集》。

◇夏日过郑七山斋

共有樽中好，言寻谷口来。

薜萝山径入，荷芰水亭开。

日气含残雨，云阴送晚雷。

洛阳钟鼓至，车马系迟回。

这首工致细密、清新流丽的五言律诗，是杜审言任洛阳县丞时，到洛阳近郊郑七山斋访问时所作。郑七生平不详，可能是位隐者。诗歌描写了山斋的优美风光，表现了与友人郑七的深厚情谊。

首联写过郑七山斋的原因："共有樽中好，言寻谷口来。""好"，爱好之意。诗人说，因为我和郑七都有饮酒的爱好，所以才来寻找他（目的当然是喝酒）。从古代传统的观念看，酒是忘忧解愁之物，曹操就有"何以解忧？唯有杜康"的诗句，而隐居与饮酒几乎是不可分离的，它正是隐士们高雅、旷达情怀的表现。因此，诗中的弦外之音，是说郑七有隐者的高尚胸怀，诗人对他十分倾慕，引为同调，所以才去拜访他。"言寻谷口来"一句，就用典故来进一步说明了这一点。"言"是语气助词，无义。"谷口"，汉代县名，在今陕西礼泉县东。汉有隐士郑璞，躬耕于谷口。皇甫谧《高士传》："郑璞，字子真，谷口人也。修道静默，世服其清高。成帝之舅大将军王凤以礼聘之，遂不曲。扬雄或称其德曰：'谷口郑子真，耕于岩石之下，名震京师。'"诗人因为友人姓郑，就以谷口借指郑七的山斋，同时也以郑璞的清高，来类比郑七的高洁。典故用得十分贴切，恰到好处。一个"寻"字，也暗示了山斋的幽深。两句诗看似平常，却有如许深刻的意蕴，不唯曲折地交代了郑七的身份和思想性格，也婉转地表明了过山斋的原因和二人非同一般的友情。

　　既然"共有樽中好"，又是老朋友相会，当然少不了酒，诗歌接下来照例就该写喝酒了。然而诗人却不，他却以极大的兴趣，用工细的笔墨，在中间两联描写山斋内外的景色，为读者勾画出一幅优美的山居夏日图。"薜萝山径入，荷芰水亭开。"上一句说，在通往郑七山斋的曲折山路上，长满了茂盛的薜荔和女萝，虽然还未到山斋，但那山斋的幽深和清静，已是可以想见的了。下一句则是进入山斋后的景象：在水亭周围的水池中，荷、菱铺展开来，并且鲜艳的花朵在微风中散发着清香。这果然是一个幽静、美好的所在！"山径"是崎岖的，而水池却是开阔的，经过狭窄山路，来到山斋后，诗人顿觉豁然开朗，心胸也为之爽然。诗中"入"字和"开"字，不仅表示了诗人的行动，也暗示出他心情的变化，可谓精微。接着，在"日气含残雨，云阴送晚雷"一联中，作者又把笔触从平面的描写转向立体的空间：在那荷、菱盛开的水池上，雨后天晴，空中洒下明朗的阳光，照在残留的雨水上，蒸汽冉

冉上升；到傍晚，天气渐渐转阴了，那天边又传来隐隐的雷声。其中
"日""雨""阴"几个字，暗含着天气变化很快之意。诗人来前，显
然刚下过雨（"含残雨"），而到来时天气才放晴，到傍晚又转阴，并
且传来隆隆的雷声，显然又要下雨了。这正是深山中特有的气象，作者
用天气变化之快，来侧面烘托了山斋的既幽且深，不仅符合生活的真
实，也有助于诗歌意境的表现。同时在"日""晚"二字中，也包含着
时间的推移，表明了诗人在山斋中逗留的时间。通过这一联的描写，山
斋的幽静景色得到了进一步的充分表现，地上风物和空中景象融为一
片，在静谧中变化，在幽深中充满生机，这里的一切，真叫人心醉啊！
作者精细的描写，使山斋风光充满感人的魅力，令人心驰神往！

　　中间两联，诗人好像只在流连风光，只字没有提到喝酒。其实，那
主人的热烈欢迎，设酒盛情款待，席间杯觥交错的欢乐气氛等情景，全
都隐藏在诗行的空白中，让人自去领会。而且，看来诗人还饮得不少，
以至于延误了回去的时间。"洛阳钟鼓至，车马系迟回"，与那天边隆
隆的雷声相应和，洛阳城里报暮的钟鼓之声也清楚地传来，诗人该走
了，但车马仍然拴着，迟迟没有起程。诗到这里戛然而止，却留下了耐
人寻味的余韵，在迟迟未回中，既包含着诗人对山斋风光的倾心爱慕、
流连忘返，同时也表现出诗人与主人的深情厚谊，一见而不忍离。在这
悠远的余韵中，诗歌产生了动人心弦的艺术力量。

（管遗瑞）

●宋之问（约656—713），一名少连，字延清，汾州（今山西汾阳）人。上元二年（675）登进士第。天授元年（690）以学士分直习艺馆，历洛阳参军，参与编修《三教珠英》，迁左奉宸内供奉。神龙元年（705），中宗复辟，坐谄事张易之贬泷州参军。三年贬越州刺史。景龙中以户部员外郎兼修文馆直学士，再转考功员外郎。睿宗立，流于钦州（今属广西），后赐死。有《宋之问集》。

◇度大庾岭

度岭方辞国，停轺一望家。
魂随南翥鸟，泪尽北枝花。
山雨初含霁，江云欲变霞。
但令归有日，不敢恨长沙。

此诗作于宋之问流放钦州过大庾岭时。大庾岭在江西大庾，以岭多梅花，又称梅岭。

离开长安（"辞国"）到度岭，不是一天两天的事；但到度岭这一特定时刻，却更让人生去国之悲。"方"字就表达出这样的意味。一旦过岭，望家的视线将被隔断，所以此刻停车，虽是暂时的"一望"，却是重要的"一望"。诗中"度岭""辞国""停轺""望家"，都不过是叙写事实，本身并无诗味；而"方""一"两字的勾勒，使客观的事实具有了主观的色彩，这才产生出诗味。

古人认为，生病或死亡，会导致魂不附体，流放介乎二者之间。所以流人感到他的魂魄已随着南飞之鸟，远离故国。据说由于南北气候的差异，大庾岭上梅花，南枝落时，北枝犹开（参《白氏六帖·梅部》），而流人家在北方，所以思乡的泪，竟打湿了北枝的花。诗以花、鸟作点缀，以南、北作唱叹，将前二句中所抒发的思乡之情，以曲折的方式作了推进。

接下来写雨散云收，气候转晴。这是写景，又不仅仅是写景，这里的景是所谓"有意味的情景"。这里的雨霁巧妙地映带了上文的"泪尽"。阴雨天气，本使人情绪低沉，而雨过天晴，又出现彩霞，则使人心情好转。其深层的意蕴是：天气的雨转晴，对应着人事的否极泰来。这是流人从景物中得到的心理暗示。诗中"变"字虽针对气象而发，却带来诗情的转折，贵在自然。

于是诗的结束水到渠成，借汉代贾谊被贬为长沙王太傅的典故，进一步表达盼望北归的心愿。"但令""不敢"的勾勒，形成一个条件复句：明明有恨，却说"不敢恨"；而"不敢恨"，又是以"归有日"作为条件的。明快的抒情之中，复有曲折含蓄之致，颇合于温柔敦厚之旨；加上技法圆熟，音韵谐婉，起承转合流畅自然，使这首诗达到了古典美的极致。

（周啸天）

●王之涣（688—742），字季凌，晋阳（今山西太原西南）人，后徙绛县（今属山西）。开元初为冀州衡水主簿，后被诬去职，优游山水。晚任文安县尉，卒于官舍。《全唐诗》存诗六首。

◇登鹳雀楼

白日依山尽，黄河入海流。
欲穷千里目，更上一层楼。

此诗是登楼题咏之作。一作朱斌诗。（芮挺章《国秀集》）

唐代河中府的一处高阜上，有一座三层的高楼，正对中条山，俯瞰黄河水，因为楼高，时有鹳雀来栖，故名鹳雀楼。这里历来是登临胜地。唐人题咏甚多，而这首五绝当推第一。

诗的前半写登览中所见苍茫壮阔的景象。诗句排空而起。"白日"，写傍山的太阳，圆而大，明朗璀璨。映衬它的是恢恢天宇，显得气势磅礴。用一个声调永长的"依"字，更状出了太阳靠山缓缓沉下的壮丽情景，这是只有登高远望才可能得到的生动感受。天地悠悠，气象恢廓，读者的胸怀为之大开。

事实上，在鹳雀楼上看不见大海，诗人却用丰富的联想加长了目力，写出了"黄河入海流"这样声势赫赫的句子。而声调短促的

"人"字与舒缓永长的"流"字配合,一仄一平,一张一弛,音情摇曳,成功地表现了黄河一泻千里东到大海的雄伟气势。诗句的韵律与所表现的情感水乳交融,完美统一。

短短十字,日、海、山、河,并吞万有,气象开张。写落日,写河流,却绝无"夕阳无限好,只是近黄昏""恰似一江春水向东流"的感伤。相反,这景象的豪迈壮阔,激起的是人不能自已的豪情。于是后二句把诗的意境提到一个新的高度。它不仅歌颂了大好河山,表现了诗人的襟怀抱负,还常被人简单概括为"站得高才能看得远"。在诗中,这样的哲理寓于形象,饱含着丰富情感,所以激动人心。

（周啸天）

●孟浩然（689—740），以字行，襄州襄阳人。少隐家乡鹿门山，玄宗开元十六年（728）进京应试不第，遂漫游天下，以布衣终老。有《孟浩然集》。

◇过故人庄

故人具鸡黍，邀我至田家。
绿树村边合，青山郭外斜。
开轩面场圃，把酒话桑麻。
待到重阳日，还来就菊花。

这是一首记述乡下做客的诗。请吃，是中国人建立感情的一种方式；杀鸡为黍，是田家待客的习俗。"鸡黍"二字很平常，但也有出处，《论语·微子》："子路从而后，遇丈人……止子路宿，杀鸡为黍而食之。"后来元杂剧有一出《范张鸡黍》，写的是后汉太学生范式，约定九月十五日到朋友张劭家探望，到期张杀鸡炊黍以待，张母疑心范相隔千里，未必能到，话音才落，范就到了。此诗一、二句写故人相邀而我即至，不推辞，不误期，既随和，又讲信用，这正是一种最普通的人情，是人际交往中最常有的现象。诗人随手拈出，富于生活气息，多么亲切。

继二句写赴会沿途所见景色，这村庄坐落在城外，傍着一带青山，为绿树所环绕，这使人想起一首有趣的数字诗："一去二三里，烟村四五家。亭台六七座，八九十枝花。"真能在写景中表现出郊游的情趣来。元人马致远《夜行船·秋思》写道："红尘不向门前惹，绿树偏宜屋角遮。青山正补墙头缺，更那堪竹篱茅舍。"这鼎足对的写景更鲜丽，也更尖新，然而却没有这里的自然朴素：马曲写的是茅舍一角，取景较窄，孟诗写的却是整个农村，眼界自宽；马曲流露的是孤高的情怀，此诗表现的却是平常心，具有更多的生活气息。所以这两句的好处，远在修辞之外，是全诗的灵魂，是感情与形象交融的结晶。这两句重点表现的是青山、绿树、村落，它们水乳交融地打成一片，而城郭相形之下就显得是个陪衬了，这里包含着一颗农家的心。

接下来写打开轩窗，宾主引怀细酌，谈笑风生，而谈的无非是庄稼话、家常话，所谓"相见无杂言，但道桑麻长"。城里终日忙忙碌碌的人，是很少能领略这种闲侃的乐趣的，前提是闲，有闲才有侃的心情，客人相对，清茶一杯，聊天聊上一天都不觉累。什么谋职求官之类的事，连想都不去想它了。诗人忘情于田园风光与友情之中了。

喝罢，谈了，最后是告辞。诗人的谈兴和酒兴未消，他说还要再来，那就在重阳节吧。这照应了开篇，这次是应邀而来，下次是不请也要来。在这种坦诚到忘形的话中，田庄的美好、故人的热情、做客的愉快，全都有了。

诗写一次普普通通的做客，在一个普普通通的农家，这儿既没有引人注目的名胜，也没有令人兴奋的事件，不过是一片场圃，遍地桑麻，一些村人来往的道路，然而诗人却成功地创造了一个和平的、理想的天地，一个没有传奇色彩的世外桃源，写出了诗人于友情与大自然中忘怀得失的喜悦。全诗平平叙起，娓娓道来，没有一个夸张的句子，没有一个华丽的词句，"语淡而味终不薄"（沈德潜），这就是孟浩然的诗。

（周啸天）

◇望洞庭湖赠张丞相

八月湖水平，涵虚混太清。
气蒸云梦泽，波撼岳阳城。
欲济无舟楫，端居耻圣明。
坐观垂钓者，徒有羡鱼情。

这是一首干谒之作。所干之人，一说为张九龄，一说为张说。就关系而言，浩然于九龄较深，但九龄并未做过岳州一带地方官；张说开元中曾罢相，开元四年坐事贬为岳州刺史，所以就事迹言，则投献张说的可能性为大。

洞庭本是长江中游巨浸，所谓"巴陵胜状，在洞庭一湖。衔远山，吞长江，浩浩汤汤，横无际涯，朝晖夕阴，气象万千"（范仲淹《岳阳楼记》）。诗人于八月来到此地，正值秋水盛涨，只一个"平"字，便形容出湖水更加浩渺。湖水给人的强烈感受，除了广，还有深，"涵虚混太清"一句就专写洞庭的孕大涵深。"虚"与"太清"俱指天空，不过"涵虚"的"虚"乃指水中的天空，"太清"则是指头上的天空，诚所谓"上下天光，一碧万顷"。这两句是大处落墨，静态的描写；接下来的两句则取动态，写洞庭的气势和声威。

据宋人范致明《岳阳风土记》云："（岳阳）城据湖东北（不仅如此，古代的云梦大泽也在洞庭的东北，具体而言，云泽在江北，梦泽在江南，相当于今湖北东南与湖南北部一带低洼地区，方圆八九百里），湖面百里，常多西南风。夏秋水涨，涛声喧如万鼓，昼夜不息。"而"气蒸云梦泽，波撼岳阳城"二句，就写出西南风至，湖之声气东行所具有的威力和影响，"蒸""撼"二字，写出了一种力度、一种震撼。这也就是孟诗"冲淡中有壮逸之气"的范例了。

湖水呈现的这种活力、这种气象，就使人联想到时代脉搏——盛唐气象。这触动了深藏在诗人潜意识里的不安：怎么能在这样千载难逢的大时代里无所作为呢？晚唐杜牧有一句诗"清时有味是无能"（《将赴吴兴登乐游原一绝》），可作"端居耻圣明"的注脚。"欲济无舟楫，端居耻圣明"两句，完成了此诗从写景到陈情间的过渡。

已经表现出希望援引的意思了，不过只说"欲济无舟楫"，就不那么露骨，反过来说也就是委婉。想到湖的彼岸，可惜没船；"鱼，我所欲也"，可惜没有钓竿。《淮南子·说林训》云"临河而羡鱼，不若归家织网"，一种跃跃欲试之情，跃然纸上。这是在陈情，在干人，然而运用的却是比兴手法，"欲济""舟楫""垂钓""羡鱼"，这些喻象都紧紧扣住观湖感兴而来。因此，全诗浑然一体，绝无前后割裂、勉强凑合之感。诗中三、四两句意境雄阔，后人经常把它与杜甫"吴楚东南坼，乾坤日夜浮"（《登岳阳楼》）相提并论。

（周啸天）

◇晚泊浔阳望庐山

挂席几千里，名山都未逢。
泊舟浔阳郭，始见香炉峰。
尝读远公传，永怀尘外踪。
东林精舍近，日暮但闻钟。

浔阳亦即江州（今江西九江），在溢水与长江交会处，庐山在城南。这首诗是诗人路过此地时写的。他登山没有呢？今已无从查考。诗一起即说"挂席几千里，名山都未逢"，想必是要登的。而这首诗表现的，是初到名山的喜悦，以及由此引起的怀古幽情。

初到名山的这份喜悦，诗人没有直接说出，然而通过前两句挂席千里、名山未逢的铺垫，一种不期然而然的欣喜之情，通过"始见"二字，溢于言表：哇，那就是香炉峰啊！真是踏破铁鞋无觅处，得来全不费工夫。香炉峰闻名已久，香炉峰的瀑布不可不看，路过而不看，是要遗憾终生的。然而庐山的有名又不只在山水，还因为它的人文历史。所谓"远公传"指的是南朝梁慧皎的《高僧传》，"远公"即东晋高僧慧远，曾和隐士刘遗民等结白莲社，后世奉为莲宗初祖。他爱庐山，刺史桓伊就为他在这里造了一座禅舍，即东林寺，或称"东林精舍"，大诗人陶渊明也曾和慧远有过交往。有道是"山不在高，有仙则名"，山本来高，有"仙"就更有名了。过去是从书上读到远公的事迹，曾长久地为之神往，而今东林精舍就在眼前，使人回忆传中所写，更有一种温故知新的感受——听那钟声，一定是从东林寺传来的吧。

诗并没有实写登山访古，却将见名山的愉悦和对古人的思慕一并传出，令人神往。故清人王士禛以为此诗达到"不著一字，尽得风流"的妙境，还说："诗至此，色相俱空，真如羚羊挂角，无迹可求（据说羚羊过夜是将角挂高枝之上，四足离地，故无迹可求），画家所谓逸品是也。"（《分甘余话》）

（周啸天）

◇舟中晓望

挂席东南望，青山水国遥。

舳舻争利涉，来往接风潮。

问我今何去？天台访石桥。

坐看霞色晓，疑是赤城标。

孟浩然诗常常"遇景入咏，不钩奇抉异"（皮日休），故诗味的淡泊往往叫人可意会而不可言传。这首《舟中晓望》，就记录着他约在开元十五年自越州水行往游天台山的旅行情况。实地登览在大多数人看来要有奇趣得多，而他更乐于表现名山在可望而不可即时的旅途况味。

船在拂晓时扬帆出发，一天的旅途生活又开始了。"挂席东南望"，开篇就揭出"望"字，是何等情切。诗人大约又一次领略了"时时引领望天末，何处青山是越中"（《渡浙江问舟中人》）的心情。"望"字是一篇的精神所在。此刻诗人似乎望见了什么，又似乎什么也没望见，因为水程尚远，况且天刚破晓。这一切意味都包含在"青山""水国""遥"这五个平常的字构成的诗句中。

既然如此，只好暂时忍耐些，抓紧赶路吧。第二联写水程，承前联"水国遥"来。"利涉"一词出自《易·需卦》"利涉大川"，意思是卦象显吉，宜于远航。那就高兴地趁好日子兼程前进吧。舳舻，一种方长船。"争利涉"以一个"争"字表现出心情迫切、兴致勃勃，而"来往接风潮"则以一个"接"字表现出一个常与波涛为伍的旅人的安定与愉悦感，跟上句相连，便有乘风破浪之势。

读者到此自然而然想要知道他"何去"了，第三联于是转出一问一答来。这其实是诗人自问自答："问我今何去？天台访石桥。"这里遥应篇首"东南望"，点出天台山，于是首联何所望，次联何所往，都得到解答。天台山是东南名山，石桥尤为胜迹。据《太平寰宇记》引《启蒙注》："天台山去天不远，路经油溪水，深险清泠。前有石桥，路径不盈尺，长数十丈，下临绝涧，惟忘身然后能济。济者梯岩壁，援葛萝之茎，度得平路，见天台山蔚然绮秀，列双岭于青霄。上有琼楼、玉阙、天堂、碧林、醴泉，仙物毕具也。"这一联初读似口头常语，无多

少诗味。然而只要联想到这些关于名山胜迹的奇妙传说，你就会体味到
"天台访石桥"一句中微带兴奋与夸耀的口吻，感受到作者的陶醉和神
往。而诗的意味就在那无字处，在诗人出语时那神情风采之中。

　　正因为诗人是这样陶然神往，眼前出现的一片霞光便引起他一个
动人的猜想："坐看霞色晓，疑是赤城标。"朝霞映红的天际，是那样
璀璨美丽，那大约就是赤城山的尖顶所在吧！赤城山在天台县北，属于
天台山的一部分，山中石色皆赤，状如云霞。因此在诗人的想象中，映
红天际的不是朝霞，而是山石发出的异彩。这想象虽绚丽，然而语言省
净，表现朴质，没有用一个精美的字面，体现了孟诗"当巧不巧"的特
点。尾联虽承"天台"而来，却又紧紧关合篇首。"坐看"照应"望"
字，但表情有细微的差异。一般来说，"望"比较着意，而且不一定能
"见"，有张望寻求的意味；而"看"则比较随意，与"见"字常常相
连。"坐看霞色晓"，是一种怡然欣赏的态度。可这里看的并不是"赤
城"，只是诗人那么猜想罢了。如果说首句由"望"引起的悬念到此已
了结，那么"疑"字显然又引起新的悬念，使篇中无余字而篇外有余
韵，写出了旅途中对名山向往的心情，十分传神。

　　此诗似乎信笔写来，却首尾衔接，承转分明，形象质朴，没有警
句炼字，却有兴味贯串全篇。从声律角度看，与五言律诗平仄全合，然
而通体散行，中两联不作骈偶。这当然与近体诗刚刚完成，去古未远，
声律尚宽有关；同时未尝不是出于内容的要求。这样，它既有音乐美，
又洒脱自然。"自是六朝短古，加以声律，便觉神韵超然。"（胡应麟
《诗薮》）

（周啸天）

◇宿建德江

移舟泊烟渚，日暮客愁新。
野旷天低树，江清月近人。

建德江是新安江流经建德（今属浙江）的那一段。诗人旅行时住在船上，诗也是在船上写的。此诗点情只"客愁新"三字，语言妙于模糊：可以是说离家未久（其实从襄阳到建德，离家的日子应不短，心理上可能觉得离家未久），所以想家；勿忘"日暮"二字，黄昏时分特别想家，也可使乡愁转新。而新愁只是旧愁，旧愁翻作新愁也。情，点到为止，其余全是写景了。

此诗写景极为清妙，"烟渚"二字可以唤起多少美的联想。而末二句更以天低于树来写原野的旷远，以月近于人来写江水的清澈平静，构思精巧。"天低树""月近人"都是视觉上的错觉，"天低树"是因天远于树，"月近人"只是月影近人也，虽是错觉，却有强烈的真实感。这种美得异样的景色，使诗人陶醉而又迷惘。景是太美了，只是人有些孤单，"应是良辰好景虚设"了。这就形象地印证了"客愁新"三字。

此诗在形式上取对结，即先散后骈，闹不好会有未完之感。然而这两句写景的同时，又是微妙地言情，有余味，所以只让人觉得精工，绝无半律（"半律"亦有凝练之意，或非贬词）之嫌。

（周啸天）

◇渡浙江问舟中人

潮落江平未有风，扁舟共济与君同。
时时引领望天末，何处青山是越中？

孟浩然的诗主要以五言见长，风格浑融冲淡。诗人将自己特有的冲淡风格施于七绝，往往"造境飘逸，初似常语"而"其神甚远"（陈延杰《论唐人七绝》）。此诗就是这样的高作。

孟浩然于开元初至开元十二三年间，数度出入于张说幕府，但并不得意，于是有吴越之游，开元十三年秋自洛阳出发，沿汴河南下，经广陵渡江至杭州。然后，渡浙江之越州（绍兴），此诗即作于此时。

在杭州时，诗人有句道"今日观溟涨"，可见渡浙江（钱塘江）前曾遇潮涨。一旦潮退，舟路已通，诗人便迫不及待登舟续行。首句就直陈其事，它由三个片语组成："潮落""江平""未有风"。初读似平平淡淡的常语，然而细味，这样三顿形成短促的节奏，正成功地写出为潮信阻留之后重登旅途者的惬意。可见语调也有助于表现诗意。

钱塘江江面宽阔，而渡船不大。一叶"扁舟"，是坐不了许多人的。"舟中人"当是来自四方的陌生人。"扁舟共济与君同"，颇似他们见面的寒暄。这话淡得有味，虽说彼此素昧平生，却在今天走到同一条船上来了，"同船过渡三分缘"，一种亲睦之感在陌生乘客中油然而生。尤其因舟小客少，更见有同舟共济的亲切感。所以问姓初见，就倾盖如故地以"君"相呼。这样淡朴的家常话，居然将承平时代那种淳厚

世风与人情味惟妙惟肖地传达出来，谁能说它是一味冲淡？

　　彼岸已隐隐约约看得见一带青山，更激起诗人的好奇与猜测。越中山川多名胜，是前代诗人谢灵运遨游歌咏过的地方，于是，他不禁时时引领眺望天边：哪儿应该是越中——我向往已久的地方呢？他大约猜不出，只是神往心醉。这里并没有穷形尽相的景物描写，唯略点"青山"字样，而越中山水之美尽从"时时引领望天末"的游子的神情中绝妙传出，可谓外淡内丰，似枯实腴。"引领望天末"，本是陆机《拟兰若生春阳》成句。诗人信手拈来，加"时时"二字，口语味浓，如从己出，描状生动。注意吸取前人有口语特点、富于生命力的语汇，加以化用，是孟浩然特擅的本领。

　　"何处青山是越中？"是"问舟中人"，也是诗的结句。使用问句作结，语意亲切，一问便结，令读者心荡神驰，使意境顿生高远。全诗运用口语，叙事、写景、抒情全是朴素的叙写笔调，而意境浑融、高远、丰腴、完满。"寄至味于淡泊"（《古今诗话》引苏轼语，见《宋诗话辑佚》），对此诗也是确评。

（周啸天）

●王维（701？—761），字摩诘，太原祁（今属山西）人，后徙家蒲州（今山西永济西南）。玄宗开元九年（721）中进士，任太乐丞，因伶人舞黄狮子坐罪，贬济州司仓参军。二十三年任右拾遗。曾以监察御史出使凉州，为河西节度使幕府判官。二十八年迁殿中侍御史，以选补副使赴桂州知南选。天宝元年（742）改官左补阙。十四载迁给事中。肃宗至德二载（757）陷贼官六等定罪，以诗获免。乾元元年（758）授太子中允，加集贤学士，迁中书舍人，改给事中。上元元年（760）官尚书右丞。有《王右丞集》。

◇渭川田家

斜光照墟落，穷巷牛羊归。野老念牧童，倚杖候荆扉。雉雊麦苗秀，蚕眠桑叶稀。田夫荷锄立，相见语依依。即此美闲逸，怅然吟《式微》。

"渭川"，《文苑英华》作"渭水"，渭水本是古黄河，由于地壳的变迁，迫使黄河改道，形成现状。它发源于甘肃渭源县鸟鼠山，东流经陕西省，于潼关县入黄河。在唐代，这是一条重要的河流，长安就在渭水南岸，故有"西风吹渭水，落叶满长安"（贾岛）之歌吟。此诗写渭河流域的农村生活观感，时在一个暮春傍晚。

农村的黄昏时分是富于诗意的，不仅是因为夕阳可爱，余晖返照墟落的景色迷人，而且经过了一天劳作，农夫们就要得到甜蜜的憩息，乡村的气氛特别轻松愉快。"日之夕矣，羊牛下来"，各家各户，都在盼望亲人的回还。诗人从中撷取了一个典型的动人情景：一个老人正拄着拐棍在柴门外等候暮归的牧童。一种老牛舐犊的亲切的人情味，就透过纯客观描写的画面流露出来。拄杖动作描写固好，"念"字写心理活动尤佳。

潘岳《射雉赋》写暮春野外景物道："麦渐渐以擢芒，雉唯唯而朝雊。"诗人概括为一句："雉雊麦苗秀。"这是蚕儿快要结茧的季节，荀卿《蚕赋》云："三俯三起，事乃大已。"阡陌上的景色，正是"柔桑采尽绿阴稀"（王安石）。诗句紧扣农时农事，散发出浓郁的泥土气息。倘在日间，农夫们"足蒸暑土气，背灼炎天光。力尽不知热，但惜夏日长"（白居易《观刈麦》），决不会有人荷锄而立，拉闲扯淡。只有在这黄昏收工时分才有工夫摆谈几句，虽不过只说些桑麻之类，却谈得十分投机，依依不舍。稍有农村生活经验的人，都会为这些质朴无华的诗句所感动，艾青诗云："我永远是田野的各种气息的爱好者啊／无论我飘泊到哪里／当黄昏时走在田野上／那如此不可排遣地困惑着我的心的／是对于故乡路上的畜粪的气息／和村边的畜棚里的干草的气息的记忆啊……"

这首艾青的诗叫《黄昏》，而王维这首诗的"式微"也是黄昏的意思，同时它也是《诗经》的一个篇名。《式微》一诗抒发的是为主子从早干到晚，天黑了还不得回家的怨情。王维为渭川农村黄昏景色所吸引，从而产生了对田园生活的艳羡，也就情不自禁地想起《诗经》中的这首诗来。诗人的"羡"，当然是置身局外的感觉。鲁迅《风波》曾揶揄道："老人男人坐在矮凳上，摇着大芭蕉扇闲谈，孩子飞也似的跑，或蹲在乌桕树下赌玩石子。女人端出乌黑的蒸干菜和松花黄的米饭，热蓬蓬冒烟。河里驶过文人的酒船，文豪见了，大发诗兴，说：'无思无虑，这真是田家乐呵！'""无思无虑"正是"闲逸"二字的注脚。话说回来，正因为置身局外，诗人也才持审美观照的态度，对田家景物有极新鲜的发现。他捕捉住最富有乡村黄昏特征的景物，描绘出了一幅富于生活情趣的田园画。

　　这确是"画"。除末二句抒情外，前八句皆写景：夕阳西下，牛羊归巷，野老候门，麦秀桑稀，田夫闲话……景与景间并无时间先后关系，也不表现动作过程，而重在展露物象的空间关系，与孟浩然《过故人庄》重在表现时间过程，四联依次写应邀—赴宴—开筵—话别相比，本篇如画的特色尤显。

（周啸天）

◇栾家濑

> 飒飒秋雨中，浅浅石溜泻。
> 跳波自相溅，白鹭惊复下。

　　自然美多姿多彩。即使同一个风景点上，那景色也有四时晨昏的变化，宜人程度的不同。"雷峰夕照""三潭印月"等景名就有这样的讲究。王维写景诗的一个特点就在善于捕捉某地最为宜人的景色，如《鹿柴》写深林返照，《鸟鸣涧》写月下鸟语，还有《栾家濑》写秋雨急流，也是好例子。

　　秋雨不如夏雨来势陡，但持续时间较长，水较平日更为湍急。濑

声喧哗，方引起诗人往观的兴趣。诗人之好友裴迪同咏道："濑声喧极浦，沿步向南津。"正写出当日情事。披蓑冒雨往观濑景，游者兴致之高，濑声之富于魅力，可想而知。读诗的前二句，就使人如见这样的图景：在"飒飒秋雨中"，两位幽人伫立滩头，谛听"浅浅"濑声，目送湍急的"石溜"满空丝雨，一川水流，交织成自然的乐章，流动的画意，十分迷人。秋雨急濑，水流夹有大量鱼虾，又值浦上少行人，故其时鸥鹭翔集，其中较有趣的是白鹭。这种水鸟颇善伪装，所谓"立当青草人先见，行傍白莲鱼未知"。往往一足独拳，移时不动，专候过路的鱼虾，但在急流险滩之边，时有水石相激，跳珠倒溅，又常使得这警觉的长腿鸟儿猛然吃惊，腾空而起。终因羡鱼心切，虚惊之后，又安然

"复下"。诗的后二句即写这种特殊的风光。那"白鹭"绝非一只两只，惊而复下的情形，必然周而复始、此起彼落地发生，成为一种节奏感很强的运动，不在秋雨急濑中，断难见到如此奇景。

秋雨迷蒙的背景之上，濑声伴奏，白鹭起舞，成为天趣盎然的图画。与王维同时，到过栾家濑的人必多。而栾家濑的美，唯有对大自然独具慧眼的王维才能发现，并将这种美用富于色彩与音乐的文字予以惟妙惟肖地再现。

（周啸天）

◇白石滩

清浅白石滩，绿蒲向堪把。

家住水东西，浣纱明月下。

辋川诸诗多写景之作，兼及人事活动而写得饶有情味的，当推这首诗。滩水自然很"清浅"。但若是止水，则石上必生绿苔，从"白石"二字可见是流水了。流水不腐，长经水激，则滩边滩底的石子特为清洁光润，洁白可爱。于是，"清浅白石滩"一句既写出明月下之水色，又能传出"清泉石上流"的悦耳之声。此情此景，不仅幽静，而且富于生意。

次句的"绿蒲"与首句的"白石"对举成文，蒲苇之绿与滩石之白相对比，色彩幽雅而鲜明。"向堪把"是说揽之几可盈把，是写蒲苇的丰茂。盖蒲苇之为物不仅可供观赏，还有经济价值："青蒲衔紫茸，长叶复从风。与君同舟去，拔蒲五湖中。"（南朝民歌《拔蒲》）蒲茎可以编席，苇花可以絮衣。"绿蒲向堪把"，于流连光景之外，有意无意含有一种劳动者的喜悦。

这就自然而然带出了诗中主人公"家住水东西，浣纱明月下"。这两句省略的主语，就是诗人在《山居秋暝》中歌咏过的"浣女"了。她们白天劳作，明月之夜正好出来浣衣。说成"浣纱"易使人联想到古代的西子，这就把人与事都诗化了。在白石滩浣衣的女子，居处不远，有的在水东，有的在水西。虽然各在水之一方，那清浅的滩流，却不甚宽广，因此无妨她们涉足来往。二句又隐隐流露出一种伙伴的亲切感。

白石滩头，水声淙淙，杂着笑语，这景象和平美好，王昌龄有一首《浣纱女》诗云："钱塘江上是谁家，江上女儿全胜花。吴王在时不得出，今日公然来浣纱。"二诗归趣相若，可以参读。

（周啸天）

◇竹里馆

独坐幽篁里，弹琴复长啸。

深林人不知，明月来相照。

竹里馆建在辋川一片竹林之中，环境幽深。王维常憩馆内，"日与道相亲"。此诗写其恬淡自得的生活情趣。

"幽篁"一词出自《楚辞·九歌·山鬼》："余处幽篁兮终不见天。""终不见天"正表现篁竹遮天蔽日的深幽。《山鬼》歌辞表现出

的是一种孤独思偶的情怀，隐寓着骚人政治上求合不成的感喟；《竹里馆》"独坐幽篁里"云云，则完全是怡然自得的神情。在唐诗中，"弹琴"这个意象往往用来表现一种不合时宜的清高拔俗的情感。至于"长啸"，自魏晋以来就是名士风度的一种表征，那啸声饶有旋律，相当富于魅力，"竹林七贤"之中的阮籍就神乎其技，竟能"与琴声相谐"（《陈留风俗传》）。"弹琴复长啸"，就传达出独处幽篁之幽人悠闲怡悦、尘虑皆空、忘乎其形的情态。

　　"深林人不知"，虽不是"不吾知其亦已兮"的牢骚话，却也小有遗憾。这就摇漾出最后一句："明月来相照。""来相照"与"人不知"意义正相对，正好弥补了那小小的遗憾而归于圆满。诗人似有了他的知音——你看那中宵皎洁的明月，打那篁竹的空隙间钻出来，脉脉相窥，直令人心境为之澄澈。不过，"来相照"的毕竟只是一轮"明月"，又更见竹里馆的"幽深无世人"（裴迪《竹里馆》），更见其境的恬静。

　　此诗在用字造语上没有用力的痕迹。写景只在俯仰之间，"幽篁""深林""明月"，几个物象，自成幽雅环境；叙写的笔墨也简淡，"独坐""弹琴""长啸"几个动作，巧妙传达闲逸、自适心情。三、四两句转合之间那个小小的摇漾，其功用是不可忽略的。

（周啸天）

◇鸟鸣涧

> 人闲桂花落，夜静春山空。
> 月出惊山鸟，时鸣春涧中。

　　王维的《皇甫岳云溪杂题》五首是描写友人别墅风光的一组诗，《鸟鸣涧》即其一。鸟鸣涧是云溪一处地名，顾名思义，这是一个多鸟而幽静的山沟。王维"晚年唯好静"，对大自然的幽美境界多有发现。这首描写春天月色、空山鸟语的小诗是他的代表作之一。

　　关于鸟鸣和山幽之间的关系，我们的古代诗人是很感兴趣的。南朝梁诗人王籍就有"鸟鸣山更幽"的名句，而宋代诗人王安石却反其意而用之，在诗中写道："一鸟不鸣山更幽。"然而，它们似乎都不如王维《鸟鸣涧》善于体察二者之间的辩证关系，从而创造出更为深邃的境界。

诗的前二句包含四个片语："人闲""桂花落""夜静""春山空"。"空"，是佛学对世界本质的概括，也是王维诗中的关键字。细细品味，"静"是"空"在自然环境上的表现，"闲"是"空"在人的心境中的表现。从写景的角度看，这四个片语通过人的心境的平静、夜的宁静、山的寂静，加之桂花（春桂或月桂）落地静无声这样一个细节，就充分地写出了月出以前春山毫无声息的静谧。它使人联想到"山中不隐响，一叶动亦闻"（孟郊）或"闲花落地听无声"（刘长卿）那样幽寂的境界，正是"一鸟不鸣山更幽"。

如果仅此而已，诗境便不免单调，缺乏意趣，尤其是不能见出"鸟鸣涧"的特色。所以诗人进而写道："月出惊山鸟，时鸣春涧中。"由于月出，鸟儿受到惊扰，不时发出一两声啼鸣，打破了夜的寂静，却又反衬出深夜空山的寂静。这就是"鸟鸣山更幽"。

如果没有月出前春山绝对的寂静，鸟儿就不会因月出而惊啼；而月出后整个空山的氛围仍是一片寂静，偶尔传来一两声鸟鸣，反而更衬出春山的寂静，这里有对立面相反相成的关系，也有整体与局部的对比关系：鸟声乍停之后，更显得春山无边的寂静。这里，"鸟鸣山更幽"又回到"一鸟不鸣山更幽"，然而意境却更加深邃了。因为读者不仅从比较中加深了对静的感受，而且体味到春山的寂静中包孕的无限生机。

幽暗的山谷，万籁无声，使人排除杂念，由静入定；突然，奇迹发生，皓月当空，光明洞彻，山谷时有鸟鸣，使人心生欢喜，由定生慧。因此可以说，此诗的诗境，也是禅悟过程的一种象征。

（周啸天）

◇田园乐七首（录一）

桃红复含宿雨，柳绿更带朝烟。
花落家童未扫，莺啼山客犹眠。

《田园乐》是由七首六言绝句构成的组诗，写作者退居辋川别墅与大自然亲近的乐趣，所以一题作《辋川六言》。这里选的是其中一首。诗中写到春"眠""莺啼""花落""宿雨"，容易令人想起孟浩然的五绝《春晓》。两首诗写的生活内容有那么多相类之处，而意境却很不相同。彼此相较，最易见出王维此诗的两个显著特点。

第一个特点是绘形绘色，诗中有画。这并不等于说孟诗就无画，只

　　不过孟诗重在写意，虽然也提到花鸟风雨，但并不细致描绘，它的境是让读者从诗意间接悟到的。王维此诗可完全不同，它不但有大的构图，而且有具体鲜明的设色和细节描画，使读者先见画，后会意。写桃花、柳丝、莺啼，捕捉住春天富于特征的景物，这里，桃、柳、莺都是确指，比孟诗一般地提到花、鸟更具体，更容易唤起直观印象。通过"宿雨""朝烟"来写"夜来风雨"，也显然有同样的艺术效果。在勾勒景物的基础上，进而再着色，"红""绿"两个颜色字的运用，使景物鲜明怡目，读者眼前会展现一派柳暗花明的图画。"桃之夭夭，灼灼其华"（《诗经·桃夭》），加上"杨柳依依"，景物宜人。着色之后还有进一层渲染：深红浅红的花瓣上略带隔夜的雨滴，色泽更柔和可爱，雨后空气清新，弥散着冉冉花香，使人心醉；碧绿的柳丝笼在一片若有若无的水烟中，更袅娜迷人。经过层层渲染、细致描绘，诗境自成一幅工笔重彩的图画；相比之下，孟诗则似不着色的写意画。一个妙在有色，一个妙在无色。

孟诗从"春眠不觉晓"写起，先见人，后入境。王诗正好相反，在入境后才见到人。因为有"宿雨"，所以有"花落"。"花落"就该打扫，然而"家童未扫"。未扫非不扫，乃是因为清晨人尚未起的缘故。这无人过问满地落花的情景，不是别有一番清幽的意趣吗？"未扫"二字有意无意得之，毫不着力，浑然无迹。末了写到"莺啼"，"莺啼"却不惊梦，"山客"犹自酣睡，这正是一幅"春眠不觉晓"的入神图画。但与孟诗又有微妙的差异，孟诗从"春眠不觉晓"写起，其实人已醒了，所以有"处处闻啼鸟"的愉快和"花落知多少"的悬念，其意境可用"春意闹"的"闹"字概括。王诗最后才写到春眠，人睡得酣恬安稳，于身外之境一无所知。花落莺啼虽有动静有声响，只衬托得"山客"的居处与心境的宁静，所以其意境主在"静"字上。王维之"乐"也就在这里。人们说他的诗有禅味，并没有错。崇尚静寂的思想固有消极的一面，然而，王维诗难能可贵在它的静境，与寂灭到底有不同。他能通过动静相成，写出静中的生趣。唐诗有意境浑成的特点，但具体表现时仍有两类：一种偏于意，让人间接感到境，如孟诗《春晓》就是；另一种偏于境，让人从境中悟到作者之意，如王诗就是。而由境生情，诗中有画，是此诗最显著优点。

第二个特点是对仗工整，音韵铿锵。孟诗《春晓》是古体五言绝句，在格律和音律上都很自由。由于孟诗散行，意脉一贯，有行云流水之妙。此诗则另有一工，因属近体六言绝句，格律精严。从骈偶上看，不但"桃红"与"柳绿"、"宿雨"与"朝烟"等实词对仗工稳，连虚词的对仗也很经心。如"复"与"更"相对，在句中都有递进诗意的

作用；"未"与"犹"相对，在句中都有转折诗意的作用。"含"与
"带"两个动词在词义上都有主动色彩，使客观景物染上主观色彩，
十分生动。且对仗精工，看去一句一景，彼此却又呼应联络，浑成一
体。"桃红""柳绿""宿雨""朝烟"，彼此相关，而"花落"句承
"桃"而来，"莺啼"句承"柳"而来，"家童未扫"与"山客犹眠"
也都是呼应着的。这里表现出的是人工剪裁经营的艺术匠心，画家构图
之完美。对仗之工加上音律之美，使诗句念来铿锵上口。中国古代诗歌
以五、七言为主体，六言绝句在历代并不发达，佳作尤少，王维的几首
可以算是凤毛麟角了。

（周啸天）

●常建（生卒年不详），玄宗开元十五年（727）进士及第，仕途颇不得意，天宝间曾为县尉。《全唐诗》存诗一卷。

◇题破山寺后禅院

清晨入古寺，初日照高林。
竹径通幽处，禅房花木深。
山光悦鸟性，潭影空人心。
万籁此都寂，但余钟磬音。

破山在今江苏常熟，山有兴福寺，南齐时建。这首诗写清晨游寺后禅院的观感，完全遵循自然顺序来写。"清晨入古寺，初日照高林"，诗人到寺的这个清晨天气晴好，旭日初升，光照山林的景象，引起人对佛寺的礼赞之情。"高林"二字，直解就是山上的森林，而佛家又称僧徒聚集之所为"丛林"，因此，这两个字也有这样的含义。

"竹径通幽处，禅房花木深"，这两句承上写上山的观感。诗人穿过丛丛竹林，沿着弯弯曲曲的山道朝上走，只觉环境越来越幽深，最后通到禅院，这里有很多的花木，使人感到眼前一亮。这一联对仗非常松散，"通幽处"和"花木深"甚至完全不对。然而，欧阳修却十分爱重，认为不可及（见《欧阳文忠公集》外集卷二三），这是为什么呢？

原来它的好处不在对仗，而在意境。细玩其妙，又不在它最后通到的境界——"禅房花木深"，而在于通到这个境界的过程——"竹径通幽处"。这句诗，曾被后人改易一字为"曲径通幽处"（见《红楼梦》第十七回《大观园试才题对额》），非常好，算得上唐人的一字之师——因为更准确，所以更高明。它写出了登山临水的妙趣，也写出了中国园林的构造秘诀。而且颇有象征意蕴，可以用来指称别的事物，如参禅——"踏破铁鞋无觅处，得来全不费工夫"，又如写诗——宋诗就往往得曲径通幽之趣。然而率先揭示出这一诗美的，却是这一句唐诗。

　　"山光悦鸟性，潭影空人心"，这两句是继"禅房花木深"，对"幽处"二字的进一步刻画。举目四望，寺后的青山浴着日光，鸟儿们欢唱自娱着，在清潭中照见自己的影子，顿时忘怀世间的得失。山水山水，山为载体，而水为灵魂。"潭影空人心"五字，写出面对清澈的潭水，人所得到的宁静和彻悟，自是妙语。而"山光悦鸟性"更是推我及物，写出物我间的通感，更是禅的境界，使人想起《庄子》里那一段著名的对话："庄子与惠子游于濠梁之上。庄子曰：'鯈鱼出游从容，是鱼之乐也。'惠子曰：'子非鱼，安知鱼之乐？'庄子曰：'子非我，安知我不知鱼之乐？'"禅是不涉理路、不落言筌的，一切都在自己的觉悟，所以"知鱼之乐"无可争辩，"山光悦鸟性"也无可争辩。

"万籁此都寂，但余钟磬音"，诗的结尾从声音着笔，写禅院的玄寂。万籁俱寂与钟磬之声是矛盾的，有钟磬之声即不得谓之万籁俱寂；然而二者又是相反相成的，正因为有钟磬之声，才显得禅院四周的山林的寂静。在唐诗中，写古刹钟声，往往是带有象征性的，就是自然的召唤，让人觉悟，让人放下，从而使一刹那成为永恒。美国诗人弗罗斯特说"诗始于喜悦，而止于智慧"，这首诗便是如此，诗人以禅悦的态度静观物理，故兴象深微，渐入佳境，令人觉悟，故能成为唐诗中最为人传诵的名篇之一。

（周啸天）

◇西山

一身为轻舟，落日西山际。常随去帆影，远接长天势。物象归余清，林峦分夕丽。亭亭碧流暗，日入孤霞继。日渚远阴映，湖云尚明霁。林昏楚色来，岸远荆门闭。至夜转清迥，萧萧北风厉。沙边雁鹭泊，宿处蒹葭蔽。圆月逗前浦，孤琴又摇曳。泠然夜遂深，白露沾人衣。

据元代辛文房《唐才子传》，常建大历中为盱眙尉，颇不如意，后寓鄂渚（即鄂州，今湖北武汉），招王昌龄、张偾同隐。此诗题作《西山》，是游西山夜泊之作。西山在今湖北省鄂州市鄂城区以西数里处，山势陡峻，上有九曲岭，下瞰长江，风景优美。诗当作于作者寓居鄂渚之后，乃其晚年作品。

作者在诗中处理感情变化时相当精微，这在反复咀嚼中便可体味。起手四句，写落日时分，只身驾着一叶扁舟，来到西山脚下，他回头放眼望去，那烟波浩渺的江面上，帆影片片，水天相接处尤其显得广阔高远。这是来到西山时作者最初的感受，也是最为赏心悦目的画面。"一身为轻舟"，即"言独身泛舟，身犹舟也"（沈德潜评）。轻快的小舟与轻松的心情融为一体，似乎消失了人与舟的界限。这一段看来是在单纯叙事、写景，从中却透露出作者泛舟长江之后，小船刚刚泊定时，那种轻松、舒畅而又欣喜的心情。作者写得从容不迫，一片激情包蕴其中，几乎不露痕迹。

如果说前四句在情绪上是开朗、兴奋而上扬的，那么，接下来八句，当作者进一步细心审视西山景致时，由于暮色渐浓，情绪也随之由欣喜逐渐趋于低抑，这是情感上的一次变化。当他游目骋怀时，那已近黄昏的夕阳真是无限美好，余晖映照着山林、峰峦和各种物象，一切显得这般清丽。你看，那江中显得有点发暗的"亭亭（即渟渟，水不流通貌）碧流"，日落后天上出现的云霞，以及远处小岛的阴影，倒映在湖水中的明亮的云彩，这一切，天上水中，远方近处，景象是多么清新而美丽。我们似乎感觉到作者在伫立观望时，那置身于清丽美景中的宁静而满足的心理，也许脸上还漾起了欣慰的笑意。然而，暮色毕竟来临了，这一天最后的景致虽然无限美好，但终是这般短暂，转瞬即逝。此时，整个楚地的山林昏暗起来，而长江对岸的荆门也因夜幕降临而关闭。于是，作者在暂得欣然之后，收视返听，掩起了自己的心扉，似乎在作深沉的回味和思考。这里，"林昏楚色来，岸远荆门闭"的幽暗色彩，与第一段的"常随去帆影，远接长天势"的阔大气势，形成了对比，作者的情绪由开始的上扬，自然而然地转入了低抑。

从第二段到第三段（亦即最后八句）的过渡，中间有一个较长时间的间歇。也许，作者在领略傍晚美景之后，便举觞饮酒，等待夜中美景的到来。此时，凌厉的北风从江面吹起，作者矍然惊视，啊，这夜晚的景色又变得这般"清迥"（即清远），情绪也由刚才的低抑而忽然振起。这清冷幽远的夜景，使作者流连不已。他看到，岸边沙上宿着大雁和白鹭，自己的小船停泊在芦苇之中，而透过芦苇，一轮明亮的圆月遥挂在前头水滨。此时，他按捺不住激动的心情，高兴地取出琴来弹奏着，琴声颤动而悠长，与水声、风声相和鸣，他要借这月夜清景，来尽情抒发自己的胸怀。然而弹着弹着，夜渐深渐冷，江面的白露也沾湿了自己的衣袖，景象更加清冷，心情再度转入低抑。全诗到这里自然结束，在明月的映照下，我们似乎还听见那悠扬的琴声和澎湃的水声交织在一起，留下了无尽的情思，令人回味无穷。

整首诗就像一曲无声的音乐，情感节奏在起伏变化中，显得很有规律。先是昂扬向上，接着逐渐转入低抑，然后又稍稍振起，形成高潮，最后又入低抑。这样安排，就显得轻重疾徐，变化有致，而避免了平铺直叙。读者也在情感的波动中，十分欣喜地走完了一段美的历程。

为了表达这种精微的情感，作者在观察景物和选取意象时，非常精细。第一段主要在表现阔大的气势，作者选取了西山、落日、帆影、长天等意象，造成"远接"之"势"。第二段，作者以"清""丽"二字来概括西山暮景，而林峦、碧流、孤霞、日渚、湖云等意象的巧妙组合，就十分生动地表现了这种特点。第三段，又以"清迥"来概括夜景，其中北风、雁鹭、蒹葭、圆月、琴声、白露等意象，组合交融，表现得恰到好处。各段为表现这些特定的意象，毫无重复，它是经过作者精心选择而置入诗的旋律的。随着诗人复杂的、微妙的感情和诗思的变化，诗中意象也自然流动转换，表现了一种难以诉诸言表的感受与心境。为了使一些意象更为深入地表达感情，作者还采用特别的修辞手法。最明显的是"圆月逗前浦，孤琴又摇曳"二句：第一句采用了拟人的手法，用一"逗"字，使得本无生命的月亮人格化，变得格外多情、生动、活泼起来，引人喜爱，作者的欣然之情洋溢于言外；第二句采用了通感的手法，把只能诉诸听觉的琴声，变为似乎从视觉上也看得见的动态的形象——"摇曳"，这就使琴声分外感人，似乎与天上逗人的圆月相应和，把作者在观赏夜景时的激情推向高潮。这些地方，充分表现了作者的艺术匠心和深厚功力。

（管遗瑞）

　　●丘为（生卒年不详），苏州嘉兴（今属浙江）人。天宝初进士，曾官太子右庶子。与王维、刘长卿友善。贞元间卒，年九十六。《全唐诗》存诗十三首。

◇题农父庐舍

　　东风何时至，已绿湖上山。
　　湖上春已早，田家日不闲。
　　沟塍流水处，耒耜平芜间。
　　薄暮饭牛罢，归来还闭关。

　　这是一首古体诗，写田园早春和田家的春耕生活，平淡而有至味。诗中人有两个：一为叙事者，即"题农父庐舍"的诗人，他以自己的审美怡悦，引领读者去品味田园风光和农家生活；一为"田家"，他们极为平淡地生活着，日出而作，日落而息，苦与乐皆不在意，尤其如此，让人倍觉朴素、自在，翛然自远。

　　"东风"二句，起势便好，语淡而意新。春风什么时候到的呀？在不知不觉中，湖上的山都已经绿了！惊讶、喜悦之情自蕴其间，这是叙事者的询问。冬春之交，风向的变化意味着季节的转变，东风便是春风。《礼记》："孟春之月，东风解冻。"通常情形，人们应是先明显地感觉春风到来，似乎是它的浩荡之力使草木生长、变绿。丘为的好友王维《赠裴十迪》有言："春风动百草，兰蕙生我篱。……欣欣春还皋，澹澹水生陂。"丘为诗突出春早，写湖上之山在人尚无明显感觉春风到来的情况下，已悄然变绿。"绿"字作动词用，极其传神。丘为同时代的李白，也有此用法："东风已绿瀛洲草。"（《侍从宜春苑奉诏赋龙池柳色初青听新莺百啭歌》）但丘为之诗用"绿"字，省却"绿"的草木本体，更为精练含蓄，且使"绿"字充分展衍出诗性情味来。《唐诗归》载钟惺云："不说出草树，甚有味。此'绿'字虚用有情。"说得极好。北宋王安石"春风又绿江南岸"，便明显得丘为神韵；元人邓文原"春风绿遍川原草"（《江参百牛图》），明人王恭"春风已绿吴门树"（《吴云归兴送别王明府子偲还姑苏》），则着实草木本体，未免"绿"意褊狭。

诗人或是久未出门，骤至田园，故觉春早而新奇；或是果真今年开春特早，然农家平常居处，自是早知，而按其感知物候变化之经验，顺时安排着他们的生产、生活，从容，平常，井然有序。"湖上春已早，田家日不闲"，便把读者带入如《诗经·豳风七月》"四之日举趾"、王维《新晴野望》"农月无闲人，倾家事南亩"等的诗意中。"沟塍"二句用流水对，描写春水淙淙的沟渠田埂处，平旷的田野间，到处或隐或现着挥动未耜的农人们，景象如在目前。结尾"薄暮"二句，提炼出"饭牛""闭关"两个经典意象。在农父一方，饲牛、闭门事再平凡不过；在诗人一方，真得隐逸君子躬耕自适、屏绝尘扰的无穷意趣。

此诗意象不繁，简古疏旷，作者功夫自至深处，而写来"妙不费力，是练神法"（《唐贤清雅集》）。田园诗以此等为上。清人王士禛编此诗入《唐贤三昧集》，正是其宜。

（李亮伟）

●李白（701—762），字太白，号青莲居士，自称祖籍陇西成纪（今甘肃静宁西南）。玄宗开元十三年（725）出蜀漫游，先后隐居安陆（今属湖北）与徂徕山（今属山东）。天宝元年（742）奉诏入京，供奉翰林，后赐金还山。安史乱中因从永王李璘获罪，陷身囹圄，一度流放。有《李太白集》。

◇蜀道难

噫吁嚱，危乎高哉！蜀道之难，难于上青天。蚕丛及鱼凫，开国何茫然！尔来四万八千岁，不与秦塞通人烟。西当太白有鸟道，可以横绝峨眉巅。地崩山摧壮士死，然后天梯石栈相钩连。上有六龙回日之高标，下有冲波逆折之回川。黄鹤之飞尚不得过，猿猱欲度愁攀援。

青泥何盘盘，百步九折萦岩峦。扪参历井仰胁息，以手抚膺坐长叹。问君西游何时还？畏途巉岩不可攀。但见悲鸟号古木，雄飞雌从绕林间。又闻子规啼夜月，愁空山。蜀道之难，难于上青天，使人听此凋朱颜！连峰去天不盈尺，枯松倒挂倚绝壁。飞湍瀑流争喧豗，砯崖转石万壑雷。其险也如此，嗟尔远道之人胡为乎来哉！

剑阁峥嵘而崔嵬，一夫当关，万夫莫开。所守或匪亲，化为狼与豺。朝避猛虎，夕避长蛇，磨牙吮血，杀人如麻。锦城虽云乐，不如早还家。蜀道之难，难于上青天，侧身西望长咨嗟！

本篇是李白成名作，"李太白初自蜀至京师，舍于逆旅。贺监知章闻其名，首访之，既奇其姿，复请所为文。出《蜀道难》以示之，读未竟，称叹者数四，号为谪仙"（孟棨《本事诗》）。诗用乐府旧题，大胆想象，集中歌咏横穿秦岭、由秦入蜀的川北蜀道（秦岭南北有著名的子午道、傥骆道、褒斜道、金牛道、陈仓道、阴平道等）。全诗脉络大体遵循从古到今、由秦入蜀、从自然地理环境到社会政治历史的顺序，使主题逐渐深化。可分三段。

一段从篇首到"猿猱欲度愁攀援"，写长安西面秦蜀（川陕）交通之不易，着重从神话传说的角度写蜀道之难。一起就是李白式的风雨骤至，三个惊叹语（噫吁嚱，危乎，高哉）的连属，一个极度夸张而又通俗的比方（蜀道之难，难于上青天），传达出蜀道给人总体上的石破天惊之感。紧接以秦蜀两地文明开化时代悬殊，极力夸张秦蜀交通之不易。"蚕丛""鱼凫"这两个图腾时代古蜀王的名称，"四万八千岁"这个年代数目的夸张，形象地告诉人们这一段蒙昧史前期之漫长，秦蜀两地交通隔绝年代之漫长，也就是间接形容"蜀道难"。太白山是秦岭主峰，民谣曰"武功太白，去天三百"，"有鸟道"是原无人路的一转语。五丁力士开山的传说为蜀道蒙上一层光怪陆离的色彩。交通有了，然而仍是"天梯石栈相钩连"而已，上有高标，下临深渊，鹤见愁，猿见愁，神（六龙）见愁，鬼见愁，就不用说人见该是怎样地战战兢兢了。这一段的写法是层层渲染气氛，在未具体描写自然光景之前，先声夺人，使人先从气氛上感受到蜀道之难

和蜀道之奇。

　　二段从"青泥何盘盘"到"嗟尔远道之人胡为乎来哉"，写青泥岭以南由秦入蜀道路的艰险，着重从自然地理环境的角度写蜀道之难。青泥岭在今略阳县西北，"悬崖万仞，山多云雨，行者屡逢泥淖"（《元和郡县志》），是一重艰险；山道盘曲，百步九折，是又一重艰险；海拔太高，空气稀薄，产生高山反应，是第三重艰险。由于加入登山探险的生活实感，写来尤觉入木三分。写到"扪参历井"（"参""井"二星宿为秦蜀之分野）、"以手抚膺"，已凸显出西行人的形象，从而明作呼告，"问君西游何时还"，这样的畏途还能再走吗？紧接着开出一片更悲凉更幽深的山林境界，其中雄飞雌从回不了窝的鸟儿，就像流离失所、形影相吊的人间夫妻。而相传是古蜀王（杜宇）亡魂所化的鸟儿，带血号泣的声音据说是"不如归去"，响应上述呼告。于是诗中再次出现主旋律主题句"蜀道之难，难于上青天"，不再是石破天惊，而是添了绵绵不绝的愁情。一阵悲凉之雾过去，眼前别有天地，境界愈出愈奇。这里出现了蜀道最奇险最壮观的自然景物，诗中再一次将高峰与深谷上下相形，而且再一次发出呼告。"嗟尔远道之人胡为乎来哉"一句中嵌入若干语助词，真嗟叹之不足，故永歌之，与篇首呼应。在"其险也如此"的惊心动魄的叹息中，分明有快乐的战栗和审美的愉悦。这一段既写景又抒情，虽有想象夸张，手舞足蹈，毕竟较富实感。

　　三段从"剑阁峥嵘而崔嵬"到篇末，写蜀门剑阁形势之险要，着重从社会政治历史的角度写蜀道之难。却说蜀中名山，"剑门天下险，夔门天下雄，峨眉天下秀，青城天下幽"。剑阁为川北门户，其山削壁中断，如门之辟，如剑之植，故以剑门名山。西晋张载《剑阁铭》形容这里的天险道："一夫荷戟，万夫趑趄。形胜之地，匪亲勿居。"李白化用此铭文，便给蜀道难这一主题，注入了社会政治历史的内容。以李白之抱负，诗虽作于早年，恐亦不是空说事理，其间未必没有忧心天下的意味。深山老林本多毒蛇、猛虎、豺狼，但诗中的毒蛇、猛兽显然还有一层喻义，就是现实政治中可能产生的个人野心家。古有"天下未乱蜀先乱，天下已治蜀后治"之说，便与地理特点密切相关。诗的结尾再一次出现主题句与呼告语。"锦城虽云乐"二句，意即"梁园虽好，不是久恋之家"，当是为送别而发。——李白身虽生蜀，却自称陇西布衣，一生以四海为家。看来他认为，欲平治天下，是必须走出盆地，面向全国的。故成都杜甫草堂闻名全球，而锦江边上的散花楼，却很少有人知道。诗中最后一次咏叹"蜀道之难，难于上青天"的意味又有不同，比较沉重，不仅仅是为山川之险而发了。

　　本篇既歌咏壮丽河山，又关注现实，充满积极入世的浪漫主义精神。诗中从蒙昧历史、神话传说、山川险阻、政治忧患等多角度、全方位描写，夸大、渲染蜀道之难，却并不使人感到感伤、忧郁和畏惧。人们倒被诗人描画的蜀道山川深深吸引，从中感觉到诗人主观世界的宽广胸怀、好奇性格、傲岸精神，诗作给人以健康向上的影响和极大的审美愉悦。高尔基在《海燕》中一面夸张暴风雨之险恶，一面歌咏海燕说："在这鸟儿勇敢的叫喊声里，乌云听到了快乐！在这叫喊声里，充满对暴风雨的渴望！在这叫喊声里，乌云听到了愤怒的力量、热情的火焰和胜利的信心！"虽然和本篇情况不完全一样，但积极浪漫的精神却是超越时空，一脉相通的。

　　本篇从传说、历史、地理及政治等不同角度，全方面地歌咏蜀道之难，艺术个性十分鲜明。首先是想象、夸张、传说的突出运用。诗人运用其绝活，将想象、夸张和神话传说熔为一炉，将自然山川、历史和现实打成一片，创造出惊险、神秘、奇丽、壮阔的大境界。其次是主题句的作用。"蜀道之难，难于上青天"这个嗟叹咏歌的主题句在诗中三次出现，分别标志情感的爆发、延伸和远出，绝类乐章中的主旋律，是李白的创调，对突出主题和强化抒情气氛功莫大焉。最后是句式参差，音情跌宕。诗中句式参差错落，大体一、二段多用长句，气势畅达，三段多用四言短句，砍截有力。有时作三平调如"愁空山"，声腔曼长；有时连用五仄，如"去天不盈尺"，以状促迫；"之、乎、也、哉"一类语助词的加入，形成散文化的句法，加之屡作呼告、祈使之语，更有助于表现诗人火山喷发、不可遏止的激情。总是因情制宜，大大丰富了诗篇的艺术感染力。

　　据《唐朝名画录》载，天宝中唐玄宗曾命大画家于大同殿作蜀道山川壁画，赞曰"李思训数月之功，吴道子一日之迹，皆极其妙也"，与李白此诗可称三绝，然二画荡然无存，唯本篇倚仗语言艺术的优势得以传世不朽，不亦幸乎。

（周啸天）

◇渡荆门送别

渡远荆门外，来从楚国游。
山随平野尽，江入大荒流。
月下飞天镜，云生结海楼。
仍怜故乡水，万里送行舟。

荆门山在今湖北宜都市西北的长江南岸，与北岸的虎牙山对峙，形同荆州门户。在到达荆门之前，李白应该在巴蜀一带水流湍急的三峡中颠簸了好些天。峡的两岸有如削成，摩天的群山环绕四方，后面不见来程，前面不知去向，就像幽闭在一个峭壁环绕的水乡，纵然没有猿声，也觉凄凉。船到荆门，景观便豁然开朗，前面是一望无际的荆楚平野，出峡后的江面顿时开阔，汹涌的激流变成一片浩浩荡荡的大水，真是两岸洲渚之间不辨牛马。别说诗人，就是一般旅客到此也会胸怀一敞而逸兴遄飞。本篇是李白仗剑去国，辞亲远游，出峡时的作品，清人沈德潜认为题中"送别"二字可删。

首二句虽平叙事实，却怎么也按捺不住内心隐隐的激动，其语气是十分兴奋爽朗的。荆门以外便是春秋战国时楚国故地，在三国时又曾是蜀主刘备起家的地方。诗人提到"楚国"这个历史地理的概念，自然能引起有关历史文化的一些联想。"屈平辞赋悬日月，楚王台榭空山丘。"（《江上吟》）这里是李白景仰的大诗人屈原和灿烂荆楚文化的故乡。荆州首府江陵（今属湖北），及当地故楚章华台、郢城遗址，都是诗人此行应游之地。后来他在《庐山谣》中还自称"我本楚狂人"，可见其初来游楚时应有一种何等陶醉的心情。

"山随平野尽，江入大荒流"，接下来十字写尽了荆门的地理形势和壮阔景观。这里的写景，角度是移动着的，而不是定点观察。这从"随""尽""入""流"四字体现出来。因此这两句诗不仅由于写进"平野""大荒"意象，而气势开阔，而且还由于动态的描写，变得十分生动。大江固然流动，而山脉本来凝固，"随""尽"的动态感觉，完全是得自舟行的实感。这两句的壮阔写景，也须放置到诗人多日峡行后一旦豁然开朗的特定情景下玩味，才能对其中含蓄的说不尽的愉快新鲜感有所领会。

三峡之中，两岸连山，略无阙处，重崖叠嶂，遮天蔽日，"非亭午夜分，不见曦月"（郦道元《水经注》），当然更看不到地平线和水天相接处云霞幻化的奇观。"月下飞天镜，云生结海楼"，则是出峡以后看到的江上奇观。李白醉心明月，曾说："小时不识月，呼作白玉盘。又疑瑶台镜，飞在青云端。"（《古朗月行》）在此次出蜀的水程中，他也曾为见不到月而感遗憾——"夜发清溪向三峡，思君不见下渝州"（《峨眉山月歌》），然而一到荆门，就容易和明月见面，真有重见故人似的高兴了。由于江面开阔，水势平缓，月的倒影也能清楚地看到了，而水天之际的云霞变幻，又使诗人如睹海市蜃楼的奇观。总之，中间两联着眼于初到荆门的观感，充满对生活新天地的礼赞和陶醉。对照杜甫《旅夜抒怀》中写同样景观的"星垂平野阔，月涌大江流"，相当于李诗的四句，在风格上实有潇洒和凝练的不同。

离开故乡热土，对于李白来说意味着鹏程初展，他自然是喜悦之情占了上风的，但这又并不意味着诗人和故乡割断了感情联系。蜀地是他的父母之邦，哺育他成长的地方。当他羽翼丰满后，她又无私地将这个值得骄傲的儿子奉献给整个大唐。而李白以赤子之心，永怀着对故乡母亲的热爱。他感到即使身已出蜀，故乡的爱仍和这江水一样与他同在，伴送他走到更远的地方。"仍怜故乡水，万里送行舟"十字，是充满了由衷感激之情的。"仍怜"云云，语气极轻柔婉转，而分量厚重。

（周啸天）

◇梦游天姥吟留别

　　海客谈瀛洲，烟涛微茫信难求；越人语天姥，云霞明灭或可睹。天姥连天向天横，势拔五岳掩赤城。天台四万八千丈，对此欲倒东南倾。

　　我欲因之梦吴越，一夜飞度镜湖月。湖月照我影，送我至剡溪。谢公宿处今尚在，渌水荡漾清猿啼。脚著谢公屐，身登青云梯。半壁见海日，空中闻天鸡。千岩万转路不定，迷花倚石忽已暝。熊咆龙吟殷岩泉，栗深林兮惊层颠。云青青兮欲雨，水澹澹兮生烟。列缺霹雳，丘峦崩摧。洞天石扉，訇然中开。青冥浩荡不见底，日月照耀金银台。霓为衣兮风为马，云之君兮纷纷而来下。虎鼓瑟兮鸾回车，仙之人兮列如麻。忽魂悸以魄动，恍惊起而长嗟。唯觉时之枕席，失向来之烟霞。

　　世间行乐亦如此，古来万事东流水。别君去兮何时

还？且放白鹿青崖间，须行即骑访名山。安能摧眉折腰事
权贵，使我不得开心颜？

李白于天宝三载由待诏翰林赐金放还，离京后曾与杜甫、高适同
游梁宋、齐鲁，然后在东鲁家中居住过一个时期。东鲁的家已安定，尽
可以怡情养性，但他的心却不在这儿，约在天宝五载又一度踏上漫游之
路。此诗题一作《别东鲁诸公》，可知是赠别之作；由于寄情山水，通
常也被认为是山水诗；然而毕竟是梦游，所以也有足够的理由被认为是
游仙之作。此诗一向被列举为李白代表作之一。

天姥山，在会稽（今浙江绍兴）南面，今浙江新昌、嵊州以东，
临近剡溪，与赤城山、天台山相对，号称灵秀奇绝，传说登山的人曾听
到仙人天姥的歌唱，因此得名。但地图上一般只标天台山，而不见天姥
山，可见两山实际的大小。浙东山水，李白在辞亲远游的青年时代就已
经游过，天台山早已去过，天姥山只听说过，故成为这次南下主要的目
标。没有到过的山，当然是最好的山。诗一开始就以虚衬实，说瀛洲不
可到，天姥总还可以到吧。这样说，好像仙境第一，天姥山第二。然后
就说它势压赤城、天台乃至五岳，这怎么可能呢？但经诗人一吹，不可
能也可能了。这叫作尊题——为了突出所咏的对象，而做的夸张与衬托
的艺术处理。

由于神往，就有尚未成行时的梦游。这番梦游不仅由越人侃大山而
触发，而且有着昔游的基础，所以"梦吴越"也有旧地重游的意味，此
重游乃神游，月夜飞渡，写梦入妙。由杭州到越州、到剡溪、到天台，
这是一条唐诗之路，而晋宋之际的谢灵运则是一个先行者，他不但是个
写诗的行家，也是个登山的行家，曾特制登山木屐，"上山则去其前
齿，下山则去其后齿"，只是当时无法申请专利，所以李白照穿不误。

"湖月照我影"到"迷花倚石忽已暝"十句，从早写到晚，写诗人从剡溪到天姥山，行走山阴道上，但觉秀色扑面，层峦叠翠，回环奇绝，气派纵不如《蜀道难》雄伟，却别具清新的风格。以下写黄昏降临，山中幽怖的情景：熊在吼叫，龙在长吟，使人毛骨悚然。然后写到云头低垂，水面蒸烟，眼看滂沱大雨即将来临，诗人不禁有些失措。猛然间闪电过处，雷霆万钧，山峦崩塌，才打破适才的阴森恐怖，迎来了光明洞彻的神仙世界。从"熊咆龙吟殷岩泉"到"仙之人兮列如麻"十四句，则完全是光怪陆离、大类楚辞的幻设的笔墨了。

这一段描写，一方面流露出对神仙世界的向往，另一方面也可以辨认出翰林三年现实生活的某些痕迹。陈沆《诗比兴笺》说，此诗即屈子《远游》之旨，亦即李白《梁甫吟》"我欲攀龙见明主，雷公砰訇震天鼓。帝旁投壶多玉女，三时大笑开电光，倏烁晦冥起风雨。阊阖九门不可通，以额叩关阍者怒"之旨也。太白被放以后，回首蓬莱宫殿，有若梦游，故托天姥以寄意。题曰"留别"，盖寄去国离都之思，非徒酬赠握手之什。此言甚是，盖太白之入侍翰林，无异好梦一场，梦醒之后，但觉其虚幻而无可留恋。尤其是联系天宝五六载李林甫对大臣实行的一场政治迫害，不免心有余悸，故以熊咆龙吟以象之，而以"世间行乐亦如此，古来万事东流水"二语收束。结尾更言寄情山水，为的是不同宫廷权贵同流合污。

最后几句点出留别之意，说：要问这一次离别诸君何时再见，我是打算远离尘嚣到名山求仙学道，怕是难以再会了。盖诗人有强烈的政治抱负，却不愿在权贵面前摧眉折腰，于是只好借山水、神仙以挥斥幽愤了。这几句是李白的名言，有人认为全诗从结构上说是倒装的写法，如果参读李白去朝后所作的《梁甫吟》《答王十二寒夜独酌有怀》等政治抒情诗，更会觉得这结尾的几句有雷霆万钧之力，充分显示了诗人对上层社会的深刻不满，不愿同流合污的傲岸性格，以及他对自由生活的热爱。

（周啸天）

◇独坐敬亭山

众鸟高飞尽，孤云独去闲。

相看两不厌，只有敬亭山。

此诗作于天宝十二载李白游历宣城之际。山以亭名，为南齐诗人谢朓吟咏处。本篇着重表现诗人目空世俗的傲岸精神，表现为对孤独感的玩味和自我欣赏。

前二句是独坐敬亭山望中之景。陶渊明《归去来兮辞》"云无心以出岫，鸟倦飞而知还"，大致给"岭云""归鸟"这两个诗歌意象定了性，它们都成了皈依自然的象征。诗中大致含有"君平既弃世，世亦弃君平"的意味。诗人鄙弃世俗，世俗也排斥诗人。"众""孤"字面，形成一种对照，暗有以众形独之意。

后二句之妙在不更从独处落笔，而从不独处写独。"相看两不厌，只有敬亭山"，也就是辛弃疾用词所诠释的"我见青山多妩媚，料青山见我应如是"（《贺新郎》），这与"举杯邀明月，对影成三人"同法，以"相看两不厌"力破孤独，同时也突出孤独，表现出一种精神的倔强。

诗人将敬亭山人格化，实是将自己的情感外化。人和山两者同出而异名，互相欣赏其实是自我欣赏，所以"只有"云云，最终又强调了诗人的孤独感。归根结底，诗人顾影自怜，为自己的孤独大唱赞歌。

下面我们来稍作对比。对比一："独坐幽篁里"与"独坐敬亭山"，"明月来相照"与"相看两不厌，只有敬亭山"，语、象接近，本质不同。王维《竹里馆》重在表现人与自然的融合，泯忘物我，通于禅味。李白《独坐敬亭山》重在表现主观情感，突出张扬自我，有抗争的精神。这是两个诗人的自画像，王维是王维，李白是李白，不会混淆。

对比二："不畏浮云遮望眼，只缘身在最高层"（王安石《登飞来峰》）与此诗，语、象接近，但王安石诗表现的是不为物议干扰的、乐观的战斗精神，李白诗表现的是受到排斥的愤世嫉俗的抗争精神。一为在朝语，一为在野语，语感不同，实质也不同。

（周啸天）

◇峨眉山月歌

峨眉山月半轮秋，影入平羌江水流。
夜发清溪向三峡，思君不见下渝州。

这是李白去蜀之作，那时他还年轻。诗从"峨眉山月"写起，点出了远游的时令是在秋天。"秋"字因入韵关系倒置句末。秋高气爽，月色特明（陶渊明《四时》"秋月扬明辉"），所以"秋"字又形容月色之美，信手拈来，自然入妙。月只"半轮"，是下弦月，也可以使人联想到青山吐月的优美意境。在峨眉山的东北有平羌江，即今青衣江，

源出于四川宝兴，在芦山境内始称青衣江，流至乐山入大渡河。次句
"影"指月影，"入"和"流"两个动词构成连动式谓语，意言月影映
入江水，又随江水流去。生活经验告诉我们，定位观水中月影，任凭江
水怎样流，月影却是不动的。"月亮走，我也走"，只有观者顺流而
下，才会看到"影入江水流"的妙景。所以此句不仅写出了月映清江的
美景，同时暗点秋夜行船之事，意境可谓空灵入妙。

　　次句境中有人，第三句中人已露面：他正连夜从清溪驿出发进入岷
江，向三峡驶去。"仗剑去国，辞亲远游"的青年，乍离乡土，对故国
故人不免恋恋不舍。江行见月，如见故人。然明月毕竟不是故人，于是
只能"仰头看明月，寄情千里光"（《子夜四时歌·秋歌》）了。末句
"思君不见下渝州"写依依惜别的无限情思，可谓语短情长。

峨眉山—平羌江—清溪—渝州—三峡，诗境就这样渐次为读者展开了一幅千里蜀江行旅图。除"峨眉山月"而外，诗中几乎没有更具体的景物描写；除"思君"二字，也没有更多的抒情。然而"峨眉山月"这一集中的艺术形象贯串整个诗境，成为诗情的触媒，由它引发的意蕴相当丰富：山月与人万里相随，夜夜可见，使"思君不见"的感慨愈加深沉。明月可亲而不可近，可望而不可即，更是思友之情的象征。凡咏月处，皆抒发江行思友之情，令人陶醉。

本来短小的绝句在表现时空变化上颇受限制，因此一般写法是不同时超越时空，而此诗所表现的时间与空间跨度真到了驰骋自由的境地。二十八字中地名凡五见，共十二字，这在万首唐人绝句中是仅见的。它"四句入地名者五，古今目为绝唱，殊不厌重"（明王麟洲语），其原因在于：首先，诗境中无处不渗透着诗人的江行体验和思友之情，无处不贯串着山月这一具有象征意义的艺术形象，这就把广阔的空间和较长的时间统一起来。其次，地名的处理也富于变化。"峨眉山月""平羌江水"是地名附加于景物，是虚用；"发清溪""向三峡""下渝州"则是实用，而在句中位置亦有不同。读起来便觉不着痕迹，妙入化工。

（周啸天）

◇望庐山瀑布

日照香炉生紫烟，遥看瀑布挂前川。

飞流直下三千尺，疑是银河落九天。

瀑布是庐山的一大景观。庐山瀑布以东南香炉峰的水量多，景象最奇。法远《庐山记》谓峰头常有"游气笼罩其上，则氤氲若烟水"。

首句"香炉"是双关。香炉峰以形似香炉而得名。唐代的香炉，造型或取神话传说中的海上仙山——博山，上布小孔，承以汤盘，下柱中空，香即插焉，香烟即由小孔弥漫而出。诗人看到"日照香炉生紫烟"的情景，应该引起这种很自然的联想，从而感到这个峰名的恰切。

次句"遥看瀑布挂前川"，有一个文本是"挂长川"。不同的文本呈现的意境也不同。"挂长川"是直接将一条长河挂起来。"挂前川"的意思稍有不同，应该指峰下有川，即瀑布落地后形成的水流。这两种文本的意境相差并不大，因为最重要的是都有那个"挂"字，这个字之妙，在于有化动为静的意味——远处看到的瀑布，不就像一条白练悬挂在山前吗？晚唐徐凝有两句："千古长如白练飞，一条界破青山色。"苏东坡说是恶诗（"飞流溅沫知多少,不与徐凝洗恶诗"），其实不恶。

三句"飞流直下三千尺"是一个转折，就像长焦镜头的突然拉近，瀑布的形象立刻由静态转为动态——是"飞流"，是"直下"。这不是望中的视觉印象，它加进了诗人的经验和想象，是想当然。这种想当然对于诗歌来说非常重要，它使得形象活跃起来，不再受视觉的约束，因

自由奔放，而激动人心。

末句"疑是银河落九天"是一个瑰丽的想象，使诗意得到进一步的升华。元人杨载说绝句"多以第三句为主，而第四句发之。有实接，有虚接……一呼一吸，宫商自谐"（《诗法家数》）。这就是虚接，这句与上句既有天上人间的差别，同时又一气贯注，组装得一点痕迹都没有，这就是诗人的本领。一个"疑是"，取消了确定性，使得倒倾银河的想象，变得迷离惝恍起来，反而增添了形象的魅力。

这首绝句在所有关于庐山的，尤其是吟咏庐山瀑布的诗中，是数一数二的，无怪苏东坡大加赞美："帝遣银河一派垂，古来唯有谪仙词！"（葛立方《韵语阳秋》引）

（周啸天）

◇望天门山

天门中断楚江开，碧水东流至此回。
两岸青山相对出，孤帆一片日边来。

本诗作于开元十三年李白出蜀远游之际，重在力度的审美。天门山在今安徽当涂境内，系东、西梁山之合称，两山夹江对峙，岩石突入江中，势如天门，故名。

首句说"天门中断"，也就意味着两山本为一体，只因阻碍了汹涌的江流，才被冲开而成两山。也就是李白《西岳云台歌送丹丘子》所谓"巨灵咆哮擘两山（华山与首阳山），洪波喷流射东海"。此句强调的是江水的冲决力。

次句则反过来，写天门山对江水的约束力。由于两山束江，江水东流至此突遇阻遏，于是形成巨大的回旋和波涛汹涌的奇观。类乎《西岳云台歌送丹丘子》所写"西岳峥嵘何壮哉，黄河如丝天际来。黄河万里触山动，盘涡毂转秦地雷"的情景。"碧水东流至此回"一本作"碧水东流直北回"，则是对长江过天门山的流向的精细说明，气势感稍逊色。

三句写舟中望山。山，因为人的立足点在船上，所以有两岸青山迎面而来的感觉，也就是敦煌曲子词所说的"满眼风光多闪烁，看山恰似走来迎。仔细看山山不动，是船行"，可谓兴会淋漓。

末句则写诗人之舟乘风破浪通过天门山的令人兴奋的情景，因为是

乘舟东向，朝着大海的方向，所以说是"（朝）日边来"。这时，读者仿佛看到水天相接处，一轮红日涌出江心。在此壮丽的背景之上，衬托出一片风帆的剪影，景色是那样清新，色彩是那样鲜艳，实在有些妙不可言。

全诗以舟行移动视角，以兴会展开想象，有气势，有力度，"极自然，洵属神品，足以擅扬一代"（《唐宋诗醇》）。

（周啸天）

◇早发白帝城

朝辞白帝彩云间，千里江陵一日还。

两岸猿声啼不住，轻舟已过万重山。

这首诗作于乾元二年（759）三月李白流放夜郎半途遇赦从白帝城

返回江陵（今属湖北）时，重在速度的审美。诗以轻舟瞬息千里的速度衬托遇赦东归的轻快心情。

从白帝下江陵，有一段现成的文字可供李白参考，那就是《水经注·江水》"至于夏水襄陵，沿溯阻绝。或王命急宣，有时朝发白帝，暮到江陵，其间千二百里，虽乘奔御风，不以疾也"。在某种意义上说，李白这时也是适逢"王命急宣"，掉船即回，归心似箭。首句就通过初发时的瞬间感受，以"彩云间"三字，将出发点提得很高，造成下水行船快速加快速的悬念。次句用"一日""千里"的强烈时空对比来表现速度感，写情妙在一个"还"字，暗传遇赦而还的轻松愉快之感。

三句通过听觉的延续写一种错觉，即速度感的消失，盖三峡七百里中，两岸连山，山山有猿，虽然一处有一处的山，一处有一处的猿，一山有一山的猿声，在舟中听去，猿声连成一片，会产生速度感消失的错觉。这一句是在进一步强调速度感之前必要的顿挫，无此句则直而无味，有此句则走处仍留，急语仍缓。

经过三句蓄势，四句进而通过视觉的位移，写出瞬息已变的腾飞感。在舟中浑不觉得，出船一看：原来江陵都快到了，船走得好快呀！全诗就妙在表现出诗人坐船的"快"感，其中也隐含了遇赦的轻快心情。

（周啸天）

●储光羲（约706—763），祖籍兖州（今山东济宁市兖州区），润州延陵（今江苏常州市金坛区）人。开元进士，天宝末官监察御史。因安史乱中陷贼受职被贬，死于岭南。有《储光羲诗集》五卷。

◇同王十三维偶然作十首（录一）

仲夏日中时，草木看欲焦。田家惜工力，把锄来东皋。顾望浮云阴，往往误伤苗。归来悲困极，兄嫂共相譊。无钱可沽酒，何以解劬劳。夜深星汉明，庭宇虚寥寥。高柳三五株，可以独逍遥。

储光羲与王维是好友，二人均喜山水田园，他们曾经一度同隐于终南山中。王尝作《偶然作》五首，储和以《同王十三维偶然作》十首，其中各有田园之作。此为储作第一首，是一首田园诗。

该诗用了大部分的篇幅铺写田家的旱情之忧和劳作之苦，得田家之实情，故而极为真切。《唐诗归》载钟惺评"惜工力"三字说："非老农不知。"又如"顾望浮云阴，往往误伤苗"，写盼雨之情，何其形象，何其急切。元陈镒《题汤景山耕乐亭》"我耨日以毕，我苗日以稠。顾望浮云阴，巾车且经丘"，竟直接搬用其句。"兄嫂共相譊"的情形，亦田家所常有，写来逼真，如置人目前。检王维集中所有田园诗，则言苦者极少见，没有自然灾害，没有饥荒忧困，多是"桃花源里人家"的意境，故王诗之田园，是理想化的。储诗正视现实生活，烟火气息浓厚，农人靠天吃饭，忧劳是正常事。苦虽苦，却不是人为因素造成。故而在末尾转为逍遥，瓣香五柳，将苦困撇却，放怀开去，得陶渊明田园隐逸之趣。从全诗立意上看，无疑是说，田园纵有此忧劳，可也自由闲散，远胜"尘网"中呢。结尾与前大半篇，和谐统一，并无扞格。王维原作有"得意苟为乐，野田安足鄙"之言，储诗既是和作，于此意自有进一步之发挥，故储诗有别于王诗。后人对储光羲田园诗评价极高，如明胡应麟《诗薮》评储光羲诗之"农家者流，往往出王、孟上"。清贺裳《载酒园诗话·又编》也说："摩诘才高于储，拟陶则储较王近。"清沈德潜《唐诗别裁集》云："太祝（储曾官太祝）诗学陶而得其真朴，与王右丞分道扬镳。"论者大都从真切朴实之趣来给予肯定。

（李亮伟）

●杜甫（712—770），字子美，原籍襄阳（今属湖北），迁居巩县（今河南巩义西南）。玄宗开元二十三年（735）举进士不第。天宝间困守长安十年，天宝十四载（755）授河西尉不赴，改右卫率府兵曹参军。安史之乱发，长安陷落，身陷贼中。至德二载（757）自贼中奔赴凤翔行在，授左拾遗。乾元元年（758）贬华州司功参军，次年弃官赴秦州，经同谷，到成都，于西郊建草堂。广德二年（764）剑南节度使严武荐为检校工部员外郎。永泰元年（765）离成都，至夔州（今重庆奉节）。大历三年（768）出三峡，辗转湘江，死于舟中。有《杜工部集》。

◇望岳三首（录一）

岱宗夫如何？齐鲁青未了。
造化钟神秀，阴阳割昏晓。
荡胸生曾云，决眦入归鸟。
会当凌绝顶，一览众山小。

杜诗以《望岳》为题者共三首，分咏东岳泰山、西岳华山、南岳衡山。这首诗写望泰山，作于开元二十四年诗人二十四岁"忤下考功第"后，漫游齐赵之时，为现存杜诗中最早的一首。

泰山古称岱山，坐落在齐鲁大地，在今山东泰安境内，海拔一千五百余米，山势雄伟，壑谷幽深，松柏苍翠，植被青葱，是一座历史文化名山。秦皇汉武登极后都曾来此封禅，表示改制应天，以告太平，故又称"岱宗"，山下的神庙建制如皇宫。历史文化名人孔子、司马迁、司马相如、陆机等都到过泰山，至今山道有"孔子登临处"的标记。由于上述原因，东岳泰山向称"五岳独尊"，无怪青年杜甫到此即有高山仰止之企慕。

诗以一问"岱宗夫如何"喝起，不称"泰山"而称"岱宗"，就是强调其在五岳中的领导地位，"夫如何"的"夫"字以语助词传达出一种自我商度的神情，也就使人感到泰山给人的印象是难以形容的。"齐鲁青未了"，齐、鲁是周代的两个诸侯国，而泰山山青，绵延不断，超越了两国国境，这还不伟大吗？"五字囊括数千里，可谓雄阔"（施补华）、"写岳势只'青未了'三字，胜人千百矣"（浦起龙），这是大笔驰骛，得远望之色。

次联写泰山的高峻，所谓一山之中气象万千。关于"阴阳割昏晓"一句，通常讲作山阴即北面和山阳即南面昏晓不同，即光线明暗不同，这是抠字眼的讲法。

三联写黄昏望中之山景，山间暮霭蒸腾，使人心胸为之激荡，归鸟没入长空，叫人睁大眼眶搜寻，表明诗人选定的角度是从山下望山。

所以末联趁势抒怀，说自己定要登峰造极，从泰山顶居高临下地望一望，那该又是一番境界，又是一番情趣吧。《孟子·尽心上》曰："孔子登东山而小鲁，登泰山而小天下。"此即"会当凌绝顶，一览众山小"二句所本。

要知道这是杜甫在经历了"忤下考功第"的挫折后写成的一首诗，可一点也没有垂头丧气的感觉，这一方面来自时代的精神影响，一方面来自漫游生活尤其是眼前泰山的陶冶和启迪。在诗中，巍峨秀丽的泰山景象和积极开朗的内心世界是完美和谐地统一着的。诗既能大处着眼，又能小处落笔，而所有的描写都通向篇末的两句，即表现一种蓬勃向上的情操，故浦起龙《读杜心解》谓："杜子心胸气魄，一斯可观，公集当以此首。"这是兼年代之早与气象之大而言的。

（周啸天）

◇剑门

    惟天有设险，剑门天下壮。连山抱西南，石角皆北向。两崖崇墉倚，刻画城郭状。一夫怒临关，百万未可傍。珠玉走中原，岷峨气凄怆。三皇五帝前，鸡犬各相放。后王尚柔远，职贡道已丧。至今英雄人，高视见霸王。并吞与割据，极力不相让。吾将罪真宰，意欲铲叠嶂。恐此复偶然，临风默惆怅。

    剑门，在今四川剑阁县东北。据《大清一统志》："四川保宁府：大剑山在剑州北二十五里。其山削壁中断，两崖相嵌，如门之辟，如剑之植，故又名剑门山。"杜甫于乾元二年十二月携家眷从秦州同谷转徙成都时，路过此地，他惊叹于地形之险要，联想到由藩镇强大造成的安史之乱，意识到剑南之地容易为军阀负险自固、割据称雄，表现了对国家前途的深深忧虑。

    这首诗的开始八句，犹如冲霄而上、壁立千仞的剑门山一样，突兀而起，表现了作者初见剑门山那种惊愕的神态。啊，如此奇险、雄壮的大山，真是天设地造啊！山山相连抱住西南，山上的石头犄角都指向北方。两崖高耸，有似墙壁，砌垒之壮，宛如城郭。一夫怒而据守，即使百万人也莫敢近前！这些生动的描写，一方面是采用赋的手法，直接摹写山势的雄奇、险要和壮伟，展现了宏大壮阔的画面，十分形象，使人如临其境。清杨伦说："宋祁知成都至此，咏杜诗首四句，叹伏，以为实录。"（《杜诗镜铨》）诗中用"险"字、"壮"字来形容剑门，也十分准确，一下子抓住了它的特点，全诗皆从此二字生发开去。另一方面，更重要的是诗中采用了赋中有兴的手法，寄寓了深刻的政治含义。特别是"连山抱西南，石角皆北向"二句，意蕴丰厚，耐人寻味。浦起龙《读杜心解》说"俱以地险易动立论""抱西南，见曲为彼护；角北向，见显与我敌，为篇末欲铲叠嶂之根"。作者从险峻的山势中已经明确地感到，这样特殊的地理环境容易被野心家利用，随时可能引发脱离中央王朝、进行地方割据的危险。"石角"，表面是写山，而其实是象征着那些居心叵测的地方军阀，概括了深广而实际的社会内容，表现了对时代危机的深刻认识。

在具体描写的基础上，作者针对时事，以雄肆之笔抒发议论。中间十句，转折变化，纵横捭阖。作者先说当前朝廷剥削，珠玉等物日往中原，因而蜀民穷困，以至岷山、峨眉山也为之气色凄怆。其中"走"字系从汉韩婴《韩诗外传》中化来，其卷六云："夫珠出于江海，玉出于昆山，无足而至者，犹（同"由"）主君好之也。"这就委婉曲折地指出了唐王朝对四川人民的苛敛和搜刮，从而暗示出了天下致乱之由。然后，作者笔锋一掉，又从历史的角度发抒议论。回想上古时代，四川未通中原，那时人们不分彼此，连鸡犬也是相互随便放的。而夏商周以后，虽对远方实行怀柔政策，但其设官受贡，已失柔远本意，开了后世苛捐猛征之渐，并且对跋扈之徒也逐渐失去了控制，致使地方军阀高视阔步，称王称霸，彼此互不相让，厮杀得难分难解。这些议论，句句是说历史，而句句又关合着现实。它的锋芒所向，正是针对着安史之乱发生后唐代中央王朝一面对人民残酷剥削，一面又对骄横的藩镇姑息纵容、无力驾驭的社会实际，具有深刻的时代意义。作者把历史和现实融为一片，使读者在咀嚼品味的过程中，得到深刻的启发。

最后四句，作者以义正词严的态度和斩钉截铁的语气，揭示出了全诗的主旨，表明了作者反对分裂、维护国家统一的强烈愿望和激情：我要谴责天公，真想铲平这重山叠嶂；想到割据一方的事将来偶或有之，我不禁临风惆怅、沉默无言了！这最后四句十分重要，是全诗的关键所在。"罪真宰""铲叠嶂"云云，与篇首对险、壮的极力描写，遥相呼应，使上面的描写落到实处；"恐此复偶然"，又是对"并吞""割据"等议论的总结，并进一步明确指出了对今后形势的忧虑。陈贻焮先生说："诗人所虑者有二：一、剑门天险，利于军阀扼险割据，古已有之，今亦难保无虞；二、天府之国，物产丰富，若诛求太过，难免结怨生乱。这也就是这首诗的主旨。"（《杜甫评传》中卷）

（管遗瑞）

◇绝句二首（录一）

迟日江山丽，春风花草香。
泥融飞燕子，沙暖睡鸳鸯。

先唐以五绝写景，有所谓"一时而四景皆列"的手法，如吴均

《山中杂诗》："山际见来烟，竹中窥落日。鸟向檐上飞，云从窗里出。"这种手法又称为四句整对，在杜甫绝句更为常见。作于广德二年成都草堂的"迟日江山丽"一首绝句，即运用此法。上下联皆对，工整自然。

"迟日江山丽"。《诗经·豳风·七月》云"春日迟迟"，是说仲春的日子，白昼一天长似一天。这时风和日丽，山河特别秀美可爱。"迟日"二字笼罩全篇，给人以温暖明媚之感。

"春风花草香"。前句写春光明媚，此句则写春的气息。前句偏于触觉，此句偏于嗅觉。因"日"见"丽"，凭"风"传"香"，用字工稳可喜，又表现出景物间的联系。

前二句着力写春天给人的总体感受，较为宏观，有如画图的阔大背景。后二句则着力刻画一二细节，具体而微。它写的是小径与溪边的景物。"泥融""沙暖"都承"迟日"句来。"飞燕子""睡鸳鸯"则写出两种鸟儿，一动一静，它们分别与"泥融""沙暖"搭配，意蕴更加丰富。盖燕子春来忙筑巢，春来土湿，它们啄泥于芳径，又复飞去。鸳鸯成双作对，因春水犹寒而日照沙暖，它们便交颈而眠，贪享春天的温暖。通过两种鸟儿的动静刻画，反映了春天的勃勃生机。

全诗既从大处着眼，又从细处落墨，有联系又有对照，虽一句一景，但不零乱、单调。"丽""香""融""暖"等字，下得准确，堪称诗眼。通过对美好春光的描绘，反映了饱经丧乱漂泊之苦的诗人在相对安定和平的环境中的喜悦心情。

（周啸天）

◇旅夜书怀

> 细草微风岸，危樯独夜舟。
> 星垂平野阔，月涌大江流。
> 名岂文章著，官应老病休。
> 飘飘何所似，天地一沙鸥。

此诗旧注多编在永泰元年，以为杜甫东下经渝州、忠州时作，然景物描写不类；一说为大历三年春寓湖北荆门作，似较旧说为妥。

首联写月色下舟中所见：细草在微风中摇动，樯杆高耸夜空。诗人对景的感知，表现出他夜愁不寐的孤寂和危难之感。次联写江景极为开阔。由于江在平原，故可以看到地平线。闪烁的星星在远处与地接近，是谓之"垂"；月色又使水天混一，所不同者，天上月色宁静，水中月色动荡，是谓之"涌"。非"垂"字不足以见平野之阔，非"涌"字无以知大江在流也，是谓之炼字。

三联自慨平生，盖唐代士人意识，读书着意在功名与文章之间。两句系倒装，即"文章岂著名耶，老病应休官矣"。盖杜甫在当时虽有诗名，但远没有得到应有的推重，有诗道"百年歌自苦，未见有知音"。直到死去二十三年后，经过元稹、白居易等的宣传，才为世所重。至于老、病，当然是事实，但并非休官的真正原因，真正的原因是朝廷忘记了他。言下有无尽感慨。

末联写到眼前，以迟暮之年，携着老妻和一群儿女，居然以舟为家，而且不知道归宿究竟在何处，诗人内心深处就永远盘旋着水上白鸥的影子，甚至感到自己也就是天地间一只沙鸥，荒寂，孤独，栖身无所。诗是随笔，但诗人的诗艺已臻炉火纯青，写景时又完全把自己放进去，故成杰作。

（周啸天）

◇夔州歌十绝句（录一）

中巴之东巴东山，江水开辟流其间。
白帝高为三峡镇，瞿塘险过百牢关。

长江滔滔东流至重庆奉节，即古代的夔州，就进入了举世闻名的长

江三峡之第一峡——瞿塘峡。此诗作于大历初，描绘歌颂了此处的山川形胜。

东汉末刘璋据蜀，分其地为三巴，有中巴、西巴、东巴。夔州为巴东郡，在"中巴之东"。"巴东山"即大巴山，在川、陕、鄂三省边境，诗中特指三峡两岸连山。"巴""东"字在首句重复，前分后合，构成由舒缓转急促的节拍，使人从声音上感受到大山的气势。"中巴之东巴东山"，七字皆阴平声，更属创格，形成单一而奇崛的音调，有助于气氛渲染，给人以石破天惊之感。次句写江水，"开辟"用如时间副词，意为从开天辟地以来，自古以来。不说"自古"而说"开辟"，是因为"自古"只能表达一个抽象的时间概念，而"开辟"这个联合结构动词富于形象性，能引起一种动感，仿佛夔门的形成是浪打波穿的结果，既突出自然伟力，又见出其地势的古老和险要。

前两句从较大角度，交代出夔州的地理环境，下两句进而具体地描绘其山川形胜。"白帝"即白帝城，城在夔州之东的北岸高峰顶上。这里是公孙述割据称雄之处，也是三国时蜀汉防东吴的要冲，因它守住瞿塘峡口，足资镇压，所以说是"三峡镇"。在湍急的瞿塘峡江心，旧时有滟滪堆，冬日露出水面，夏日没入水中成为暗礁，所以"其中道路古来难"（刘禹锡《竹枝词九首》其七），不可谓不险。"百牢关"在汉中，两岸绝壁相对而立，六十里不断，因为它和夔州的瞿塘峡相似，所以用来作比。后两句抓住"高""险"特征，笔力千钧，把"高江急峡"写得极有气势。两句分承山水，句式对仗，音韵砍截，与散行作结风味全殊。

如果我们用盛唐绝句传统手法作对照，就会发现此诗在写作上有以下几个突出特点：其一，传统绝句注重音调的平仄谐调，句格的稳顺；而此诗有意追求拗调，首句全用平声字，给人以奇离突兀之感。其二，传统绝句注重风调，追求一唱三叹之音，尾联多取散行，一般"以第三句为主，第四句发之"（杨仲弘语），构成转合，即使用对结，也多采取流水对；此诗的后二句用骈偶作结，类半首律诗，诗意的转折在两联之间，结束的音调戛然而止。其三，传统绝句注重情景交融的表现手法，纯写景的不多，而此诗前后两句皆分写山水。纯乎写景，却又并非无情。它通过奇突雄浑的自然景物的描写，取得激动人心的艺术效果，读者能感到诗人对祖国奇异山川的热爱和由衷的赞美。

（周啸天）

◇登岳阳楼

　　昔闻洞庭水，今上岳阳楼。
　　吴楚东南坼，乾坤日夜浮。
　　亲朋无一字，老病有孤舟。
　　戎马关山北，凭轩涕泗流。

　　大历三年，杜甫登岳阳楼望洞庭作。

　　"今""昔"二字相映，意味非一，既有百闻不如一见之欣喜，又有"江山留胜迹，我辈复登临"（孟浩然《与诸子登岘山》）的感触，还隐含一种不胜今昔盛衰的感怆。

　　写洞庭景观，纯系大处落墨。湖在春秋时属楚国，与吴国无关，但三国时孙吴已奄有洞庭，故"吴楚"并提，也是有依据的，但讲为吴楚以湖分界就不妥了。"坼"是裂陷的意思，所谓"东南坼"即《淮南子·天文训》"地不满东南，故水潦尘埃归焉"的意思。所以下句就写其孕大涵深，"乾坤日夜浮"是说天上地下（如君山）的景象一齐纳入湖中，即"涵虚混太清""上下天光，一碧万顷"，"浮"字写得动荡如见。这里的"东南"，当然是个相对方位。诗句也反映出诗人胸次的豁达，能使读者受到同样的感染。《金玉诗话》谓"不知少陵胸中，吞几云梦也"。

　　三联直抒胸臆——多年战乱和漂泊，亲朋的书信往来完全断绝，用"无一字"来表达这样的意思，尤见沉痛。诗人时年五十七，已一身

是病（肺病、疟疾、风痹），终日生活在水上、船中，除了孤舟一叶，便一无所有，而诗人自己也就好比是一叶孤舟。查慎行说："于开阔处俯仰一身，凄然欲绝。"极是，盖境界的空阔，往往能加强人的孤独之感，如陈子昂登幽州台然。

最后提到国事，并为之涕泗纵横，是已超越一己之困顿，与三联处境狭促顿异，而与次联写景的胸襟气象正好相称。本篇笔力、胸次、境界俱上，在刻满岳阳楼的"唐贤今人诗赋"中，洵为杰作。

（周啸天）

●岑参（约715—770），江陵（今湖北省荆州市荆州区）人，郡望南阳（今属河南）。玄宗天宝三载（744）进士及第，天宝间曾两度出塞，充任安西、北庭节度使府掌书记、节度判官。肃宗时历任右补阙、起居舍人、虢州长史等职。代宗大历二年（767）任嘉州刺史，后客死成都。有《岑嘉州诗集》。

◇与高适薛据同登慈恩寺浮图

塔势如涌出，孤高耸天宫。登临出世界，磴道盘虚空。突兀压神州，峥嵘如鬼工。四角碍白日，七层摩苍穹。下窥指高鸟，俯听闻惊风。连山若波涛，奔凑似朝东。青槐夹驰道，宫馆何玲珑。秋色从西来，苍然满关中。五陵北原上，万古青蒙蒙。净理了可悟，胜因夙所宗。誓将挂冠去，觉道资无穷。

慈恩寺，是唐高宗做太子时为其母文德皇后所建的。慈恩寺塔是僧人玄奘在高宗永徽三年（652）所建，即大雁塔，位于长安东南，是当时京中胜游之地。岑参第一次由塞外回京，曾与高适、薛据、杜甫等诗人结伴登塔，均有诗作。

从下往上看，塔势拔地而起，直插云天。从上往下看，山原陵苑生

气流动，奔凑眼底；秋色苍茫笼罩着偌大关中，汉代的五陵青蒙蒙连成一片，英雄如高祖、武帝，而今安在哉！面对远大的时空，诗人不禁生出四大皆空、皈依佛教的情绪——这是登高望远的实感，同时未尝不含有个人在政治上的失意情绪。

（周啸天）

◇田假归白阁西草堂

雷声傍太白，雨在八九峰。东望白阁云，半入紫阁松。胜概纷满目，衡门趣弥浓。幸有数亩田，得延二仲踪。早闻达士语，偶与心相通。误徇一微官，还山愧尘容。钓竿不复把，野碓无人舂。惆怅飞鸟尽，南溪闻夜钟。

杜甫《渼陂行》诗说："岑参兄弟（岑参和他的二哥岑况）皆好奇。""好奇"，即向往不同寻常的、能够激发豪情壮志的新鲜生活和事物，这是岑参性格中的重要特点。但是，岑参在三十岁左右考中进士后，却只在京城长安做了个右内率府兵曹参军的小官，职责是看守兵甲器杖、管理门禁锁钥，工作刻板而又琐碎。这对于有"好奇"性格的岑参来说，无异于被无形的绳索捆缚着，使他如置身于牢笼。他不耐烦衙署的枯燥无味，请假回到草堂这个自由的天地里，将满腔雄豪之气和希图归隐之志，都倾泻在这首《田假归白阁西草堂》中，读来使人感奋、激动，并领略到悠远无尽的意味。

开始四句写雷雨景象，真有惊天动地、云垂海立之势。第一、二句写远景。作者在白阁峰（清代徐乾学等《大清一统志》："陕西西安府：紫阁峰在鄠县东南。县志：峰在县东南三十里，迤东有白阁、黄阁峰。"）西面自己的草堂中纵目远眺，只听得轰然的雷声突然从终南山（即太白山）那面传来，震耳欲聋。"雷声傍太白"一句，起得陡然突兀，巨响从天而降，震撼人心，具有先声夺人的咄咄气势。接着，"雨在八九峰"。电闪雷鸣，大雨滂沱，笼罩着莽莽苍苍的终南山诸峰。这铺天盖地的大雨，在惊雷之声的衬托下，更加气势逼人。第三、四句渐次而近，此时，终南山的雷雨正向草堂汹涌逼来，那东面白阁峰上的乌云，像万马奔驰，涌向那紫阁峰上的十万长松中，乌云与松林连成一片，激起满山的虎啸龙吟。开始这四句，雷鸣、雨下、云涌，写来层次分明，又错综交织成一片，并且与终南山和"白阁""紫阁"诸峰相连，造成一种雄阔无比、笼罩宇宙的恢宏气势。清代高步瀛在《唐宋诗举要》中评曰："起势雄莽。"确是中肯之言。

这四句，恰像一出大戏的开场锣鼓，人们在大锣大鼓的震响中，屏息呼吸，等待那威猛的黑头（即戏剧中的正净，又名铜锤）出场。然而，作者却就此陡顿，忽然转换笔锋，开出了新的境界，使人在大出意料之后，来深入领会诗人的情怀。"胜概纷满目，衡门趣弥浓"，这两句是此诗前后过渡的关键。前一句是对雷电风雨交织而成的雄壮景色的赞叹，是承上，而后一句于赞叹之中，更蕴含着丰富的内容。它表面上在进一步自夸草堂景色之胜，而实际上是用"衡门"（即"横木为门"，喻指草堂）与帝都长安以及右内率府兵曹参军的衙署相比，京城和衙署虽然那般堂皇，但那生活却是非常平庸枯燥的，哪比得上这简陋的草堂中瞬息万变、应接不暇的景色，以及那游目骋怀、无拘无束的浓郁的趣味呢？这里隐隐流露出了作者追求新鲜活泼、自由无碍的生活的思想，这也是全篇的关键所在。

这关键性的两句，引出了作者的深深感慨。从"幸有数亩田"到末尾，作者用夹叙夹议的手法，写出了自己对区区微官的不满和向往自由闲适生活的情怀。自己本有数亩薄田，可以像"挫廉逃名"的羊仲、求仲那样过隐居的生活；也听过"达士"（通达事理之人，此指隐士）规劝之语，正与我心相通。但是，却错误地做了个于事无补、于己不利的区区小官，现在因假而还归草堂，看到自己满身尘俗之气，真惭愧得无地自容啊！如今，钓竿也疏远了，舂米的碓也无人操作，想起来惆怅不已，望着那日暮时渐尽的飞鸟，只听得南溪几声悠扬的疏钟。这些发自肺腑的诗句，隐含着忏悔时的一片深情，作者叙述得婉转曲折，语言扣动心弦，读者如听朋友倾诉衷肠。特别是最后两句，作者把无限怅惘之情，融进自然景物之中，结语十分微妙。那白天四处觅食的鸟儿，随着暮色的降临，渐渐各自找到了归宿之所，而自己呢，还滞留宦途，前途未卜，两相比较，怎不令人黯然神伤！那静夜里悠远的钟声，是警醒自己的"暮鼓晨钟"，好像是对自己的召唤，但同时又像是轻轻的叹息。作者用象征、映衬手法，把不尽之意隐含在最后两句，给人留下了回味无尽的余地。到此，这一出大戏虽然没有威猛黑头的出场，但经过巧妙过渡，却引出了小生的清唱，那袅袅余音，真可以三日绕梁。这一切似乎出人意料，但又都在情理之中，让人觉得十分自然，从中可以见出作者巧妙的构思。

不仅如此，这首诗的开头和结尾还形成了一种对比，隐含着作者的深意。开始四句极写雷雨风云来势之猛，一派动荡之势，草堂似乎无法避免暴风雨的冲刷。接着，作者虽然没有再交代风雨，但从最后两句"惆怅飞鸟尽，南溪闻夜钟"的暗示中可知，显然风雨往别处去了，并没有降临草堂。作者这种大起大落的章法，大开大合的笔墨，动荡与宁静的强烈对比，无疑隐含着人生变幻无常的感叹，与"早闻达士语，偶与心相通。误徇一微官，还山愧尘容"的出处无着的伤喟，正是一致的，两者交相辉映，把这种迷惘而又感伤的情怀，表达得更为婉曲而又深沉。

（管遗瑞）

●韦应物（737—791），唐京兆万年（今陕西西安）人。出身关中望族，玄宗天宝十载（751）以门资恩荫入官为三卫郎。肃宗乾元元年（758）进太学，折节读书。代宗广德元年（763）为洛阳丞。大历九年（774）为京兆府功曹。德宗贞元中曾任左司郎中，世称韦左司。在此前后曾任滁州、江州、苏州刺史，世称韦江州、韦苏州。有《韦苏州集》。

◇滁州西涧

独怜幽草涧边生，上有黄鹂深树鸣。
春潮带雨晚来急，野渡无人舟自横。

这首诗为韦应物在滁州任上所作，诗写雨后野渡的幽静之趣，同时也表现了很深的寂寥之感。

因为是孤孤单单一个人，所以面对西涧才"独怜幽草"。树的深处，黄鹂声声啼鸣，很清脆，很短促，却听不出应有的缠绵。春雨之后，潮水涨起来了，涧面加宽，一只破旧的木船搁浅在渡口的岸边，随波浪摇摆。末句妙在一个"自"字——表明船的摆动与人无关，一个"横"字——写出船的任水摆弄。撑篙人哪里去了？春寒料峭，也许回家去了。"野渡无人舟自横"，可待渡的人怎么办？这令人踌躇，也令人迷惘。

　　诗写得很简洁，词约而意丰。天色已晚，风雨潮涨，野渡无人，多像是人生时时可能遭遇的处境。三毛说："心似万丈迷津，亘古恒远（语本《红楼梦》警幻仙子），其中并无舟子撑篙。除非自渡，他人爱莫能助。"所以"舟自横"也不用怕了，"除非自渡，他人爱莫能助"啊！诗人不必有这样的意思，却能引发人联翩的浮想。

　　此诗抽去时间概念而展示空间物象，颇具画意，同时有画外的声音。末句的语意不仅屡被后人模仿，宋代宫廷画院更取为绘画考试题目。高明的画师或于船头画一只鹭，以示无人。还有添一舟人卧舟尾独弄横笛，则谓非无舟子，无行人也。这也不必是诗的本意，却也是诗所引发的联想。

（周啸天）

●司空曙（生卒年不详），字文明，洺州（治今河北邯郸市永年区东南）人。早年赴京应试不第，安史乱中避地南方。代宗大历初任洛阳主簿，后入朝为左拾遗。德宗建中间贬长林县丞。贞元四年（788）前后，在剑南西川节度使韦皋幕中，官检校水部郎中，终虞部郎中。有《司空文明诗集》。

◇江村即事

钓罢归来不系船，江村月落正堪眠。
纵然一夜风吹去，只在芦花浅水边。

做渔父的乐趣，在于闲适。《庄子·刻意》云："就薮泽，处闲旷，钓鱼闲处，无为而已矣。"身边环境和伴当，如水态云容、星月汀洲、芦蓼鸥鹭之景，莫不赏心悦目；竿纶舟棹、蓑笠粮筌之具，莫不助其闲逸。司空曙之前，已有很多作家歌咏过渔钓之乐，积淀了众多审美的意象和意蕴。闲适之美，贯通渔钓生活的全部过程。如，抛纶之乐，似"目送归鸿，手挥五弦"；等待之乐，在意定神闲；收纶之乐，在得鱼忘筌；钓罢归来之乐，在意足心满。前人、时人已写得甚多，如"垂钓坐磐石，水清心亦闲"（孟浩然《万山潭作》），"浦沙明濯足，山月静垂纶"（李颀《渔父歌》），"乱荇时碍楫，新芦复隐舟。静言

念终始，安坐看沉浮。素发随风扬，远心与云游"（储光羲《渔父词》），"玩舟清景晚，垂钓绿蒲中"（韦应物《游溪》），等等，各截取了渔钓生活的某些片段来歌咏。司空曙此诗，是就钓罢归来着墨的。

"钓罢归来不系船，江村月落正堪眠。""不系船"有洒脱的原因，也有不必系的原因，都含蕴在诗意里。钓罢归来，心意已足，万事不挂虑于心，无丝毫拘滞。系船，无非是担心钓船漂走，若有此顾虑，逍遥之心便打了折扣。恰江村月落之时，趁着惬意的心情，顺着天赐的时机，美美地睡去，真是世外高情也。不必系者，钓船漂走的可能性很小，这里暗含着渔父的一种经验判断，则渔父做此之生涯，不为短暂。那么他的生活平和舒适，已至一种超然的境界了。

　　"纵然一夜风吹去，只在芦花浅水边。"就算万一钓船被风吹去，也不必担心，充其量就横在芦花浅水边吧。纵使那样，也诗意无限呢。想想看，一夜风吹，渔父只在酣睡中，全然不在意。清晨醒来，一看，呵呵，芦花满眼，摇曳身旁，浅水微波，船儿轻漾，真是别有一番趣致啊。芦花、钓船意象，构成十分清逸闲适的意境，引人入胜。诗家爱之，如司空曙同时的岑参，便有"芦花映钓船"句；而晚唐诗人喻凫的"秋风江上家，钓艇泊芦花"（《怀乡》）句，简直就似从司空曙诗化来。

（李亮伟）

●钱起（约720—约782），字仲文，吴兴（今浙江湖州）人。玄宗天宝十载（751）登进士第。官至考功郎中、太清宫使。有《钱考功集》。

◇暮春归故山草堂

谷口春残黄鸟稀，辛夷花尽杏花飞。

始怜幽竹山窗下，不改清阴待我归。

诗中故山草堂在谷口。诗人是在暮春时节回谷口草堂的。他为什么回草堂，是暂住还是长留，诗中并没有交代，但措辞似有暗示。

黄鸟的叫声少了，木兰花凋谢尽了，连杏花也开始飘零了，故山草堂暮春物候正发生着变迁。一些曾为诗人深情眷念过的事物，并没有耐心等候主人的归来，就不在了。

然而，在许多"改"的面前，诗人却惊喜地发现了一个"不改"：山窗下的"幽竹"。"幽竹"是这首诗中最关键的意象。它四季常绿，不事张扬，虚心有节，有持能守，无论发生了任何事情，它都将以"清阴"对待主人。前人认为这两句的命意与"岁寒，然后知松柏之后凋也"（《论语·子罕》）相同。

此诗所处的历史语境，使人联想到李适之的一首诗："避贤初罢

相，乐圣且衔杯。借问门前客，今朝几个来？"（《罢相作》）直说味浅，哪及此诗风韵含蓄，耐人寻味。

（周啸天）

●郎士元（生卒年不详），字君胄，唐中山（治今河北定州）人。玄宗天宝十五载（756）进士及第。避安史之乱羁滞江南。代宗宝应元年（762）授渭南尉，大历元年（766）前后擢为拾遗，四年前后迁员外郎，复转郎中，德宗建中初（780）出为郢州刺史，持节治军。有《郎士元诗集》一卷。

◇柏林寺南望

溪上遥闻精舍钟，泊舟微径度深松。

青山霁后云犹在，画出西南四五峰。

唐代诗中如画之作为数甚多，而这首小诗别具风味，恰如刘熙载所说："画山者必有主峰，为诸峰所拱向；作字者必有主笔，为余笔所拱向。……善书者必争此一笔。"（《艺概·书概》）此诗题旨在一"望"字，而望中之景只于结处点出。诗中所争在此一笔，余笔无不服务于此。

诗中提到雨霁，可见作者登山前先于溪上值雨。首句虽从天已放晴时写起，却饶有雨后之意。那山顶佛寺（精舍）的钟声竟能清晰地达于溪上，使人"遥闻"，不与雨浥尘埃、空气澄清大有关系吗？未写登山，先就溪上闻钟，点出"柏林寺"，同时又引起舟中人登山之想（慕

毋潜《过融上人兰若》"却听钟声连翠微"）。这不是诗的主笔，但它是有所"拱向"（引起登眺事）的。

　　精舍钟声的诱惑，使诗人泊舟登岸而行。曲曲的山间小路（微径）缓缓地导引他向密密的松柏（次句中只说"松"，而从寺名可知有"柏"）林里穿行，一步步靠近山顶。"空山新雨后"，四处弥漫着松叶柏子的清香，使人感到清爽。深林中，横柯交蔽，不免暗昧。有此暗昧，才有后来"度"尽"深松"，分外眼明的快意。所以次句也是"拱向"题旨的妙笔。"度"字已暗示穷尽"深松"，而达于精舍——"柏林寺"。行人眼前豁然开朗。映入眼帘的首先是霁后如洗的"青山"。前两句不曾有一个着色字，此时"青"字突现，便使人眼明。继而吸引住视线的是天宇中飘飘的云朵。"霁后云犹在"，但这已不是浓郁的乌云，而是轻柔明快的白云，登览者怡悦的心情可知。此句由山带出云，又是为下句进而由云衬托西南诸峰作了一笔铺垫。

第三句写出，着意于山色（青），是就一带山脉而言；而末句集中刻画几个山头，着眼于山形，给人以异峰突起的感觉。峰数至于"四五"，则有错落参差之致。在蓝天白云的衬托下，峥嵘的山峰犹如"画出"。不用"衬"字而用"画"字，别有情趣。言"衬"，则表明峰之固有，平平无奇；说"画"，则似言峰之本无，却由造物以云为毫、蘸霖作墨、以天为纸即兴"画出"，其色泽鲜润，犹有刚脱笔砚之感。这就不但写出峰的美妙，而且传出"望"者的惊奇与愉悦。

（周啸天）

●顾况（约730—806后），字逋翁，号华阳山人，又号悲翁，唐苏州海盐（今属浙江）人。肃宗至德二载（757）进士及第，曾官著作佐郎，以作诗嘲诮权贵贬饶州司户参军，后归隐茅山。有《华阳集》。

◇过山农家

板桥人渡泉声，茅檐日午鸡鸣。

莫嗔焙茶烟暗，却喜晒谷天晴。

这是一首访问山农的纪行六言绝句。全诗仅二十四字，作者依次描绘了山行途中、到达农家、参观焙茶和晒谷的四个场景。

首句"板桥人渡泉声"，选取行至山上农家附近的最有诗意的一个场景，构成画面：青山环绕，人渡板桥，泉声在耳。渡桥人即诗人陶醉在风景中，同时他自己也成了风景。"板桥"乃人文景观，是连接山上农家与外界的通道，标题既有"山"，则板桥架设在溪涧上，青山也就成为不写之写了。顾况的同龄人刘长卿写过"流水通春谷，青山过板桥"（《赴江西湖上赠皇甫曾之宣州》），虽然此板桥非彼板桥，地点、长度都有所不同，但可启人联想。"泉声"，是山水清音，一片天籁。由末句一"晴"字，可知此前下过雨，则空气清新，溪泉淙淙，令人心情极为舒畅。次句"茅檐日午鸡鸣"，是写到达农家时的所见所闻。"茅檐"在此表意至少有三重：一是农家屋舍简朴，二是看茅檐下日影而知日午，三是日午时鸡栖之阴凉处。"日午"表明诗人到达的时间。"鸡鸣"，本为极寻常事物，但作为一个诗歌意象，顾况之前的诗人描写田园景物时已多有取用，诗化程度很高，如陶渊明云"鸡鸣桑树颠"（《归园田居》），王维云"桑榆郁相望，邑里多鸡鸣"（《赠房卢氏琯》）、"雀乳青苔井，鸡鸣白板扉"（《田家》），又杜甫有"群鸡正乱叫，客至鸡斗争"（《羌村三首》），可见用其衬托宁静、平和的田园生活环境，非但不俗，反而典型有至味。

后二句，写农家焙茶、晒谷的农事活动，是以交谈的方式道出，非常切合访问事宜，又避免了单纯叙述农事之冗，极大限度地节约了文字。焙茶，烘炒茶叶。顾况对焙茶是熟悉的，尝有《焙茶坞》："新茶已上焙，旧架忧生醭。旋旋续新烟，呼儿劈寒木。"焙茶烟暗，乃天气使然，因此前下过雨，柴火受潮，燃烧时便烟雾浓黑。此非主人不恭，无论客人是否到来，都有此现象。主人却因此表达歉意，可见其热情好客，生怕见怪。"莫嗔"一词，乃请求见谅之语，活画出农家主人之淳朴、憨厚的性格。客人明理，自是不会"嗔"的，特转出下句"却喜"来相宽慰。晒谷天晴，是为喜事，农家之喜，亦诗人之喜。诗人与农家的真挚情感跃然纸上。诗歌景美情美，留给读者的印象很深。明代文徵明有一幅山水画，取象于顾况诗，并自题画云："一重山崦一重溪，犹有人家住水西。行过小桥回首望，焙茶烟起午鸡啼。"但此画题只在客观写景，而缺少顾诗之忠厚情意。当然，画家着眼点不同，非必尽取其意，否则便成蹈袭了。且"莫嗔""却喜"之语所婉转传递的深情厚谊，是无论如何也画不出来的。

（李亮伟）

●戴叔伦（732—789），字幼公，一作次公，唐润州金坛（今属江苏）人。早岁师事萧颖士，安史之乱中避地鄱阳。代宗初为秘书省正字，入刘晏幕。德宗建中元年（780）出为东阳县令，四年入江西节度使幕为判官。兴元元年（784）为抚州刺史，翌年封谯县开国男。贞元间授容州（今广西容县）刺史、容管经略使兼御史中丞。《全唐诗》存诗二卷。

◇题稚川山水

> 松下茅亭五月凉，汀沙云树晚苍苍。
> 行人无限秋风思，隔水青山似故乡。

山水诗向来多是对自然美的歌咏，但也有一些题咏山水的篇什，归趣并不在山水，而别有寄意。此诗即是一例。

从诗的内容可知，此篇当作于作者宦游途中。"松下茅亭五月凉，汀沙云树晚苍苍"，正写稚川山水，是行旅之中偶值的一番景色。这景色似乎寻常，然而，设身处地站在"五月""行人"角度，就会发现它的佳处。试想，在仲夏的暑热中，经日跋涉后，向晚突然来到一个有山有水的地方，憩息于"松下茅亭"，放眼亭外，在水天背景上，那江中汀洲，隔岸的青山，上与云平的树木，色调深沉悦目（"苍苍"），像在清水中洗浴过一样，给人以舒畅之感。"凉"字就传达了这种快感。

　　戴叔伦曾说："诗家之景，如蓝田日暖，良玉生烟，可望而不可置于眉睫之前。"（转引自《司空表圣文集》卷三）这里的写景，着墨不多，有味外味，颇似元人简笔写意山水，有"可望而不可置于眉睫之前"的意趣。

　　前二句写稚川山水予人一种美感，后二句则进一步写出稚川山水给人一种特殊的感发。第三句的"秋风思"用典：晋人张翰因秋风起，思吴中家乡特产，遂命驾弃官而归。这里的"秋风思"代指乡情归思。它唤起人们对故乡一切熟悉的事物的深切忆念。"行人无限秋风思"，这一情感的爆发，其诱因非他，乃是一个富于诗意的发现，同时也是一个错觉——"隔水青山似故乡"。

　　艺术的灵感，往往来自错觉，这首诗便是如此。如按因果关系，行人在发现"隔水青山似故乡"之后方才有"无限秋风思"。三、四句却予以倒置,这是颇具匠心的。感情的激动往往比理性的思索更迅速。人受外物感染,往往有不自知其所以然者,那原委往往颇费寻思。把"隔水青山似故乡"这一动人发现于末句点出,也就更近情理,也更耐人寻味。

欧阳詹《蜀门与林蕴分路后屡有山川似闽中,因寄林蕴,蕴亦闽人也》一诗与此诗意近:"村步如延寿,川原似福平。无人相与识,独自故园情。"它一开篇就写出那个动人发现,韵味反浅。可见同样诗意,由于艺术处理不同,也会有高下之分。

(周啸天)

●韩愈（768—824），字退之，河南河阳（今河南孟州）人，郡望昌黎。德宗贞元八年（792）进士及第，任节度推官，其后任监察御史等职。十九年因触怒权臣，贬为阳山令。宪宗即位，量移江陵府法曹参军。元和元年（806）召拜国子博士。十二年从裴度讨淮西有功，升任刑部侍郎。十四年劝谏烧毁佛骨，贬为潮州刺史。次年穆宗即位，召拜国子祭酒。长庆二年（822）转吏部侍郎、京兆尹。卒谥文。有《昌黎先生集》。

◇山石

山石荦确行径微，黄昏到寺蝙蝠飞。升堂坐阶新雨足，芭蕉叶大栀子肥。僧言古壁佛画好，以火来照所见稀。铺床拂席置羹饭，疏粝亦足饱我饥。夜深静卧百虫绝，清月出岭光入扉。天明独去无道路，出入高下穷烟霏。山红涧碧纷烂漫，时见松枥皆十围。当流赤足踏涧石，水声激激风吹衣。人生如此自可乐，岂必局束为人鞿？嗟哉吾党二三子，安得至老不更归！

贞元十七年韩愈辞徐州张建封幕职，在洛闲居候调时游洛阳北面惠林寺作此诗，具体时间是旧历七月二十二日。诗以首二字为题，写其与朋友李景兴、侯喜等黄昏投宿山寺及翌日遍游山水的经过。

前四句写雨后之黄昏到寺所见。"黄昏到寺蝙蝠飞",写山寺暮色情景宛然,闻一多有"黄昏中织满蝙蝠的翅膀"(《口供》),意象即类此;"芭蕉叶大栀子肥"传"雨足"之神,"肥""大"二字表现出一种阳刚之美,为元好问所赞赏。

继四句写寺僧的接待。先是参观寺庙,最引人注目的是壁画,因为时已入夜,所以燃灯观看。僧人介绍称是"古壁",可见壁画出自前朝(大约是六朝吧)人手。韩愈虽不信佛,但客随主便,从"所见稀"的口气看,他对壁画艺术还是颇为欣赏的。接着便是用饭,寺庙待客是素席,是粗茶淡饭,但山行走了那么多路,到寺又参观了好一阵,饥者易为食,加之寺僧之热情,就吃得饱饱的。

"夜深"以下二句写宿寺之夜的感受。从诗句可以意会,刚睡下时,山中还是虫声唧唧,氛围十分幽静;夜深时分,虫声绝响,而半轮下弦月从岭头升起(谚云"二十一二三,月出鸡叫唤"),境界更清幽,尤其令人陶醉。

"天明"以下六句写离寺山行。"天明独去无道路"句中的"独去"是就寺僧未能远送而言,不是个人独行(同行还有"吾党二三子"),"无道路"是就大雾弥漫而言,不是无路可走。总之,早行之初是在浓雾中出入高下,摸索前进,直到太阳出来,才穷尽烟霏。此时"山红涧碧纷烂漫"的明丽景色就扑入眼帘,带着山中特有的湿度;"时见松枥皆十围",既表明山林的古老原始,也表明视野在不断变化。

山行中最愉快的是看到山中矿泉清水,杜甫这样写道:"在山泉水清,出山泉水浊。"(《佳人》)脱鞋踏石过溪水,不但不以为麻烦,简直叫人觉得好玩,不知不觉就返回到想打赤脚、想要水的童年心境。

关于这种心情，郭沫若这样写道："地球，我的母亲，天已黎明了，你把你怀中的儿来摇醒，我现在正在你背上匍行。""地球，我的母亲，我不愿在空中飞行，也不愿坐车、乘马、著袜、穿鞋，我只愿赤裸着我的双脚，永远和你相亲。"（《地球，我的母亲》）

最后四句抒发感想，揭示全诗的主题，"人生如此"四字概括了黄昏对景、灯下观画、疏粝疗饥、夜深赏月、清早山行、赤足蹚水乃至这次出游的全部经历，而后用"自可乐"三字加以肯定，同时又用"局束为人鞿"的幕僚生活作反衬，表现了对山中自然美及包括在自然美中的人情美的真诚向往。这比较接近孔子欣赏的曾点之志，"吾党""二三子"也是出自《论语》中的语言。

《山石》在韩愈诗中不属于险怪，而属于文从字顺一路，在"以文为诗"方面表现则相当突出。全诗完全按行程顺序叙写，有如游记。既详记游踪，复能诗意盎然，盖诗人非常善于选材，善于捕捉景物在特定时间、天气中呈现的不同光感、色感、质感。全诗单句散行，一反初唐四杰以来七古间用骈偶的做法，避免了可能由此导致的圆熟和疲弱之病以及古风特殊韵味的丧失。

全篇无一律句，是有意识运用了与律句相区别的三字脚——"仄仄平""仄平仄""仄仄仄""平平平"，所以虽平声一韵到底，却无平板疲弱之感。近人陈寅恪谓韩诗"既有诗之优美，复具文之流畅，韵散同体，诗文合一"者，此诗即为著例。

（周啸天）

●柳宗元（773—819），字子厚，唐河东解县（今山西运城西南）人。德宗贞元九年（793）进士及第，十九年擢监察御史里行。永贞革新失败后，贬永州（今属湖南）司马。元和十年（815）回京，复出为柳州（今属广西）刺史。有《河东先生集》。

◇柳州二月榕叶落尽偶题

宦情羁思共凄凄，春半如秋意转迷。
山城过雨百花尽，榕叶满庭莺乱啼。

"气之动物，物之感人，故摇荡性情，形诸舞咏。"（钟嵘《诗品》）而最感人的风物是殊域的风物，对景物最敏感的人是来自远方的人。榕树为常绿乔木，高可达四五丈，是热带的一种风景树。这种树换叶往往在春天，不同他木之于秋季落叶。柳宗元在南方看到这种"春半如秋"的景象很有感触，便写下这首诗。

一、二句写自己谪居柳州的心境。古人称仕途奔波为宦游，一般说来，"宦情"与"羁思"总是联系在一起的，而柳宗元笔下的这两个词还有特定的内容：他所谓的"宦情"是指政治上遭受打击的怨抑；他所谓的"羁思"是指远流边鄙的寂寥孤凄。在同一个时期所写"岭树重遮千里目，江流曲似九回肠"（《登柳州城楼寄漳汀封连四州》）、

"海畔尖山似剑芒，秋来处处割愁肠"（《与浩初上人同看山寄京华亲故》）就反映出他心情的凄苦。"共凄凄"是双重的凄苦。这种心境中的人不免多愁善感，在春天本有伤春情绪，何况"春半如秋"。"凄"与"迷"是相关的两种心境。"宦情""羁思"之外加上特异的物候，这就在双重的凄凄之上加上了第三重，于是乎"意转迷"。

三、四句写景，是"春半如秋"的具体描写。"山城"指柳州，因南方气温高，二月遇雨，百花即已凋零，而榕树又正好落叶，满庭飞舞，景象如同秋天。而秋天比春天更容易动人离思，对于"宦情羁思共凄凄"的远谪之人，感染力尤其大。加之"秋景"之中，又有春莺乱啭——提醒愁人：这毕竟是春天。这就把伤春和悲秋两种情绪杂糅起来了。莺声本美，无所谓"乱"，由于人心烦乱，所以听起来也觉得它"乱"了。

将心境与物色打成一片，景物萧索，因为伤心人别有怀抱、以我观物的缘故，反过来又更增其伤心，结果是宦情羁思更凄凄了。一般说来，柳宗元在贬谪期间所写的诗不像刘禹锡那样乐观，那样能振奋人心，但它较深刻地反映了封建时代被压抑的正直有志之士的悲愤。

（周啸天）

◇渔翁

渔翁夜傍西岩宿，晓汲清湘燃楚竹。
烟销日出不见人，欸乃一声山水绿。
回看天际下中流，岩上无心云相逐。

　　此篇作于永州。作者所写的著名散文《永州八记》，寄情山水的同时，略寓政治失意的孤愤。同样的意味，在他的山水小诗中也是存在的。此诗首句的"西岩"即指《始得西山宴游记》中的西山，而诗中那在山青水绿之处自遣自歌、独往独来的"渔翁"，则含有几分自况的意味。主人公独来独往，凸显出一种孤芳自赏的情绪，"不见人""回看天际"等语，又都流露出几分孤寂情怀。而在艺术上，此诗尤为后人注目。苏东坡赞叹说："诗以奇趣为宗，反常合道为趣。熟味此诗有奇趣。"（《全唐诗话续编》卷上引惠洪《冷斋夜话》）"奇趣"二字，的确抓住了此诗主要的艺术特色。

　　首句从"夜"写起，"渔翁夜傍西岩宿"，还很平常，可第二句写到拂晓时就奇了。本来，早起打水生火亦常事，但"汲清湘"而"燃楚竹"，造语新奇，为读者所罕见。事实不过是汲湘江之水、以枯竹为薪而已。不说汲"水"燃"薪"，而用"清湘""楚竹"借代，诗句的意蕴也就不一样了。犹如"炊金馔玉"给人侈靡的感觉一样，"汲清湘"而"燃楚竹"则有超凡脱俗的感觉，似乎象征着诗中人孤高的品格。可见造语"反常"能表现一种特殊情趣，也就是所谓"合道"。

一、二句写夜尽拂晓，从汲水的声响与燃竹的火光知道西岩下有一渔翁在。三、四句方写到"烟销日出"。按理此时人物该与读者见面，可是反而"不见人"，这也"反常"。然而随着"烟销日出"，绿水青山顿现原貌，忽闻橹桨"欸乃一声"，原来人虽不见，却只在山水之中。这又"合道"。这里的造语亦奇："烟销日出"与"山水绿"互为因果，与"不见人"则无干；而"山水绿"，与"欸乃一声"更不相干。诗句偏作"烟销日出不见人，欸乃一声山水绿"，尤为"反常"。但"熟味"二句，"烟销日出不见人"，适能传达一种惊异感；而于青山绿水中闻橹桨欸乃之声尤为悦耳怡情，山水似乎也为之绿得更其可爱了。作者通过这样的"奇趣"，写出了一个清寥得有几分神秘的境界，隐隐传达出他那既孤高又不免孤寂的心境，所以又不是为"奇趣"而"奇趣"。

结尾两句是全诗的余音，渔翁已乘舟"下中流"，此时"回看天际"，只见岩上缭绕舒展的白云仿佛尾随他的渔舟。这里用了陶潜《归去来兮辞》"云无心以出岫"句意。只有"无心"的白云"相逐"，则其孤独无伴可知。

关于这末两句，东坡却以为"虽不必亦可"。这随口道出的批评，引起持续数百年的争执。南宋严羽，明胡应麟，清王士禛、沈德潜同意东坡，认为此二句删好。而南宋刘辰翁，明李东阳、王世贞认为不删好。刘辰翁以为此诗"不类晚唐"正赖有此末二句（《诗薮·内编》卷六引），李东阳也说："若止用前四句，则与晚唐何异？"（《怀麓堂诗话》）两派分歧的根源在于对"奇趣"的看法不同。

苏东坡欣赏此诗"以奇趣为宗"，而删去末二句，使诗以"欸乃一声山水绿"的奇句结，不仅"余情不尽"（《唐诗别裁集》），而且"奇趣"更显。而刘辰翁、李东阳等所轻视的"晚唐"诗，其显著特点之一就是"奇趣"。删去此诗较平淡闲远的尾巴，致使前四句"奇趣"尤显，"则与晚唐何异？"其实"晚唐"诗固有猎奇太过不如初唐盛唐者，亦有出奇制胜而发初唐盛唐所未发者，岂能一概抹杀？如此诗之"奇趣"，有助于表现诗情，正是优点，虽"落晚唐"何伤？自然，选录作品应该维持原貌，不当妄加更改；然就谈艺而论，可有可无之句，究以割爱为佳。

（周啸天）

●薛涛（？—832），字洪度，唐长安（今陕西西安）人，父薛郧，因官寓蜀。薛涛早慧，通晓音律，不幸丧父。德宗贞元中韦皋镇蜀，召令侍酒，遂入乐籍，历事十一镇。与元稹、白居易、刘禹锡、杜牧等均有唱和。韦皋曾拟奏请朝廷授以秘书省校书郎之职，时人以女校书目之。有《薛涛诗》一卷。

◇续嘉陵驿诗献武相国

蜀门西更上青天，强为公歌蜀国弦。
卓氏长卿称士女，锦江玉垒献山川。

诗当为宪宗元和三年（808）酬和宰相武元衡之作。武元衡出镇西川，途中有《题嘉陵驿》诗云："悠悠风旆绕山川，山驿空蒙雨似烟。路半嘉陵头已白，蜀门西更上青天。"本诗为作者和诗，故称"续"。

武元衡《题嘉陵驿》基本上沿袭了"蜀道难"主题，其诗调苦而声酸。薛涛续诗巧妙地翻武诗末句作首句，更反其意而用之，专一赞美蜀中之人杰地灵，谓人则有司马相如与卓文君为代表的才子佳人，地则有濯锦江和玉垒山为代表的山川形胜，有意无意切合了唱和双方名士与才女的身份，所以明人钟惺评道："如此评骘，评者受者，俱不愧矣。"（《名媛诗归》）

诗中"蜀门"指剑阁,本晋张载《剑阁铭》:"唯蜀之门,作固作镇。"《蜀国弦》本乐府诗题,《乐府诗集》收录于《相和歌辞》,专咏蜀地风光,如隋代卢思道之作云:"西蜀称天府,由来擅沃饶。雪浮玉垒夕,日映锦城朝。"其诗全写风光,薛涛诗则囊括人文,更显大气。

（周啸天）

●白居易（772—846），字乐天，晚号香山居士，下邽（今陕西渭南北）人。先世本龟兹人，汉时赐姓白氏。唐德宗贞元十六年（800）登进士第，十九年中书判拔萃科，授秘书省校书郎。宪宗元和十年（815）一度被贬为江州司马。晚年以太子宾客分司东都，武宗会昌二年（842）以刑部尚书致仕。有《白氏长庆集》。

◇大林寺桃花

人间四月芳菲尽，山寺桃花始盛开。
长恨春归无觅处，不知转入此中来。

这是一首纪游诗，作于江州司马任上。大林寺在庐山香炉峰顶，建于晋代，是我国佛教著名寺院。诗人有《游大林寺序》，言作诗缘起甚详。序云："余与河南元集虚……凡十七人，自遗爱草堂，历东西二林，抵化城，憩峰顶，登香炉峰，宿大林寺。大林穷远，人迹罕到。环寺多清流苍石，短松瘦竹。寺中唯板屋木器，其僧皆海东人。山高地深，时节绝晚，于时孟夏月，如正二月天，梨桃始华，涧草犹短；人物风候，与平地聚落不同，初到，恍然若别造一世界者。"

初看此诗，似直赋其事，写"山高地深，时节绝晚""人物风候，与平地聚落不同"而已。熟味则别有意趣。诗人往游大林寺，是"人间

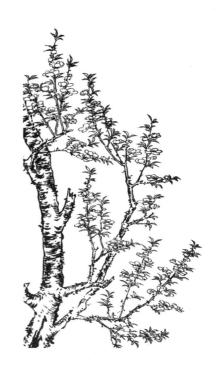

四月芳菲尽"的初夏，不但桃梨等花发较早的树木早已无花，就是花期较迟者也已绿暗红稀。他们原本是无意寻花的，而"山寺桃花始盛开"，则是一个意外的发现，简直连听也未听说过，原因很简单："大林穷远，人迹罕到。"此诗将"山寺"与"人间"对举，不唯有意无意将山寺比拟作灵境，同时也意在写出它的摒绝人迹。然而人们只要肯造险远，往往会有意外收获，这正是游历的一种乐趣。

"始盛开"三字已模拟出游者惊叹的神情。接下去诗人没有就深红浅红的花色作具体描绘，却抒发自己的一番感慨："长恨春归无觅处，不知转入此中来。"散文中的"时节绝晚"四字到诗中变成了活的形象。它很有意味，妙在将春拟人。春本是一个时间的概念，诗人从山下山上时节差异着眼，以空间范畴写之，于是春天就有了生命，居然能迁徙自由。这也增加了此诗的情趣。晚唐王驾《雨晴》诗云："蛱蝶飞来过墙去，却疑春色在邻家。"与此构思同妙。

（周啸天）

◇暮江吟

一道残阳铺水中，半江瑟瑟半江红。

可怜九月初三夜，露似真珠月似弓。

此诗约作于长庆二年（822）九月初三，作者赴杭州途中。诗写当天傍晚到夜幕降临时分的江上风光。

先写红日西沉的江景。用一"道"不用一"轮"，就不是写落日，而是写落日在水面的浮光，像"铺"在江面之上，故有"半江红"的奇观。而另外半江由于背阴或由于观察角度的缘故，水色如同碧玉。"瑟瑟"本是一种碧色宝玉名称。《唐书·于阗国传》言德宗"求玉于于阗，得瑟瑟百斤"。此诗借以代言绿色，不仅写出水色透明的质感，而且在字面上给人以寒意——抓住了九月江边气候的特点。当然，这"半江"与那"半江"，不是一刀切，而是动荡参差，十分美妙壮观。

后二句写新月东升后的江景。时间发生了跳跃。"九月初三"，月属上弦，形如"玉弓"。是下露的时候，在月下细圆发白而密集的粒粒露珠，又多么像刚刚出蚌的颗颗"真珠"。这玉弓般的月牙，与"真珠"般的露，是月夜最惹人注目的形象，写出它们也就写出了整个儿的月夜。这景象是澄澈、清凉的，在热闹耀眼的日落景象后出现，尤为可

爱，沁人心脾。

全诗写江景富于变化，设喻精确华美，有明喻（露似真珠，月似弓），有借代（半江瑟瑟）。诗有三句纯写景，有一句却是纪事兼抒情，这就是第三句。"九月初三夜"点出准确的季候、时间，"可怜"（可爱）二字则是抒发赞美之情。这一句用在交接处，造成一种时间推移感，使诗前后若断若连。同时它是虚写，与前后的三句实写相济，使全诗显得空灵不板。

（周啸天）

●王建（约767—约830），字仲初，许州（今河南许昌）人。出身
寒微，早年从军幽州。元和年间官昭应县丞、渭南尉，长庆初由太常寺丞
转秘书丞。后官陕州司马。晚年退居咸阳原上。又曾出任光州刺史。与张
籍均长乐府诗，时称"张王乐府"。有《王建诗集》。

◇雨过山村

雨里鸡鸣一两家，竹溪村路板桥斜。
妇姑相唤浴蚕去，闲看中庭栀子花。

这首山水田园诗，富有诗情画意，又充满劳动生活的气息，颇值得
称道。

"雨里鸡鸣一两家"，诗的开头就大有山村风味。这首先与"鸡
鸣"有关，"鸡鸣桑树颠"乃村居特征之一。在雨天，晦明交替似的天
色，会诱得"鸡鸣"不已。但倘若是平原大坝，村落一般不会很小，一
鸡打鸣会引来群鸡合唱。山村就不同了，地形使得居民点分散，即使成
村，人户也不会多。"鸡鸣一两家"，恰好写出山村的特殊风味。

"竹溪村路板桥斜"，如果说首句已显出山村之"幽"，那么，次
句就由曲径通幽的过程描写，显出山居的"深"来，并让读者随诗句的
向导，体验了山行的趣味。在霏霏小雨中沿着斗折蛇行的小路一边走，

一边听那萧萧竹韵、潺潺溪声，该有多称心，不觉来到一座小桥跟前。这是木板搭成的"板桥"。山民尚简，溪沟不大，原不必张扬，而从美的角度看，这一座板桥设在竹溪村路间，这竹溪村路配上一座板桥，却是天然和谐的景致。

"雨过山村"四字，至此全都有了。诗人转而写到农事："妇姑相唤浴蚕去。""浴蚕"，指古时用盐水选蚕种。据《周礼》"禁原蚕"注引《蚕书》："蚕为龙精，月值大火（二月）则浴其种。"于此可见这是仲春时分。在这淳朴的山村里，妇姑相唤而行，显得多么亲切，作为同一家庭的成员，关系多么和睦。她们彼此招呼，似乎不肯落在别家之后。"相唤浴蚕"的时节，也必有"相唤牛耕"之事，只举一端，不难概见其余。那优美的雨景中添一对"妇姑"，似比写一双兄弟更有诗意。

田家少闲月，冒雨浴蚕，就把农忙时节的农家气氛表现得更加充分。但诗人存心要锦上添花，挥洒妙笔写下最后一句："闲看中庭栀子花。"事实上就是没有一个人"闲看"，但他偏不正面说，却要从背面、侧面落笔。用"闲"衬忙，兴味尤饶。一位西方诗评家说，徒手从金字塔上挖下一块石头，并不比从杰作中抽换某个单词更困难。这里的"闲"，正是这样的字，它不仅是全句也是全篇之"眼"，一经安放就断不可移易。同时诗人写入"栀子花"，又丰富了诗意。雨浥栀子冉冉香，意象够美的。此外，须知此花一名"同心花"，向来用作爱之象征，为少女少妇所喜。此诗写栀子花无人采，主要在于表明春深农忙，没有谈情说爱的"闲"功夫，所以那花的象征意义便给忘记了。这含蓄不发的结尾，实在妙机横溢，摇曳生姿。

（周啸天）

●张志和（生卒年不详），字子同，号烟波钓徒、玄真子，婺州金华（今属浙江）人。肃宗乾元、上元间游太学，登明经第，待诏翰林，授左金吾卫录事参军。未几因事贬南浦尉。后浪迹江湖，隐居越州会稽。大历九年（774）在湖州刺史颜真卿幕，撰《渔歌子》。《全唐诗》存诗词九首。

◇渔歌子

西塞山前白鹭飞，桃花流水鳜鱼肥。　　青箬笠，绿蓑衣，斜风细雨不须归。

张志和在唐肃宗时曾待诏翰林，授左金吾卫录事参军。坐事贬官，后不复仕，放浪江湖间，以船为家，来往苕（tiáo）、霅（zhà）二溪之间，自号烟波钓徒。《新唐书·张志和传》称其"每垂钓，不设饵，志不在鱼也"。亦善画，出常格之外，入逸品，尝为《渔歌子》卷轴，"随句赋象，人物、舟船、鸟兽、烟波、风月，皆依其文，曲尽其妙"（唐朱景玄《唐朝名画录》）。

西塞山有二：一在湖北，刘禹锡《西塞山怀古》提到的即是；一在浙江湖州市吴兴区，张志和此词提到的西塞山即是。诗人是画家，小词写景亦如画。首先，妙于设色：白的水鸟，红的桃花，青山绿水中着青

箬笠、绿蓑衣，色彩是十分鲜明的，而这幅鲜明的图画，又笼罩在烟雨之中，在清晰与朦胧之间，透明与模糊之间，效果有如水彩画。其次，景中有动静的对比：青山绿水间鸟在飞，水在流，鱼在游，更具生动的效果。

末句画龙点睛："斜风细雨不须归。"表面上看，似乎也可以说是反映渔民生活的辛苦，其实不然，"斜风细雨"并非大风大浪，在这种细雨绵绵的天气里，水中缺氧，鱼儿多浮在水面，所以杜甫《水槛遣心》道"细雨鱼儿出"，是十分细致的观察。"斜风细雨"，正是垂钓撒网的好天气，怪不得古画中之渔翁多着蓑笠，同样是来自艺术家对生活的细致观察。

"不须归"三字，写出了一种生活态度，表现了一种无视困难、不肯回头的决心。张旭诗云："山光物态弄春晖，莫为轻阴便拟归。"（《山中留客》）可见在日常生活中，"斜风细雨"也可能成为裹足不前的借口。"不须归"还表现了一种很高的兴致，吾人探幽访胜纵遇阻挠而欲罢不能时，每有类似心情。因而，此诗较之纯乎写景之作，更饶风骨。

据《金奁集》曹之忠跋及《西吴记》称，志和此词作于湖州，刺史颜真卿等时贤为之倾倒，一时和者甚众。后来此词流传日本，能汉诗者亦和之甚众。其间尽有可传之作，然卒未传，其原因就在于张志和此词已经为巅峰之作。

（周啸天）

●贾岛（779—843），字浪仙，一作阆仙，自称碣石山人，范阳（治今河北涿州）人。早年曾为僧，法名无本。宪宗元和间受知于韩愈，返俗应举，但终身未第。文宗开成二年（837）坐飞谤责授遂州长江（今四川蓬溪）主簿，世称贾长江。有《长江集》。

◇寻隐者不遇

松下问童子，言师采药去。
只在此山中，云深不知处。

诗写的是一次寻访。寻访的结果是"不遇"。一作孙革《访羊尊师》诗。诗属五绝，不入律可作一首短小的古风读，内容和形式是统一的。

"松下问童子"一句写问，以下三句则是对答。问写得极简括。不须明写谁问和问什么，因诗题和对答有清楚的交代。答语是诗着意之处，"言师采药去"，童子说师父进山采药去了。这一句本来已是一个完整的答复，但如果就此打住，就没有诗意了。小童对答复作了一番补充：师父就在这座山里，在那云雾迷蒙的某个地方，但具体在哪儿，谁也不知道了。"只在此山中"的"只在"二字是很肯定的语气，仿佛作了确切的回答，但"云深不知处"叫人哪里找去？说了半天，还是等于

零。然而这两句补充并非多余，它不但是十分天真的话，而且语意佳妙。这不是故意卖弄口舌，而是生活中常有的那种无意中得到的妙语。它生动反映出"隐者"特有的生活趣味和情操。诗通过描写"隐者"那出没云中、神秘莫测的行踪，隐隐透露出其洁身自好、高蹈尘埃之外的精神风貌。

寻访"不遇"，通常是一件扫兴的事。但读这首诗，却会感到有不同寻常之处。小童的天真答话，把人引进高远的意境中，使人恍如面对那云烟缭绕的大山，想到有一位高士在其中自由自在地活动，那人迹罕至的去处，一定别有天地、别有一番乐趣。诗以小童的答话结束，虽然没直接写寻访者的反应，但读后令人觉得，他大约不会立即兴尽而返，而会站在松下，久久对着那云烟深处神往。

（周啸天）

●雍裕之（生卒年不详），成都（今属四川）人，自称楚客。数举进士不第，漂泊四方。代宗永泰元年（765）曾至潞州谒李抱玉。《全唐诗》存诗一卷。

◇农家望晴

尝闻秦地西风雨，为问西风早晚回？
白发老农如鹤立，麦场高处望云开。

正当麦收晒场的时候，忽然变了风云。一时风声紧，雨意浓。秦地（陕西）西风则雨，大约出自当时农谚。提起这样的农谚，显然与眼前天气变化有关。"尝闻"二字，写人们对天气变化的关切。这样，开篇一反绝句平直叙起的常法，入手就造成紧迫感，有烘托气氛的作用。

在这个节骨眼儿上，天气好坏关系一年收成。一场大雨，将会使多少人家的希望化作泡影，所以诗人恳切地默祷苍天不要下雨。这层意思在诗中没有直说，而用了形象化的语言，赋西风以人格，盼其早早回去，仿佛它操有予夺之权柄似的。"为问西风早晚回？""早晚回"，何时回，这怯生生的一问，表现的心情是焦灼的。

后二句是从生活中直接选取一个动人的形象来描绘："白发老农如鹤立，麦场高处望云开。"给人以深刻的印象。首先，这样的人物最能集中体现古代农民的性格：他们默默地为社会创造财富，饱经磨难与打击，常挣扎在生死线上，却顽强地生活着，并不绝望。其次，"如鹤立"三字描绘老人"望云开"的姿态极富表现力。"如鹤"的比喻，自然与白发有关，"鹤立"的姿态给人一种持久、执着的感觉。这一形体姿态，能恰当表现出人物的内心活动。最后是"麦场高处"这一背景细节处理对突出人物形象起到不容忽视的作用。"麦场"，对于季节和"农家望晴"的原因是极形象的说明。而"高处"，对于老人"望云开"的迫切心情则更是具体微妙的一个暗示。

此诗对农民抱有同情，选取收割时节西风已至大雨将来时的一个农家生活片段，集中刻画一个老农望云的情节，通过这一"望"，可以使人联想到农家一年半载的辛勤，想到白居易《观刈麦》所描写过的那种劳动情景，也可以使人想到嗷嗷待哺的农家儿孙和等着收割者的无情的"收租院"，等等。此诗对农民有同情，但没有同情的话，潜在含义是很深的。由于七绝体小，意象须集中，须使人窥斑见豹，此诗不同于《观刈麦》的铺陈抒写手法，只集中写一"望"字，也是"体实施之"的缘故。

（周啸天）

●刘皂（生卒年不详），咸阳（今陕西咸阳）人，余不详。《全唐诗》存诗五首。

◇渡桑干

客舍并州已十霜，归心日夜忆咸阳。

无端更渡桑干水，却望并州是故乡。

诗题一作《旅次朔方》。宋谢枋得评曰："旅寓十年，交游欢爱，与故乡无异。一旦别去，岂能无情。渡桑干而望并州，反以为故乡也。"明王世懋则谓不然，云："其意恨久客并州，远隔故乡，今非惟不能归，反北渡桑干，还望并州又是故乡矣。并州且不得住，何况得归咸阳？"二说其实并无矛盾，诗意当然主要是思乡，但在不仅有乡难回，连第二故乡并州也不得长住时，产生"却望并州是故乡"的复杂心情也是合乎常情的。久客他乡，固不免有叶落归根之想，但一旦真有机会回乡又如何呢？这本是《渡桑干》未能涉及的问题，而贺知章《回乡偶书》恰给予了生动的表现："少小离家老大回，乡音无改鬓毛衰。儿童相见不相识，笑问客从何处来。"久别还乡，却被当作"客人"，处故乡如在他乡。《渡桑干》写的是故乡难回，反认他乡是故乡。事实相反，况味差近，各自写出一种普遍的人生经验，"说透人情之的"（刘辰翁语），又都具幽默感，对读能相映成趣。

　　这里应该提到，沈祖棻对《渡桑干》诗意有一别解。她说"更渡"即再渡，诗后两句并非离乡更远，而是写十年以后，"更渡桑干"回到家乡。出乎诗人意料之外的是，十年怀乡之情，反被对第二故乡的怀念代替。求其所以如此，与《回乡偶书》差近。倘作这种解会，《回乡偶书》与《渡桑干》又如出一辙，只不过前者是正面表现，韵味含蓄，后者是出奇制胜，意境曲折罢了。

（周啸天）

●方干（？—888），字雄飞，唐睦州清溪（今浙江淳安）人。屡应举不第，遂隐鉴湖，终身不仕。曾学诗于徐凝。卒后门人私谥玄英先生。有《玄英先生诗集》。

◇题君山

　　曾于方外见麻姑，闻说君山自古无。
　　元是昆仑山顶石，海风吹落洞庭湖。

　　洞庭湖中有一座青山，传说它是湘君曾游之地，故名君山，又名湘山、洞庭山。由于美丽的湖光山色与动人的神话传说，它激发过许多诗人写下许多美丽篇章，如"遥望洞庭山水翠，白银盘里一青螺"（刘禹锡《望洞庭》），"疑是水仙梳洗处，一螺青黛镜中心"（雍陶《题君山》），等等。这些为人传诵的名句，巧比妙喻，尽态极妍，异曲同工。

　　而方干这首《题君山》写法上全属别一路数，他采用了"游仙"的格局。

　　"曾于方外见麻姑"，就像诉说一个神话。诗人告诉我们，他曾神游八极之表，奇遇仙女麻姑。这个突兀的开头似乎有些离题，令人不知它与君山有什么关系。其实它已包含一种匠心。方外神仙正多，单单遇

上麻姑，就有意思了。据《神仙传》，麻姑虽看上去"年可十八九"，却是三见沧海变作桑田，所以她知道的新鲜事儿一定不少。

"闻说君山自古无"，这就是麻姑对诗人提到的新鲜事一件。次句与首句的起承间有一个跳跃。读者不难用想象去填补，那就是诗人向麻姑打听君山的来历。人世之谜甚多，单问这个，也值得玩味。你想，那烟波浩渺的八百里琼田之中，"四顾疑无地，中流忽有山"（许棠《过洞庭湖》），这个发现，会使人惊喜不已；同时又感到这奇特的君山，必有一个不同寻常的来历，从而困惑不已。诗人也许就是带着这问题去方外求教的呢。

诗中虽然无一字正面实写君山的形色，纯从虚处落墨，闲中着色，却传达出了君山给人的奇异感受。

"君山自古无"，这说法既出人意表，很新鲜，又坐实了人们的猜想。写"自古无"，是为引出"何以有"。不一下子说出山的来历，似乎是故弄玄虚，其效果与"且听下回分解"略同。

"元是昆仑山顶石，海风吹落洞庭湖。"真是不说则已，一说一鸣惊人。原来君山是昆仑顶上的一块灵石，被巨大的海风吹落洞庭的。昆仑山，在古代传说中是神仙遨游之所，上有瑶池阆苑，且多美玉。古人常用"昆冈片玉"来形容世上罕有的珍奇。诗中把"君山"设想为"昆仑山顶石"，用意正在于此。"海风吹落"云云，想象奇瑰。作者《题宝林寺禅者壁》云"台殿渐多山更重，却令飞去即应难"，题下自注"山名飞来峰"，可见此诗的想象显然受到"飞来峰"一类传说的影响。

"游仙"一体，起自晋人，后世多仿作，但大都借"仙境"以寄托作者思想感情，而运用这种方式来歌咏山水，间接表现自然美，不能不说是方干的一个创造。

（周啸天）

————

●司空图（837—908），字表圣，河中（治今山西永济西）人。咸通进士，官至知制诰、中书舍人。后隐居中条山王官谷，自号知非子、耐辱居士。有《司空表圣文集》《司空表圣诗集》。

◇归王官次年作

乱后烧残数架书，峰前犹自恋吾庐。

忘机渐喜逢人少，览镜空怜待鹤疏。

孤屿池痕春涨满，小栏花韵午晴初。

酣歌自适逃名久，不必门多长者车。

司空图的诗歌多是山林遣兴、闲吟自适的作品，但其中也有反映社会动乱现实的悲慨之作。这首《归王官次年作》，正是兼有二者特点的作品，它既表现了司空图归隐后的与世无争、放怀山水之情，同时也曲折地流露了对于社会现实的忧虑和苦闷，体现出"韵外之致"和"味外之旨"，实践了他自己的诗歌理论。

诗题点明了两点：一是作诗的地点，"王官"即王官谷，在今山西省永济市东南的中条山上，是司空图的故乡。二是作诗的时间，司空图弃官"归王官"是唐僖宗光启三年（887），"次年"即光启四年，故诗题一作《光启四年春戊申》，是年司空图五十一岁。

　　诗歌一开始就展现出作者故居在兵燹之后的严重创伤："乱后烧残数架书。""乱"是指战乱，即黄巢农民军与唐王朝军队的战争。此次战争从875年开始，到884年结束，山西南部永济一带和陕西关中地区都是重要战场。作者回归故乡时战争虽已平息，但旧居经过火烧，已经毁坏一空，只剩下几架残破不全的书了。"乱"字已令人触目惊心，一个"烧"字更使人想到大火熊熊的恐怖情景，不禁为之震栗。然而，虽经战争的浩劫，但这毕竟是诗人的故乡，所以第二句紧接着来了一个转折："峰前犹自恋吾庐。"表现了对故乡的执着的热爱。作此诗时诗人已经归隐一年，对故居作了重建和整修，所以已经有"庐"可"恋"。这一句使我们想到陶渊明《读山海经》诗："孟夏草木长，绕屋树扶疏。众鸟欣有托，吾亦爱吾庐。""恋吾庐"，显然是从陶诗中化出。

此时，他和陶渊明有共同的心境，即脱离官场、归隐田园之后的自足自适、轻松自得，但他又比陶渊明多了一种愤慨，因为多年来战火纷飞，本来极好的旧居竟遭破坏，想到天下多事，个人多难，不禁悲从中来。"犹自"二字，充满着人世沧桑的伤怀感。这两句突兀而起，曲折婉转而又包蕴不尽，起了提挈一篇、笼罩全诗的作用。

接着，诗人抒发了归隐后的心情："忘机渐喜逢人少，览镜空怜待鹤疏。"前一句表现了归隐后在旧居中屏绝尘嚣、淡泊宁静的心境。"忘机"，就是不用机心，对一切贵贱荣辱都不予计较。由于深居山中，不问政事，来往人又少，所以用不着机心了，诗人对此是很高兴的。从这句诗的潜台词中我们可以看出，诗人归隐前在翻云覆雨的政治斗争中是用尽了心机的，那斗争的激烈、处境的险恶，诗人内心的厌恶已经不言而喻。而这，正是作者急流勇退、归隐山林的真正原因。于是，他对自己的过去作了深入的反思：我对镜自照，看到这般衰老，感到过去是徒然高兴地在等待鹤书的到来了。"鹤疏"即鹤书，书体名，也叫"鹤头书"，古时用于招纳贤士的诏书。这是沉痛的忏悔，说自己过去不应当躁于进取，出去做官，如今回来了，也就永远再不出去做官了（以后虽经曲折，但他确实没有再出山做官）。这一联非常婉曲地表明了终老山林之志，也深刻地暗示了"恋吾庐"的根本原因，就在于要脱离无谓的斗争，遁迹深山。

第三联调换笔锋，以精心结撰的诗句另开新境，描写了"庐"中的美景，令人赏心悦目。"孤屿池痕春涨满，小栏花韵午晴初。"这两句是"互文"，出句与对句互相交织，意思是：在初晴的中午，有着小岛的池塘里涨满了春水，小小花圃中鲜花盛开，更加富有韵致。两句诗精练而又形象生动，而且从"午晴初"三字中，可以推见上午还在下雨，那油油春雨飘飘洒洒，涨满了春池，滋润着花朵（当然也滋润着作者的心），中午雨霁云开，融和的阳光照在春池的碧波上，照在带着雨珠的花朵上，一切显得更加清新明媚、春意盎然，这真是无限美好的时刻啊！同时，"孤屿"与"小栏"互相映带，"孤"字、"小"字和"满"字、"韵"字，隐隐透出作者在深山旧居里自为天地、自得其乐的心情。两句包蕴深厚，而且语言十分精美，"状难写之景如在目前，含不尽之意见于言外"（梅尧臣语），体现出作者高度的技巧，堪称佳句。清人吴乔在《围炉诗话》中说："司空图佳句，大有高致，又甚细密。"正是指此。

当作者陶醉在这样的美景中流连不已之时，情不自禁地在最后一联中进一步表明了自己的生活态度："酣歌自适逃名久，不必门多长者车（音居）。""逃名"是用《后汉书·逸民传》中法真的故事：东汉人法真，字高卿，扶风郿（今陕西眉县东北）人，恬静寡欲，朝廷四次征辟皆不就，遁形远世，世人谓之逃名。"不必门多长者车"，又化用了陶渊明《读山海经》诗句："穷巷隔深辙，颇回故人车。"《文选》李善注陶诗说："《汉书》曰张负随陈平至其家，乃负郭穷巷，以席为门，门外多长者车辙。《韩诗外传》：楚狂接舆妻曰，门外车辙何其深。""长者车"，指达官贵人之车，意与陶诗略同。作者通过用典，委婉但却坚决地表示，自己要像法真和陶渊明那样做逃名的隐士，在山林中尽情高歌，决不做陈平那样的人去与达官贵人交往，徒费心机。这里的"长者"，显然是对"忘机渐喜逢人少"中的"人"的具体解释。原来，诗人所反复表示的，就是要与扰攘争夺的晚唐政治绝缘，深隐故居，啸傲山林，来悠然自适地度过自己的一生。这在宦官专权、党争激烈、藩镇割据的当时，应该说还是一种高洁的品质。

不过，诗人在这样的环境中也难得心情平静，表面上很想旷达，像闲云野鹤一样，放游天外，而内心却充满了痛苦。这从他的《白菊三首》之一"自古诗人少显荣，逃名何用更题名。诗中有虑犹须戒，莫向诗中著不平"和《秋思》"身病时亦危，逢秋多恸哭。风波一摇荡，天地几翻覆"中，可以得到印证。本诗也曲折地反映了这种内心的矛盾。作者采用情景融合、寓情于景和使典隶事等手法，交织错综地进行描写，让个人的愤激从悠然自得的表象中自然流出，产生出含蓄蕴藉、包蕴丰富的意境，真耐人作三日想。

（管遗瑞）

●聂夷中（837—？），字坦之，河南人，一作河东（今山西永济西南）人。出身贫寒，懿宗咸通十二年（871）进士及第，后补华阴县尉。《全唐诗》存诗一卷。

◇伤田家

二月卖新丝，五月粜新谷。
医得眼前疮，剜却心头肉。
我愿君王心，化作光明烛。
不照绮罗筵，只照逃亡屋。

唐末广大农村破产，农民遭受的剥削更加惨重，以至于颠沛流离，无以生存。在这样的严酷背景下，产生了可与李绅《悯农》二首前后辉映的聂夷中《伤田家》。有人甚至将此诗与柳宗元《捕蛇者说》并论，以为"言简意足，可匹柳文"（《唐诗别裁集》）。

开篇就揭露封建社会农村一种典型"怪"事：二月蚕种始生，五月秧苗始插，哪有丝卖？哪有谷粜（出卖粮食）？居然"二月卖新丝，五月粜新谷"。这乃是"卖青"——将尚未产出的农产品预先贱价抵押。正用血汗喂养、栽培的东西，是一年衣食，是心头肉啊，但被挖去了。两言卖"新"，令人悲酸。卖青是迫于生计，而首先是迫于赋敛。将聂夷中的另一首诗《田家》"父耕原上田,子劚(zhǔ)山下荒。六月禾未秀,官家已修仓"四句与此诗合并,就透露出个中消息。这使人联想到民谣:"新禾不入箱,新麦不入场。迨及八九月,狗吠空垣墙。"(《永淳中童谣》)明年衣食将何如,已在不言之中。

紧接是一个形象比喻:"医得眼前疮,剜却心头肉。"它通俗,平易,恰切。"眼前疮"固然比喻眼前急难,"心头肉"固然比喻丝谷等农家命根,但这比喻所取得的惊人效果绝非"顾得眼前,顾不了将来"的概念化表述能及万一。"挖肉补疮",这是何等惨痛的形象!唯其能入骨三分地揭示那血淋淋的现实,叫人一读就铭刻在心,永志不忘。诚然,挖肉补疮,自古未闻,但如此写来最能尽情,既深刻又典型,因而成为千古传诵的名句。

"我愿君王心"以下是诗人陈情,表达改良现实的愿望,颇合新乐府倡导者提出的"惟歌生民病,愿得天子知"(白居易《寄唐生》)的精神。这里寄希望于君主开明固然有其历史局限性,但作者用意主要是讽刺与谲谏。"我愿君王心,化为光明烛",即委婉指出当时君王之心还不是"光明烛";望其"不照绮罗筵,只照逃亡屋",即客观反映其一向只代表豪富的利益而不恤民病,不满之意见于言外,运用反笔揭示君王昏聩,世道不公。"绮罗筵"与"逃亡屋"构成鲜明对比,反映出两极分化的尖锐阶级对立的社会现实,增强了批判性。它形象地暗示出农家卖青破产的原因,又由"逃亡"二字点出其结果必然是"殚其地之出,竭其庐之入,呼号而转徙,饥渴而顿踣……非死而徙尔"(柳宗元《捕蛇者说》),充满作者对田家的同情,可谓"言简意足"。

(周啸天)

◇田家

父耕原上田，子劚山下荒。
六月禾未秀，官家已修仓。

中晚唐为数众多的悯农诗中，短小精悍之作首推李绅的《悯农二首》，接下来就要算聂夷中的《田家》了。乍看去，此诗的内容之平常、语言之明白、字句之简单，几乎没什么奥妙可言，但它以最少的文字取得了很大的效果，显得十分耐读，又绝不是偶然的。

封建时代剥削农民的主要形式是地租剥削。在唐末那样的乱世，封建国家开支甚巨而资用匮乏，必然加重对农民的榨取。此诗的写作目的就在于揭露这样的黑暗现实。此诗撇开正面的描写，而只摄取收租之景，即农夫辛勤耕作而官家等待收租情况，"官家已修仓"句点到为止，修仓干什么，农夫的命运将怎样，一应留待读者去想，作者省却许多气力。

诗歌语言有具体形象之美，亦有概括抽象之妙。"春种一粒粟，秋收万颗子"的诗句，就好在用泛写的方式，概括了一般丰年的情事，并不以具体形象见长。此诗前二句也一样，"父耕原上田，子劚山下荒"，并不是特写一家父子的情事，而是概括了千千万万个农民的家庭，所谓"夜半呼儿趁晓耕，羸牛无力渐艰行"，正是农家普遍的情事；而"原上田""山下荒"也并不特指某原某山，而泛指已耕的熟田和待垦的荒地，从耕田写到开荒，简洁有力地刻画出农家一年到头的辛苦，几乎没有空闲可言。十个字具有很强的涵盖力，增加了诗意的典型性，几乎成为封建社会农村生活的一个缩影。

在揭露讽刺的时候，诗人不发议论而重在摆事实，发人深省。"六月禾未秀"，六月稻禾都还没有扬花，离秋收还早呢，而"官家已修仓"。官家修仓，本身就暗示着对农民劳动成果的窥伺和即将实施的剥夺，而这种窥伺出现在"六月禾未秀"之际，尤觉意味深长。"禾未秀"而仓"已修"，一"未"一"已"，二字呼应勾勒之功不小。官家收租的迫不及待，统治者的不恤民情，种种情事，俱在其中，作者的忧民悯农之心亦跃然纸上。

明人杨基《陌上桑》云："青青陌上桑，叶叶带春雨。已有催丝人，咄咄桑上语。"与此诗属同一表现手法，可以对读。

（周啸天）

●崔道融（？—约907），自号东瓯散人，荆州（今属湖北）人。唐末避乱永嘉。昭宗时为永嘉令。后入闽，以右补阙召，未赴。《全唐诗》存诗一卷。

◇溪上遇雨二首

回塘雨脚如缫丝，野禽不起沈鱼飞。
耕蓑钓笠取未暇，秋田有望从淋漓。

首二句写塘上雨至的奇观。一个广为人知的谜语描述雨景道："千条线，万条线，掉进水里都不见。""雨脚如麻未断绝"（杜甫）可以说是最为平易近人的联想。不过本诗的联想在这个基础上有更多发挥，显得活跃得多。它联系"缫丝"这一农事活动，不但使自然景象有了人情色彩，又和农家搭上联系，照应了后文。看来这雨很大，连塘上经常见的飞禽，这时都雌伏不起。塘面却出现了一种日常难得的奇观：鱼儿蹿出，飞掠于水面。显然是天气闷热，水中氧气减少，和骤雨惊扰等缘故所致。诗人以敏锐的目光抓住这种富有特色的景物细节，以简洁的笔墨，点出该飞的不飞，不该飞的倒飞了，写景之中见其兴会不浅。

后二句转入人事及抒情。大雨骤至，在溪塘上作业的人们感到突然，这从"耕蓑钓笠取未暇"一句可以玩味出来。"取未暇"，即来不及取。但是否马上就去取呢？不，诗人出乎意料却又是合情合理地描写了这样一种情景，即在田中溪上的农父、渔夫们都站在那里淋雨，"秋田有望"便是此时他们狂喜的心声，或者就是他们发出的欢呼。"取未暇"三字看来大有意味：高兴还来不及，顾得上回家取蓑笠吗？这里似乎也暗暗交代了大雨来前有过的旱象。在靠天吃饭的古代，及时雨对农民来说实是福音。《诗·小雅·大田》"兴雨祁祁，雨我公田，遂及我私"，就表现过这种喜悦，但崔道融写得更上劲——"秋田有望从淋漓"。"从（任从）淋漓"三字写狂喜，力透纸背。

细节的捕捉与刻画，描绘的传神，感情在场面中自然流露，都是于绝句体裁相宜的做法。

（周啸天）

坐看黑云衔猛雨，喷洒前山此独晴。
忽惊云雨在头上，却是山前晚照明。

唐诗中写景通常不离抒情，而且多为抒情而设。即使纯乎写景，也渗透作者主观感情，写景即其心境的反光和折射；或者用着比兴，别有寄托。而这首写景诗不同于一般唐诗。它是咏夏天的骤雨，你既不能从中觅得何种寓意，又不能视为作者心境的写照，因为他实在是为写雨而写雨。

从诗的艺术手法看，它既不合唐诗通常的含蓄蕴藉的表现手法，也没有通常写景虚实相生的简括笔法，它的写法可用八个字概尽：穷形尽相，快心露骨。

夏雨有夏雨的特点：来速疾，来势猛，雨脚不定。这几点都被诗人准确抓住，表现于笔下。急雨才在前山，忽焉已至溪上，叫人避之不及，其来何快！以"坐看"从容起，而用"忽惊""却是"做跌宕转折，写出夏雨的疾骤。而一"衔"一"喷"，不但把黑云拟人化了（它像在撒泼、顽皮），形象生动，而且写出了雨的力度，具有一种猛烈浇注感。写云曰"黑"，写雨曰"猛"，均穷极形容。一忽儿东边日头西边雨，一忽儿西边日头东边雨，又写出由于雨脚转移迅速造成的一种自然奇观。这还不够，诗人还通过"遇雨"者动作的变化，先是"坐看"，继而"忽惊"，侧面烘托出夏雨的瞬息变化难以意料。通篇思路敏捷灵活，用笔新鲜跳脱，措辞尖新，令人可喜可愕，深得夏雨之趣。

就情景的近似而论，它更易使人联想到苏东坡《六月二十七日望湖楼醉书》中的一首："黑云翻墨未遮山，白雨跳珠乱入船。卷地风来忽吹散，望湖楼下水如天。"比较一下倒能见出此诗结构上的一个特点。苏诗虽一样写出夏雨的快速、有力、多变，可谓尽态极妍，但它是仅就一处（"望湖楼"外）落墨，写出景色在不同时刻上的变化。而此诗则从两处（"前山"与"头上"）着眼，双管齐下，既有景物在不同时间的变化，又有空间的对比。如就诗的情韵而言，苏诗较胜；如论结构的出奇，此诗则不宜多让。

可见，诗分唐宋是大体的区分，不能绝对看待。一方面，王渔洋曾列举宋绝句风调类唐人者数十首，是宋中有唐；另一方面，宋诗的不少倾向往往可以追根溯源到中晚唐，是唐中有宋。大抵唐诗经过两度繁荣，晚唐诗人已感难乎为继，从取材到手法便开始有所标新立异了。这个唐宋诗交替的端倪，从崔道融这首《溪上遇雨》是略可窥到一些的。

（周啸天）

●周朴（？—879？），字见素，睦州桐庐（今属浙江）人。唐末避乱福州，寄食乌石山僧寺。僖宗乾符六年（879），黄巢邀其入伍不从，被杀。《全唐诗》存诗一卷。

◇董岭水

> 湖州安吉县，门与白云齐。
> 禹力不到处，河声流向西。
> 去衙山色远，近水月光低。
> 中有高人在，沙中曳杖藜。

周朴是唐末吴兴（今浙江湖州市吴兴区）人，隐居不仕，以刻苦作诗取重当时。《董岭水》是他的得意之作。董岭为湖州安吉县（今属浙江）众山之一，因山势围合，其下河水向西奔流。全诗紧扣题面，首联点出董岭水所在地望，颔联写水势流向的特点，转而于颈联淡淡描写山水景色，尾联则以岸边隐者作绾结。语言浅显，若不经意，然而它又经得起反复咀嚼，有味外味。

"湖州安吉县，门与白云齐。"未写董岭水前，先交代州县。在律诗中这是一种最朴质无华的起法，却博得读者的好感。"安吉"这县名，先给人几分和平如意的感觉，而紧接其后的这个"门"，应当是指

城门（县城依山傍水），这一点联及诗中第五句的"去衙"两字，就更明确无疑。然而，"门与白云齐"，又让人感到像是隐者或寺庙的山门。自从梁代陶弘景写出"山中何所有，岭上多白云"（《诏问山中何所有赋诗以答》）的名句，"白云"一向与"青云"（《史记·范雎蔡泽列传》：贾不意君能自致于青云之上）对举，成为隐居不仕者的象征。城门而"与白云齐"，则读来十分新鲜，乃未经人道过语。言下意味着县政的廉洁清静，县令的亦仕亦隐，民间则没有争端，达到百姓"不见县门身即乐"（王建）的境界。诗人就这样轻灵地表达了对当地行政风俗的由衷赞美。

　　"禹力不到处，河声流向西"二句正写董岭水。同时又紧承上意，对水文作了有意味的描绘和解释。水东流是神州大地普遍的水文现象，而西流水则是这里山势环绕所致的特殊水文现象。诗人联系现实，赋予这一现象以象征的意义。古有大禹治水的传说，"丰水东注，维禹之绩"（《大雅·文王有声》），意思是水东流乃禹之力。诗即反用其事，言董岭水的西流是"禹力不到"的结果。而禹是夏朝第一个王，联系前二句中安吉县那种纯朴和平的境况，这二句又似言皇帝老子管不到的地方，连河水也往西边流。这也就是《击壤歌》所谓"帝力于我何有哉"那个意思，意味因此倍加深厚。诗人在造句上也有推敲。无论是写江流有声，还是河水西流，分开来就平淡无奇，合成"河声流向西"的句子，则顿时精彩，有了一种"河水唱着歌儿奔向远方"的意趣。这里有自然美，也有对人事不落言筌的赞美。

"去衙山色远，近水月光低。"五、六二句分承前两联，"去衙"就"安吉县"而言，"近水"就"董岭水"而言，在更广的范围内写景。县门与岭水仍是中心，又引入月光和山色，笔触非常简淡，与风俗的简朴适相调和。月夜，近水处清光更多（月影在水故"低"），这种说法，似有寄意。"字人无异术，至论不如清"（杜荀鹤《送人宰吴县》），县政廉洁如水，则县民沐恩必多。这种寄意在诗中，如盐之在水，无迹可求，品味自知。

"中有高人在，沙中曳杖藜。"诗的结尾处出现了人，"高人"即幽人，本指隐者，这里也可活解为禀性纯朴如"羲皇上人"的人民。他可以是诗人自己，也可以是安吉县人；可以是单数，也可以是复数。一个"曳"字多少自在，与《庄子·秋水》"曳尾于途中"的"曳"字，具有同样的意趣。

诗中围绕"董岭水"展开的世界，宛如古人想象中的太初时代，一切是那样单纯美好。在唐末那样的时代，这只能是一种幻想或高度理想化了的现实。"周朴山林之癯，槁衣粝食""本无夺名竞利之心"

（《唐才子传》），而他向往的那个世外桃源，也是乱世人们较为普遍的憧憬。诗的表现形式很有特色，所有的自然意象——白云、西流水、山色、月光，都含有某种意味，动人至深，所以诗成当时已流播人口。据传周朴"自爱'禹力不到处'二语。有一士跨驴而行，遇朴，佯诵'河声流向东'，促驴行。朴直追数里，告之以'流向西'，非'东'也。当时传以为笑"（《唐诗别裁集》）。而故事的传播者在取笑的同时，就带有激赏，这也是显而易见的。

（周啸天）

●王驾（生卒年不详），字大用，自号守素先生，河中（今山西永济）人。昭宗大顺元年（890）登进士第，授校书郎，官至礼部员外郎。

◇社日

鹅湖山下稻粱肥，豚栅鸡栖半掩扉。

桑柘影斜春社散，家家扶得醉人归。

古时的春秋季节有两次例行的祭祀土神的日子，即春社和秋社。古代人民不但通过这种方式表达他们对减少自然灾害、获得丰收的良好祝愿，同时也借这样的节日尽情娱乐。在社日到来时，民众集会竞技，进行各种类型的作社表演，并集体欢宴，非常热闹。宋代诗人杨万里《观社》有生动描写："作社朝祠有足观，山农祈福更迎年。忽然箫鼓来何处？走杀儿童最可怜！虎面豹头时自顾，野讴市舞各争妍。王侯将相饶尊贵，不博渠侬一晌癫！"王驾这首《社日》写法却完全不同，它没有一字正面写作社的情景，却写出了这个节日的欢乐，而且远比杨万里的那首诗脍炙人口。

诗一开始不写"社日"的题面，却从村居风光写起。鹅湖山，在今江西铅山县境内，地名十分诱人。湖的得名使人想到鹅鸭成群，鱼虾满塘，一派山明水秀的南方农村风光。春社时属仲春，"稻粱肥"，是

指田里庄稼长得很好，丰收在望。村外风光是这样迷人，那么村内呢？到处是一片富庶的景象，猪满圈，鸡栖埘，联系第一句描写，真可以说是五谷丰登、六畜兴旺。所以一、二句虽只字未提作社的事，却先就写出了节日的喜庆气氛。这两句也没有写到村居的人，"半掩扉"三字告诉读者，村民都不在家，门都半掩着。"半掩"而不上锁，可见民风淳厚，丰年富足。古人常用"夜不闭户"表示环境的太平安宁，"半掩扉"这个细节描写是很有表现力的。同时，它又暗示出村民家家都参加社日去了。

后两句没有就作社表演的热闹场面着笔，却写社散后的景象。"桑柘影斜"，夕阳西下，树影在地越来越长，说明天色向晚。古代习惯，祭社之处必植树，此即社树，亦即"故国乔木"，它是乡国之象征，故受崇拜。其中桑、柘二树是常见社树的树种。此诗"桑柘"二字紧扣"社日",绝非闲笔。春社散后,人声渐稀,到处都可以看到一种情景,即一些为庆祝社日而喝得醉醺醺的村民,被家人邻里搀扶着回家。"家家"是夸张说法,说明这种情形之普遍。不正写社日的热闹与欢乐场面,却选取高潮之后渐归宁静的这样一个尾声来表现它,颇为别致。它的暗示性很强,读者通过这个尾声,会自然联想到作社、观社的全过程。"醉人"这个细节可以使人联想到村民观社的兴高采烈,正因为心里高兴,才不觉贪杯,而这种高兴又是与丰收的喜悦分不开的。

此诗不写正面而写侧面,通过富有典型意义和形象暗示作用的生活细节写社日景象,笔墨极省,反映的内容却极为丰富,使人读后不觉其短,回味深长。当然,在封建时代农民的生活一般不可能像此诗所写的那样好,但在风调雨顺、农业丰收的情况下,农民过节时快活,也是事实。

（周啸天）

◇雨晴

雨前初见花间蕊,雨后兼无叶里花。
蛱蝶飞来过墙去,却疑春色在邻家。

时间:一个春日。地点:一户人家的小园。从题目"雨晴"和诗中"雨前""雨后"看,雨下的时间不长,而且很快就转晴明。"雨前初见花间蕊,雨后兼无叶里花",可见雨势之猛。"花间蕊"即初绽蓓蕾，"叶里花"是较隐蔽的花，两者在雨后"兼无"，可见这番风雨对小园的袭击是扫荡性的，雨后留下了一片狼藉。诗写花开花落，只在雨前雨后，就生动展示了骤雨情景；同时把笔力集中在花的描绘上，又为后文蝴蝶寻芳作好铺垫。阵雨来时，昆虫均仓皇蛰伏。一旦雨过天晴，艳阳普照，蝴蝶则最先活跃，迫不及待地飞往园林，周邦彦写道："夜来风雨，葬楚宫倾国（指落花）。……多情为谁追惜？但蜂媒蝶使，时叩窗隔。"（《六丑》）这首诗中，阵雨过后立即飞来的蝴蝶更显得殷勤有加。小园蒙受无妄之灾后，花儿荡然无存，这赶来慰问的"蝶使"，匆匆查看一番，感到无事可做，又忙不迭飞"过墙去"。第三句七个字，已将雨后园景宛然画出，诗人却由此产生了一个富有魅力的想象。

"却疑春色在邻家"。"蛱蝶飞来过墙去"，便给人以希望，令人疑心春色尚在邻家。一墙之隔，产生了奇妙的效果。不能一览无余，反而耐人寻想。"墙里秋千墙外道。墙外行人，墙里佳人笑。"（苏轼《蝶恋花》）如果拆了这堵墙，一切将变得简单明了，也就失却了许多回味。宋诗中有"春色满园关不住，一枝红杏出墙来"（叶绍翁《游园不值》）的名句，与此诗末二句异曲同工。由一枝红杏见满园春色，是见微知著；由蝴蝶过墙疑春在邻家，则是睹影知竿，有摇曳不尽之姿。

（周啸天）

●崔涂（约850—？），字礼山，睦州桐庐（今属浙江）人。僖宗光启四年（888）登进士第。游踪遍及巴蜀、吴楚、河南、秦陇等地。《全唐诗》存诗一卷。

◇初渡汉江

襄阳好向岘亭看，人物萧条属岁阑。
为报习家多置酒，夜来风雪过江寒。

这首写风雪渡江的诗，用极简古的笔法绘出一幅饶有情致的图画。首句点出地点，是汉江环绕襄阳、岘山的一段，这同时也是写景，淡淡勾勒出岘山的轮廓，在灰色的冬晚天空背景衬托下，岘亭的影子显得特别惹眼和好看。次句点节令，兼写江上景色。由于岁暮天寒，故"古道少行人"。然而"渡口只宜寂寂，人行须是疏疏"，反添了一种诗情画意。三句是寄语逆旅主人备酒，借此引起末句"夜来风雪过江寒"，于是读者看到：江间风雪弥漫，岘山渐渐隐没在雪幕之中，一叶扁舟正冲风冒雪过江而来。末二句用"为报"的寄语方式喝起，更使读者进入角色，不仅看到一幅天生的图画，而且感到人在画图中。

说它如画，似乎还远不能穷尽此诗的好处。虽然诗人无一语道及自己的身份、经历和心情，但诗中有一股郁结之气感人至深，读后经久难释，读者对诗人不曾言及的一切似乎又了解得很多。

襄阳这地方，不仅具有山水形胜之美，历来更有多少令人神往的风流人物，其中最值得一提的是晋代的羊祜。史载他镇守襄阳，务修德政，身后当地百姓为他在岘山置碑，即有名的"堕泪碑"。诗的首句说"襄阳好向岘亭看"，难道仅仅是就风光"好"而言吗？那尽人皆知的羊公碑，诗人是不会想不到的。而且，诗越往后读，越让人感到有一种怀古之情深蕴境中。前面提到岘山"岘亭"，紧接着就说"人物萧条"，难道又仅仅是就江上少人行而言吗？细细含味，就感到一种"时无英雄"的感喟盘旋句中。

"习家池"乃襄阳名胜之一。"习家"曾是襄阳的望族，出过像习凿齿那样的大名士。在重冠冕（官员爵禄）压倒重门阀的唐代，诸习氏自然是今不如昔了。第三句不言"主人"或"酒家"，而言"习家"，是十分有味的。它不仅使诗中情事具有特殊地方色彩，而且包含浓厚的怀古情绪，一种"人事有代谢，往来成古今"的感慨油然而生。怀着这样的心情，所以他"初渡汉江"就能像老相识一样"为报习家多置酒"了。何以不光"置酒"而且要"多"？除因"夜来风雪过江寒"的缘故，联系前文，还有更深一层含义，这就是要借酒一浇胸中块垒，不明说尤含蓄有味。这两句写得颇有情致，开口就要主人"多置酒"，于不客气中表现出豪爽不羁的情怀。

于是，在那风雪汉江渡头如画的背景之上，一个人物形象（抒情主人公形象）越来越鲜明地凸现出来。就像电影镜头的"叠印"，他先是隐然于画面中的，随着我们对画面的凝神玩赏而渐渐显影。这个人似乎心事重重而举止落落大方，使人感到尽管他有满腹不合时宜，却没有儒生的酸气，倒有几分豪侠味儿。

（周啸天）

————————

●太上隐者，唐人，生平不详。

◇答人

偶来松树下，高枕石头眠。

山中无历日，寒尽不知年。

如果说陶渊明身居魏晋，慨想羲皇，主要是出于对现实的不满，那么，唐人向往恬淡无为的太古时代，则多带浪漫的意味。唐时道教流行，此诗作者大约是其皈依者。据《古今诗话》载，这位隐者的来历为人所不知，曾有好事者当面打听他的姓名，他也不答，却写下这首诗。一、二句"偶来松树下，高枕石头眠"，这与其说是"答人"，毋宁说是有点像传神的自题小像。"偶来"，其行踪显得多么自由无羁，不可追蹑，所谓"先生不知何许人也"，如是介绍别人则属凡语，但作为自我介绍，就值得玩味。"高枕"，则见其恬淡无忧。"松树""石头"，设物布景简朴，却富于深山情趣。

在远离尘世的山中，如同生活在远古，"虽无纪历志，四时自成岁"（陶渊明《桃花源诗》）。"寒尽"二字，就含四时成岁之意，而且它还进了一步，虽知"寒尽"岁暮，却又"不知年"。这里当含有两层意思：一层从"无历日"演绎而来，意即"不解数甲子"（"山僧不

解数甲子，一叶落知天下秋"）；二层是不知今是何世之意，犹《桃花源记》的"不知有汉，无论魏晋"。可见诗中人不但在空间上独来独往，在时间上也是无拘无碍的。李太白《山中答俗人问》写问而不答，不答而答，表情已觉高逸。此诗则连问答字面俱无，旁若无人，却又是一篇绝妙的"答俗人问"，令人读后有"羚羊挂角，无迹可求"之感。

（周啸天）

●孙光宪（约895—968），字孟文，自号葆光子，陵州贵平（今四川仁寿东北）人。前蜀时为陵州判官。后唐天成初避地江陵，后事南平三世。累官至荆南节度副使、检校秘书少监兼御史中丞。归宋后授黄州刺史。撰《北梦琐言》，近人王国维辑有《孙中丞词》一卷。

◇风流子

茅舍槿篱溪曲，鸡犬自南自北。菰叶长，水蓣开，门外春波涨绿。听织，声促，轧轧鸣梭穿屋。

花间派词人孙光宪，偶或写出两三首山水、田园题材的作品，与当时盛行"绮罗香泽之态""绸缪婉转之度"的主流词风不同，其清新的气息，飘离于脂粉气之外，散发出诱人的清香。他写太湖山水的《渔歌子》二首（"草芊芊"和"泛流萤"），词境清旷，所刻画的山水景物之美和情致之美，为人们喜爱，汤显祖评本《花间集》卷四就说他"竟夺了张志和、张季鹰坐位，忒觉狠些"。二词在写景艺术上，长于取景布局，逐层展示美景，并通过视觉、触觉、听觉、嗅觉等多种感受来表现，生动传神，美感强烈。如果我们再扩大开去，看他的写景抒情之作如《浣溪沙》（蓼岸风多）等词的写景艺术，就会认为他确实有这样的特色。

这首《风流子》是描写江南水乡田园题材的作品。词中人家傍水而居，环境十分优美。词人围绕"茅舍"来取景布局，疏密有致，并与游观视听相结合，把读者带入优美的词境中。茅舍坐落在溪湾处，木槿为篱，环绕周围，形成院落，绿意盎然，清静之极。时而见鸡犬，自南自北，往来活动。篱门外，溪湾开阔的水面上，丛丛菰叶摇曳，水葓盛开着红色、白色的花朵，春波泛动，要将绿意涨满整个溪湾。此时，从茅舍中传出轧轧鸣梭的织布声，节奏急促鲜明，久久不绝……"听织"二字，将游观者一并画出。

可以看出，在这首词中，作者又充分发挥了他写景的长处。除取景构图外，色彩的处理也很高明。我们读词后会觉得，绿色是其主色调，但直接用"绿"字，只一处。在"春"的季节里，"槿篱""菰叶长"，都有间接的色彩暗示，而避免了用同一色彩词的重复。按格律要求，"长"应读zhǎng，生长之意。写春波，"绿"字前着一"涨"字，用得非常灵动，将绿意增加的量与速度极为形象地表现了出来。作者似乎对此字用于表现色彩变化方面的功效很看重，他在《渔歌子》中也有此用法："草芊芊，波漾漾，湖边草色连波涨。"确实都极具表现力。看到孙光宪词的成功，"涨绿"一词就被后人广泛运用了。如王安石"一川花好泉亦好，初晴涨绿深于草"，苏轼"凭君遍绕湖边寺，涨绿晴来已十分"，王之道"雨过池塘新涨绿"等。"水葓开"，水葓花有红、白二色，"开"字亦将花色间接写出。于是在绿色的大环境中，红红白白的水葓花起到了极好的调和、搭配作用，避免了色彩的单调。真善于设色。描写声音上，有暗示，也有明写。鸡犬的活动可以是视觉所见，但也无疑暗示着声音，鸡犬之声衬托了村庄的静谧，烘托着田园平和的氛围。"轧轧鸣梭"是明写声音，"穿"字炼得极好，声音的穿透力度蕴含在这个字意中。人

的活动通过声音展示了出来，令人想见农家妇女纺织劳作的情景，田
园生活的气息十分浓郁。

（李亮伟）

●王禹偁（954—1001），字元之，济州巨野（今属山东）人。世代务农。太平兴国八年（983）进士。历任右拾遗、翰林学士、知制诰。遇事敢言，屡以事贬官。真宗时，预修《太祖实录》，直书史事，为宰相不满，降知黄州，后迁蕲州，病卒。有《小畜集》。

◇村行

马穿山径菊初黄，信马悠悠野兴长。

万壑有声含晚籁，数峰无语立斜阳。

棠梨叶落胭脂色，荞麦花开白雪香。

何事吟余忽惆怅？村桥原树似吾乡。

太宗淳化二年（991）王禹偁因论妖尼道安诬陷徐铉，获遣于朝廷，由开封贬到商州（今陕西商洛市商州区）为团练副使。在商州写了不少写景抒情诗，有"平生诗句是山水，谪宦方知是胜游"之句。《村行》乃被贬的次年秋作于商州。

首联写马踏山径，道旁满是野菊花，人的兴致很高，所以信马随意而行，是信手拈来之句。次联为全篇之警策。"数峰无语"这个否定的命题，假设着一个肯定的命题，就是仿佛它能语、欲语似的，这样它才不是一句废话，而是一句耐人寻味的话。"含晚籁"与"立斜阳"，无不是写自然于我有深情，所谓"相看两不厌"也，这是野兴很浓的又一表现。中国诗的胜谛在赋外物以生命，使外物的精神与创作主体的精神息息相通。此即是其例。

三联拈出棠梨的红叶，荞麦的白花，秋色秋香，自然成对。末联写兴致勃勃之际，怅触袭来。原来桥边一座山村，原上数株老树，十分眼熟，像煞故乡景物。这是一种真切的生活体验，在中晚唐诗中已有类语，如欧阳詹《蜀门与林蕴分路》："村步如延寿，川原似福平。无人相共识，独自故乡情。"此诗只于结尾处一点即收，亦无反复。

（周啸天）

◇畲田调三首

大家齐力斸孱颜，耳听田歌手莫闲。
各愿种成千百索，豆其禾穗满青山。

谷声猎猎酒醺醺，斫上高山入乱云。
自种自收还自足，不知尧舜是吾君。

北山种了种南山，相助力耕岂有偏。
愿得人间皆似我，也应四海少荒田。

这组诗原共五首，作于同年春天。盖商州属邑有丰阳、上津，皆深山穷谷，不通辙迹。其民刀耕火种，广种薄收；其俗互助力田，杭育杭育，人人自勉。王禹偁对此十分歆羡赞赏，遂效唐代刘白唱酬相与为《竹枝词》之遗意，为山民创作了这组《畬田调》，亦即劝耕之山歌，教他们唱，"其词则取乎俚，盖欲山民之易晓也"，应该说是很有意义的。

"孱颜"犹巉岩，山高峻貌。"千百索"的"索"是当地山民的度量单位，因为他们不懂也不用通行田亩丈量单位，但以百尺绳索量地，道"某家今年种得若干索"以为田数（原注）。"自种"二句，化用《击壤歌》（日出而作）"帝力于我何有哉"，但亦有新意，乃谓山民自给自足，但不受官吏徭役的苛扰，也就心满意足了。当然，这也有赖于时代的清平，虽然山民并不领会。"愿得"二句，主要是唱给执政者听的，希望能把商州经验向全国推广。（《序》云："亦欲采诗官闻之，传于执政者，苟择良二千石暨贤百里，使化天下之民如斯民之义，庶乎污莱尽辟矣。"）

诗除重视农耕以外，还反映了劳动人民以劳动为生、以劳动为乐、以劳动为荣的纯朴的思想感情，并使用劳动人民的语言，在古诗中是难能可贵的，对南宋的杨万里、范成大都有积极影响。

（周啸天）

◇春居杂兴

两株桃杏映篱斜，妆点商山副使家。

何事春风容不得，和莺吹折数枝花。

　　此诗与《畬田调三首》写作年代相同。商州地处偏僻，而团练副使在宋代是一个常被用来安置贬谪官员的闲职，诗人《清明日独酌》有道是"一郡官闲唯副使"，就和唐代州司马的职务差不多。

　　这首《春居杂兴》说，春来竹篱下的两株桃杏皆已开花，装点了我这个商州团练副使简陋的住宅；但这一天刮起大风把花枝折断，树上的黄莺也飞得无影无踪，好像故意要和我过不去似的。

　　责问春风，是极无理语，但颇有情致——活生生表现出诗人的气恼。然而诚如诗人的儿子所指出，这个构思与"恰似春风相欺得，夜来吹折数枝花"相近，落在杜甫掌心里。不料诗人听后很高兴，不但不放弃，还咏一诗道"本与乐天为后进，敢期子美是前身"，表明是暗合，而不是明抄，所以不心虚。

　　事实上，这句构思与杜诗虽同，措辞却有别趣。关键在"和莺"二字，为杜诗所无，也更见精彩——意思是春风把桃杏花枝吹折不说，还把枝上黄莺一齐吹走，岂不一倍可恼！表面上看，花枝可"吹折"，黄莺不能"吹折"，说"和莺吹折"似乎不通，正因为这样，一般人想不到、做不出。殊不知诗有别趣，非关理也，诗有别句，非同文也。这个诗句相对于文句，就是把两句紧缩为一句，一句为略语（"和莺"），一句为全语（"吹折数枝花"），被省略语通过未省略语赖一"和"字，相互比勘，读者不难领会诗人用意。故"和莺吹折数枝花"是俊语，是韵语，反出于"夜来吹折数枝花"之上。

当然，这"和莺"二字，也不是无来历的。韦庄《樱桃树》诗云："记得花开雪满枝，和蜂和蝶带花移。如今花落游蜂去，空作主人惆怅诗。"应该说"和莺吹折数枝花"在构思上出韦诗，不过在造句上，创为紧缩语，就比韦诗精彩得多。所谓点铁成金，非此之谓欤？所谓"小结裹"上出新，非此之谓欤？

（周啸天）

●梅尧臣（1002—1060），字圣俞，宣州宣城（今属安徽）人。少时应进士不第。历任州县官属。宋仁宗皇祐初赐同进士出身，授国子监直讲，官至尚书都官员外郎。曾预修《唐书》。有《宛陵先生文集》。

◇鲁山山行

适与野情惬，千山高复低。
好峰随处改，幽径独行迷。
霜落熊升树，林空鹿饮溪。
人家在何许？云外一声鸡。

诗为仁宗康定元年（1040）作者知襄城县时过鲁山所作。鲁山一名露山，靠近襄城西南边境。

首二句为倒装，总叙山行，意思是：一路上入眼尽是高高低低的山峰，恰好满足我爱好天然风物的脾性。次联写沿途视觉印象和独行的感受，出句写出千山因移步换形而产生的奇妙视觉感受，对句写独行时遇小路无人问津的彷徨而又好玩的心情。

三联写山行最愉快最难忘的是看到不少野生动物的活动。"霜落""林空"为互文，正因为深秋木叶疏落，才容易看到熊上树和鹿饮溪。看到野生动物的活动，确实比只看到林树更加难能可贵，因而也更有兴致。

　　山路漫漫，边看边行，天色已晚，诗人自然关心到投宿的问题。然而"人家在何许"呢？——"云外一声鸡"。旧时人家皆养鸡犬，鸡鸣犬吠，都是传递人家远近的消息。这一声鸡鸣带来的当然是欣喜，今夜住宿有着落了。不过鸡声是从云外传来的，也就是杜牧《山行》所说的"白云生处有人家"，看来还得加紧赶路。这就惟妙惟肖地写出了山行况味——包括人的思想活动。

　　诗纯乎白描，没用一个典故，对仗自然工整。前六句的写景可以说是"状难写之景如在目前"，末二句的写心可以说是"含不尽之意见于言外"。就写野兴而言，此诗接近李白少作《访戴天山道士不遇》："犬吠水声中，桃花带露浓。树深时见鹿，溪午不闻钟。野竹分青霭，飞泉挂碧峰。无人知所去，愁倚两三松。"本篇结尾不啻青出于蓝矣。

（周啸天）

◇东溪

　　　　行到东溪看水时，坐临孤屿发船迟。
　　　　野凫眠岸有闲意，老树着花无丑枝。
　　　　短短蒲茸齐似剪，平平沙石净于筛。
　　　　情虽不厌住不得，薄暮归来车马疲。

　　此诗作于仁宗至和二年（1055），时作者丁母忧乡居宣城。"东溪"即宛溪，源出宣城东南峰山，至城东北与句溪合，此二溪即李白诗

"两水夹明镜"之"两水"。诗为宛溪纪游之作。

开篇写春游乘船，行到宛溪，坐临洲渚，看水散心。"发船迟"即是归来迟，可见水边风物之美，足以让人流连忘返。此联平淡叙来，有如散文。

照亮全诗的是次联写所见洲渚景色，方回赞为"当世名句"，陈衍也说"的是名句"。本来"野凫眠岸""老树着花"是春来水乡野外常见的令人神怡的景物，只上句从"野凫眠岸"中体会出"有闲意"来，则是作者特定心境下的产物；下句亦然，不仅客观描写"老树春深更著花"的妙景，而且一反"老""丑"相连的常言，更出新意。好个"老树着花无丑枝"，不但是写景，而且反映了一种不服老的风流名士的心态。一句诗尽收关汉卿《南吕·一枝花·不伏老》曲意。欧阳修尝说梅尧臣"文词愈清新，心意难老大；譬如妖韶女，老自有余态"（《水谷夜行寄子美圣俞》），则"老树着花无丑枝"也就是作者风流自赏、夫子自道，在给人以审美愉悦的同时，还能陶冶情操，岂非名言！

三联继续写岸景，"短短蒲茸"即初生的菖蒲，故整齐似修剪过一般；"平平沙石"即常经溪水冲涤的细石河沙，故洁净如筛洗过一般。与前二句展示出极佳的生态环境。

末联承篇首"发船迟"，言溪上风物虽使人流连忘返，但毕竟是晚归的时候了，回到城里换乘马车，与乘舟看水就是两回事了。"车马疲"三字，有对车马征逐的城中生活的厌倦感，这是因为刚刚从大自然中返回，两种生活的对比太强烈的缘故。

（周啸天）

◇寄题徐都官新居假山

太湖万穴古山骨，共结峰岚势不孤。

苔径三层平木末，河流一道接墙隅。

已知谷口多花药，只欠林间落狄䴗。

谁侍巾鞲此游乐？里中遗老肯相呼。

　　宋代江南园林艺术颇为发达，由于取材方便，苏州、湖州等地区，私家建造园林风气很盛。庆历三年（1043），梅尧臣在湖州任监税官，诗即作于此时。徐都官，未详，夏敬观谓"疑即建德徐元舆，集中屡见"。此诗不施藻绘，瘦劲挺拔，很能体现宋诗的艺术特色。

　　首二句具言徐都官新居假山取材之美，造型奇峭逼真。"太湖万穴古山骨"，指取太湖石为假山。太湖石多孔穴，是很理想的园林建筑材料。这里不直言石而言"古山骨"，本于韩愈《石鼎联句》诗首句"巧匠斫山骨"，使人感到假山不假，它原具有山之骨髓。叠石成山，故下句言"共结"。不言"峰峦"而言"峰岚"，盖"岚"为山中雾气，着此一字，不仅写出山形，而且绘出山神，颇有云气蓊郁之感。再加"势不孤"三字，更见峰峦重叠之妙。

　　三、四句承上，写假山与周围环境相得益彰。这里的"苔径三层""河流一道"，皆人工建造。假山有崎岖小路达于峰顶，和园中之树一样高，山路上满布苔藓，古趣盎然。山下河流一道，显然自墙外引入。于是，假山、真树、活水，彼此浑融无间，大得自然意趣。"已知谷口多花药",暗用西汉隐士郑子真身居谷口而名动京师的典故。此句承前而来,下句却作一转折,说林间景物仍有不可及处,假山之上毕竟缺少野生动物——"只欠林间落狖鼯"("狖",黑色长尾猿;"鼯",飞鼠)。诗人着此一句,意若有憾焉,其实乃深喜之也。意思是说若有狖鼯出没其间,假山就更逼近自然了。从"只欠"二字可以体味。这样,在转折之中,又翻进一层。

　　至此,已道尽假山胜处,末二句理所当然地写到游园。但值得注意的是,诗人却撇开自己和朋友,着意提到"里中遗老"(遗老,指老者),颇耐寻味。看来徐都官新居假山既成,却未"对外开放",连里中老者亦未能一饱眼福。诗人既已先游为快,也就想到这一层,才有此一问:"谁侍巾韝(代指徐都官)此游乐?里中遗老肯相呼。"这一联化用杜甫《客至》"肯与邻翁相对饮,隔篱呼取尽余杯"句意,而含意颇深:表面看,是说与人分享,其乐更甚;深一层的意思是,为官者当与民同乐。这与诗人好友欧阳修的《醉翁亭记》末尾一段的用意不谋而合,于是诗的境界得到提高。这种民胞物与的思想,就《田家》《陶者》《汝坟贫女》的作者而言,是一贯的,只是诗人不说"应"相呼而只问"肯"否,措辞甚婉,乍读不易体察。

(周啸天)

●范仲淹（989—1052），字希文，苏州吴县（今江苏苏州市吴中区）人。真宗大中祥符八年（1015）进士及第。仁宗宝元三年（1040）任陕西经略安抚招讨副使，兼知延州。庆历三年（1043）任参知政事，推行新政。后因夏竦等中伤，罢政，出任陕西四路宣抚使。卒谥文正。有《范文正公集》。

◇苏幕遮

碧云天，黄叶地。秋色连波，波上寒烟翠。山映斜阳天接水，芳草无情，更在斜阳外。　黯乡魂，追旅思，夜夜除非，好梦留人睡。明月楼高休独倚，酒入愁肠，化作相思泪。

此词写秋日相思怀远之情。开篇浓墨重彩画秋色：天上是碧云（"碧云"含怀思意，语出江淹诗），地下是黄叶，江上笼罩着翠色的寒烟，好一幅金秋山水图。北宋词人在写怀远情绪时，大都好用递进和接字的手法写景，从而使情思在景色中得到扩展和延伸。本篇由秋色到秋波，秋波之外是烟霭苍翠的寒山，寒山之外是斜阳，斜阳之外是芳草，芳草之外呢，还暗示着未归的游子——"芳草"语意本楚辞《招隐士》的"王孙游兮不归，春草生兮萋萋"，只不过改"春"作"秋"罢

了。"波"字的两用，是顶真；"斜阳"的两用，是遥相呼应，和顶真的效果也差不多。本篇之外，如欧阳修《踏莎行》的"离愁渐远渐无穷，迢迢不断如春水""平芜尽处是春山，行人更在春山外"，贺铸《杵声齐》的"寄到玉关应万里，戍人犹在玉关西"，都成功地运用了同样的手法，颇可借鉴。

过片紧承芳草天涯，以"黯乡魂"（魂指梦魂）、"追旅思"分别写游子思乡与闺中怀远的情绪。词的断句有时是音乐的停顿，而非意义的断开，加上为协律而做的字句倒腾，会使得词意较为费解。如这一韵的四句，乃是说游子与家人两地相思，要相见却不能够，夜来只有做梦，或能相会，让人片刻留恋，慰情聊胜于无。"除非"，犹言只有。这个"睡"字韵脚，用得非常别致。宋徽宗《燕山亭》曰："怎不思量，除梦里、有时曾去。"谓除了偶有好梦，别无慰藉，与此意味略近。

　　明月好比相思的深渊，令独自看月的人，一不小心就掉进去。所以词人劝告道："明月楼高休独倚。"只好借酒浇愁。如说"借酒浇愁"，便属常语；说泪由酒化，便成新意，而且包含有"举杯消愁愁更愁"之意，却道得不着痕迹。这是词人得意的构思，所以在《御街行》词中，他再一次运用了这个构思，而更出新意："酒未到，先成泪。"作者虽不以词人名世，却堪称行家，颇有绝活。

（周啸天）

●欧阳修（1007—1072），字永叔，号醉翁，晚号六一居士，吉州永丰（今属江西）人。天圣八年（1030）进士及第。曾任枢密副使、参知政事。因议新法与王安石不合，退居颍州。谥文忠。曾与宋祁合修《新唐书》，并独撰《新五代史》。有《欧阳文忠公集》《六一词》等。

◇踏莎行

候馆梅残，溪桥柳细，草薰风暖摇征辔。离愁渐远渐无穷，迢迢不断如春水。　　寸寸柔肠，盈盈粉泪，楼高莫近危栏倚。平芜尽处是春山，行人更在春山外。

此词中"离愁"二字是关键，"候馆"（旅舍）"征辔""行人"暗示出一个人，"粉泪""栏倚"暗示出另一个人。贯通起来，便知写的是一个旅人在征途中的况味，上片是他途中所见所感，下片是他想象中的闺中人对他的怀念。

这首词最值得注意的是两片的结尾。上片煞拍写旅人在征途中的离恨逐渐加浓，"离愁渐远渐无穷，迢迢不断如春水"；下片煞拍则写思妇在楼头的凝望了无益处，"平芜尽处是春山，行人更在春山外"，都是以不了了之，启读者无限遐想。然而，前者是逐渐推远，与李后主"离恨恰如春草，更行更远还生"（《清平乐》）同致；后者是加

一倍法，类语尚有"为言地尽天还尽，行到安西更向西"（岑参《过碛》），"山映斜阳天接水，芳草无情，更在斜阳外"（范仲淹《苏幕遮》），"寄到玉关应万里，戍人犹在玉关西"（贺铸《杵声齐》）。作者把渐进和加倍两种办法用于一词，前后映带，颇有唱答之妙。

　　"楼高莫近危栏倚"一句通过呼告又表明，下片乃出于行人的主观想象，故全词以行人为本位，上下片的关系不是并列，而是包孕。

（周啸天）

●苏舜钦（1008—1049），字子美，开封（今属河南）人，少以父荫补官。宋仁宗景祐元年（1034）进士。曾任大理评事，范仲淹荐为集贤校理、监进奏院。被劾除名，寓居苏州沧浪亭。后复为湖州长史。有《苏学士文集》。

◇初晴游沧浪亭

夜雨连明春水生，娇云浓暖弄微晴。
帘虚日薄花竹静，时有乳鸠相对鸣。

此诗写于庆历六年（1046）春，诗人因参与新政受人构陷，革职为民，退居苏州，造了亭园，以《孺子歌》之"沧浪"二字为名，寄寓作者洁身自好的志向。

诗写园林雨后初晴的景色。下了一夜春雨，雨停而池水上涨，园林增色不少。虽然天已放晴，气温有所回升，但天空还飘着白云。"微晴"二字辨味很细。三句"帘虚日薄"承上句之"微晴"，"花竹静"启下句之"鸠鸣"，是重要的转关。末句写树上鸟窠中时有乳鸠对鸣，既衬托出园林的宁静，又为园林增添了生趣。"乳鸠"是幼鸟，雌鸟呢？雨后想必觅食去了，或者此刻正在喂饲幼鸟也未可知。

　　诗中表现了作者离开官场的倾轧纷争之后，沉浸在大自然的和平与宁静中的乐趣。

（周啸天）

●王观（1035—1100），字通叟，如皋（今属江苏）人。嘉祐二年（1057）进士，累官大理寺丞，知江都县。有《冠柳词》。

◇卜算子·送鲍浩然之浙东

水是眼波横，山是眉峰聚。欲问行人去那边？眉眼盈盈处。　　才始送春归，又送君归去。若到江南赶上春，千万和春住。

这是一首富于奇趣而独具本色的词作。

词一开始似乎以眼波、眉峰来比喻浙东山水的明媚，这既扣住了题面又显得新颖，因为它与古人通常的做法正好相反。《西京杂记》谓"文君姣好，眉色如望远山"，唐人诗云"双眸剪秋水，十指剥春葱"（白居易）、"一双瞳人剪秋水"（李贺），都是以自然山水景物来比喻眉眼的风流。传统的审美心理使我们的古人对山川自然之美特别心领神会，诗画艺术的冲动往往发源于山水，故以山水来比喻眉眼，较为合乎习惯，反过来以眉眼比喻山水，就显得独到而富于奇趣。

读到三、四句"欲问行人去那边？眉眼盈盈处"，令人感到又不只是在形容山水了。在自然景物消隐的同时，一个"巧笑倩兮，美目盼兮"的女性形象跃然纸上。它是否暗示着鲍浩然此行，不仅是为了浙东山水佳丽，而且还有令人艳羡的约会呢？答案似乎是肯定的。在别人笔下可能写得非常质实、非常落套的内容，王观却处理得如此轻松，如此空灵。

这样看下去，下片一串儿"春"字也就别有着落。表面文章是说鲍浩然在春末夏初成行，点出时序。但江北已经入夏，江南怎么会还是春天呢？原来词人并不管事实如何，只是一味抒发感兴，他相信鲍浩然到江南会找到春天的。末二句是紧扣"眉眼盈盈"的暗示打趣道：你可千万要珍惜那美好时光啊。

同样的譬喻和写法如果出现在诗中，便会有香艳软弱的感觉，而在词体，则觉有无限妍媚。这是因为词体产生于歌筵，"儿女情多，风云气少"的婉约风格，早已形成正宗。而王观"其新丽处与轻狂处，皆足惊人"（王灼）的作品，如此词，正是本色。试比较韩子苍在海陵送葛亚卿诗云："今日一杯愁送春，明日一杯愁送君。君应万里随春去，若到桃源问归路。"与此词工拙不可以道里计，部分原因也就在于此。

（周啸天）

———————

●王安石（1021—1086），字介甫，晚号半山，抚州临川（今江西抚州）人。宋仁宗庆历二年（1042）进士。嘉祐三年（1058）上万言书，提出变法主张。神宗熙宁二年（1069）任参知政事，行新法。次年拜同中书门下平章事。七年罢相，次年再相，九年再罢相，退居江宁（江苏南京）半山。封舒国公，旋改封荆，世称荆公。卒谥文。有《王临川集》等。

◇北山

北山输绿涨横陂，直堑回塘滟滟时。
细数落花因坐久，缓寻芳草得归迟。

"北山"即钟山，诗亦作者退居金陵之作。前二句写北山春色，着意写春水——水是山的眼波，没水的山就少了灵性，故写水即写山。"输绿"即送绿，"横陂"指池塘的坡岸，"直堑回塘"犹言直沟曲塘。两句说北山坡上草儿绿油油的，笔直的沟堑和池塘的曲岸边春水清盈盈的。这样的景色叫人看了不用说心情有多舒畅了。

后二句纪游，表现的是诗人闲适悠游近乎贪玩的心情。贪玩到看见落花一片片掉地，居然一二三四计起数来，看它到底能落多少，不觉消磨了许多时间；一路上觉得草地可人，走走停停，又消磨了许多时间。这一天玩得真是有点莫名其妙，但又觉自有妙处，难与君说。就造句而言，每句中自为因果（"因"是因而，"得"是所以）。用"细数落花"来摹写"坐久"，以"缓寻芳草"来解释"归迟"，不仅形象很美，构思精细，而且写尽闲适之情。

后两句各自都能从唐诗中找到措辞类似的诗句，如王维的"兴阑啼鸟换，坐久落花多"，刘长卿的"芳草独寻人去后，寒林空见日斜时"，杜甫的"见轻吹鸟毳，随意数花须。细草偏称坐，香醪懒再沽"。仔细对读，又不完全一样。本来一个人的读书受用，有时就在无意的浸淫中，即使是即景即兴写个人生活经验，也可能在潜意识中受到古人启发。关键是这两句措辞之工稳，意境之精妙都超过了前人，自有独到之处。

（周啸天）

◇书湖阴先生壁

茅檐长扫静无苔，花木成畦手自栽。
一水护田将绿绕，两山排闼送青来。

这亦是作者退居金陵时题在友人杨德逢（别号湖阴先生）家壁上的一首诗。

前二句赞美杨家庭院的清幽，值得注意的是"长扫""自栽"等词，暗示出主人亲近劳动、洁身自好与自甘淡泊的生活情趣，为下二句赞美湖阴的环境预先做了铺垫。

后二句是王安石诗中名句。这里写景首先运用了拟人描写的手法，"一水护田"而"两山送青"，"护""送"二字之妙，在于写出大自然对于田园情有独钟。"绿""青"两个颜色字用为名词亦妙，"绿"竟可以带其绕行，"青"竟可以送其入户，颇具形象效果和艺术魅力。其次在造语上，"护田""排闼"（破门而入）这两个词俱出自《汉书》，前者出自《西域传》，后者出自《樊哙传》，都很生动很有新意。后世诗家多赏其以"汉人语"对"汉人语"，不夹异代语，尚属细枝末节。

诗由户内写到户外，由近及远。三句绕向户外田园，四句则揽入更远处的青山，却说两山送青、破门而入，极尽回环往复之妙。

（周啸天）

◇出郊

　　川原一片绿交加，深树冥冥不见花。
　　风日有情无处着，初回光景到桑麻。

此诗写春郊景色大异前人，美有独得。

诗中写的显然是春末夏初景象，前二句之妙不在"绿交加"，而在"不见花"。"不见花"于郊景似乎是有所憾焉了。后二句承此说，和风丽日本是情意绵绵的，这番情意应该给花的，现在可好，没着处了。但也没关系，风啊日啊都退而求其次，将它们的爱抚和温馨献给了农作物——桑麻。

　　明明是说春天的花谢了，田里庄稼一天好似一天，却偏偏编了这样一个"有情无处着"的爱情故事，其辞若有憾焉，其实乃深喜之也。绝句之妙，全在第三句。总之，这是一首极为别致、极富情趣的田园颂歌。王安石不但是一位杰出的政治家，而且是一位很本色的诗人。

（周啸天）

◇悟真院

　　野水纵横漱屋除，午窗残梦鸟相呼。

　　春风日日吹香草，山北山南路欲无。

悟真院又名悟真庵，在钟山之东，八功德水（以有清冷香甘等八性得名）之南，环境清幽，是王安石告老后常去的地方。曾有诗云："暗香一阵连风起，知有蔷薇涧底花。"生动刻画了这一带的自然风光，可资参看。

乍看此诗，四句皆景，前二句写水写鸟，后二句写风写草，然而其中亦融入情事，耐人涵泳。悟真院附近除八功德水外，还有许多纵横交错的溪涧，形成水系，乃此地独特的风光。"野水"点明水系的天然性，特饶自然之趣。"屋除"指禅院的台阶，纵有溪涧缭绕，若非打水冲洗，事实上不能漱洗屋除。"漱屋除"云云，状出悟真院一尘不染、清洁明净的环境。

次句是记事，"午窗残梦"之不可少，在于它暗示出当日游倦，有小憩之事，而小憩醒来，环境又给人以清新的感觉，这个感觉是通过"鸟相呼"表现出来的。若无"鸟相呼"，则"午窗残梦"未美；若无"午窗残梦"，则"鸟相呼"不新。亦见造句老到。

然而诗的精彩还在三、四句，写景突破悟真院，而及于山北山南，满山春草，眼界顿宽。风吹草动，由风见草。春风日日吹，逼出香草日日长，写出春草生长的迅猛势头，一派生机，蓬蓬勃勃，不可遏止。读至"山北山南路欲无"，直令人神情一爽，草之长势全从一个"欲"字形出。同时，这句还表明悟真院是一清净之地，如果游众太多，哪怕本是草地，也会踩出一条路来。

（周啸天）

●苏轼（1037—1101），字子瞻，一字和仲，号东坡居士，眉州眉山（今属四川）人。苏洵子。嘉祐进士。曾上书力言王安石新法之弊，后以作诗"谤讪朝廷"下御史狱，贬黄州。哲宗时任翰林学士，曾出知杭州、颍州，官至礼部尚书。后又贬谪惠州、儋州。历州郡多惠政。卒谥文忠。有《东坡七集》《东坡易传》《东坡书传》《东坡乐府》等。

◇饮湖上初晴后雨二首（录一）

水光潋滟晴方好，山色空蒙雨亦奇。
欲把西湖比西子，淡妆浓抹总相宜。

诗前二句写西湖"初晴后雨"即雨后方晴、才晴又雨两番景色，后两句则用比喻以言西湖之美。读者既觉得其写景如画，又觉画图难足。因为它不仅同时写了山光水色，还同时写了晴和雨。真正具体一点的是"潋滟""空蒙"两个形容词，由于它们抓住了最具特征的景物，因而能给读者以感性的认识。然后诗人就运用比喻。这个比喻之妙，在于本体与喻体间差异太大，湖与人如何能扯到一起呢？也许作者最初只从"西湖"的"西"字产生联想，偶尔牵涉到"西子"，却突然发觉两者在任何状态下都美这点上，不正好相同吗？——西湖晴方好，雨亦奇；西子浓妆佳，淡妆亦佳。共同特征越不明显，比喻的创造性越大，效果越好。

周济《介存斋论词杂著》有一段脍炙人口的妙语："毛嫱、西施，天下美妇人也，严妆佳，淡妆亦佳，粗服乱头，不掩国色。飞卿，严妆也；端己，淡妆也；后主则粗服乱头矣。"所谓"严妆佳，淡妆亦佳"的说法，至少在潜意识上是受了苏轼此诗的影响的。

（周啸天）

◇惠净师以丑石赠行

在郡依前六百日，山中不记几回来。
还将天竺一峰去，欲把云根到处栽。

诗原题甚长："予去杭十六年而复来，留二年而去。平生自觉出处老少，粗似乐天，虽才名相远，而安分寡求，亦庶几焉。三月六日，来别南北山诸道人，而下天竺惠净师以丑石赠行，作三绝句。"六百日即二年，其间诗人常来天竺，与山中道人相遇甚善。临别，惠净大师赠诗人一块石料做案头清供。古人爱石，讲皱、透、瘦，是以丑为美的典型实例。丑石，即美石也。

诗妙在末二句造句造意之奇。不言留恋其地之意，而只言携石而去；又不直言携石而去，而言携"一峰"而去，借代字妙。已经几多曲折，末句更属闻所未闻：可栽者，木也；未闻石（云根）可栽、峰可栽。此必由"云根"的"根"字定向联想而得。有根者，必可栽，可栽者，必可生长，则此石必为灵物可知矣。诗中无一丝凡俗气，不知此老胸中藏几天竺也。

（周啸天）

◇鹧鸪天

　　林断山明竹隐墙，乱蝉衰草小池塘。翻空白鸟时时见，照水红蕖细细香。　　村舍外，古城旁，杖藜徐步转斜阳。殷勤昨夜三更雨，又得浮生一日凉。

　　苏轼《论修养帖寄子由》有言："任性逍遥，随缘放旷。"苏轼乃性情中人，而又极具理智，所以豁达。豁达是指对人生的热爱和对生命的珍视，这在他的作品中随处可见。本词作于谪居黄州时期。上片四句，写出幽静与明丽的山水田园景物，都饶有趣味，见出作者的赏爱之心。其中"乱蝉衰草小池塘"，乃当日所见的秋天实景，读者不必以衰飒凄凉之意目之。它与"翻空白鸟时时见，照水红蕖细细香"是处于同一时间、空间里的不同物种的生命之一段过程。"翻空"一联对偶句写景，十分生动，一写空中飞禽，一写水中植物。布局、景物略同唐代朱庆余诗："青蒲映水疏还密，白鸟翻空去复回。尽日与君同看望，了然胜见画屏开。"（《与庞复言携酒望洞庭》）但朱诗只写了视觉形象，苏词不仅有视觉，还写了嗅觉。"细细"形容香味，从杜诗化来，杜甫《严郑公宅同咏竹》有"雨洗娟娟净，风吹细细香"句。苏词之"时时""细细"语，既写自在之物，又传品玩之情。下片换头三句，见出词人杖藜徐行、流连光景的闲情逸致。结尾"殷勤"以下二句，表现了欣然领受大自然对生命之惠施的旷达之怀。郑文焯《手批东坡乐府》说："渊明诗:'啸傲东轩下,聊复得此生。'此词从陶诗中得来,逾觉清异。"俞陛云《唐五代两宋词选释》赞其"情真景真,随手写来,盎然天趣",深得其味。

(李亮伟)

———————

●曾幾（1084—1166），字吉甫，号茶山居士，赣州（今属江西）人，后徙居河南（治今河南洛阳）。入太学，试吏部铨，中优等，赐上舍出身。南宋初，任江西、浙西提刑。官至敷文阁待制，以通奉大夫致仕。谥文清。有《茶山集》。

◇三衢道中

梅子黄时日日晴，小溪泛尽却山行。
绿阴不减来时路，添得黄鹂四五声。

这是一首纪行写景绝句。三衢即衢州（今属浙江），因境内有三衢山而得名。

前二句叙天气和行程。梅子黄时在江南属初夏季节，一般为阴雨天气，故赵师秀有"黄梅时节家家雨"（《约客》）之句。此言"梅子黄时日日晴"，则说明天气特殊，另一方面也表明天气晴和，为下文写旅途风光的清新张本。作者的行程是由水转陆，由乘舟转山行，"却"字有转折的意味，把行程变换引起的新鲜喜悦之感隐约传出。

后二句正写三衢道中之景。"来时路"三字省净地暗示前不久曾走过这一路，这一次是沿原路回去。由于时节由春天进入初夏，景色也有一些变化，来时所看到的绿荫更深，已经听得见黄鹂的歌唱。

山行看到满道绿荫，听见几声黄鹂歌唱，这本是最平凡不过的事了。关键在于诗人通过回忆来路所见，与眼前景物相比，用"不减""添得"字面勾勒，写出了回程的新鲜感，这就使平凡的景物平添了诗趣。

（周啸天）

◇题访戴图

小艇相从本不期，剡中雪月并明时。
不因兴尽回船去，那得山阴一段奇？

这是一首题画诗，画的内容是《世说新语》中王徽之（字子猷）雪夜访戴乘兴而行、兴尽而返的故事，也可以看作题咏故事的诗。

前二句叙访戴事。因子猷居山阴，于雪夜心血来潮，临时决定远道往寻远在剡溪的戴逵，没有事先约定，所以是"本不期"。"剡中雪月并明时"是小舟夜行访戴的情景，有画意，有诗情。"（大雪）四望皎然"是原文，"雪月并明"是创意——盖雪夜神似月夜，故有此神来之笔。

后二句是就题抒感，说子猷因访戴而饱览了山阴一段奇景。本来王子猷访戴，就有点醉翁之意不在酒的意味，何况是"本不期"，所以"何必见戴"。但此行是否多余呢？一点也不，如果没有这一次经历，他又哪能饱览山阴雪夜奇景呢？如果没有这一次经历，后人又哪得"乘兴而来，兴尽而返"的一段佳话呢？"山阴一段奇"可以从景与事两个意义上加以解会，句中只说"兴尽"一头，乃是一种省略的说法。

访戴故事在《世说新语》中列入《任诞》门，可见原作者认为王子猷有始无终的造访是一种怪诞行为，但本诗却认为它很合理——"不因兴尽回船去，那得山阴一段奇"。所以陈衍赞赏为"晋人行径，宁矫情翻案，决不肯人云亦云"。这里一是说写晋人而具晋人风度，作者与古人为神交；二是说"不肯人云亦云"，所以有新意——有新意，正是一切成功之作的奥秘所在。

（周啸天）

●秦观（1049—1100），字少游，又字太虚，号淮海居士，高邮（今属江苏）人。"苏门四学士"之一。宋元丰八年（1085）进士。曾任秘书省正字，兼国史院编修官等职。坐元祐党籍，累遭贬谪。有《淮海集》等。

◇点绛唇

　　醉漾轻舟，信流引到花深处。尘缘相误，无计花间住。　　烟水茫茫，千里斜阳暮。山无数，乱红如雨，不记来时路。

　　刘熙载论词，谓词要"空诸所有"（这叫作"清"）而"包诸所有"（这叫作"厚"）。这一点对于小令似乎特别重要。秦观这首《点绛唇》是较好的一例，它不但绝少情语，就是写景也没有具体细微的描画，似乎一味清空；细味之，却又觉得它言外有余意，意蕴深厚。

　　这首词汲古本题作《桃源》。词的首二句确乎有似于《桃花源记》的开篇："缘溪行，忘路之远近。忽逢桃花林。""醉漾轻舟，信流引到花深处"，把读者带到一个优美的境界，这儿似乎是桃源的入口。人在醉乡，且是信流而行，这眼前一片春花烂漫的世界当是个偶然发现，又似乎是一个好梦："春路雨添花，花动一山春色。行到小溪深处，有黄鹂千百。"（《好事近·梦中作》）一种愉悦的心情也就见于如此平淡的语言之外。同时而起的，却又有一阵深切的遗憾："尘缘相误，无计花间住。""尘缘"自是相对灵境而言的，然而，联系到作者"屡困京洛"（王灼《碧鸡漫志》卷二）的坎坷身世，又使人感到它有所寄托。"名缰利锁，天还知道，和天也瘦"（《水龙吟》），那"名缰利锁"，正是尘缘的具体内容之一，长调故不妨具体些，而此处只说"尘缘相误"，隐去正意，便觉空灵，正"以不犯本位为高"（刘熙载《艺概》卷四）。三、四句与前二句，一喜一慨，词情便摇曳生姿，使人为之情移。

下片一连四句写景，没有用力痕迹，俱属常语淡语之类。然而"烟水茫茫，千里斜阳暮"却勾勒出一幅"斜阳外，寒鸦万点，流水绕孤村"（《满庭芳》）一样的"销魂"的黄昏景象。"千里""茫茫"尤给人天涯漂泊之感。紧接一句"山无数"，与"烟水茫茫"呼应，构成"山重水复疑无路"的境界，这就与上片"尘缘相误"二句有了内在的联系。值此迷惘之际，忽然风起（从无字处见出），出现"乱红如雨"（李贺《将进酒》"桃花乱落如红雨"）的萧瑟景象，原来是残春时节了。一句一景，蝉联而下，音节急促，恰状出人情之危苦。合起来，这几句又造成一个山重水复、风起花落、春归酒醒、日暮途远的浑成完整的意境。如此常语淡语，使人"咀嚼无滓，久而知味"（《词源》卷下评秦词）。虽然没有明写欲归之字，而欲归之意处处皆是。结句却又出人意料转折出欲归不得之意："不记来时路。"只说"不记"，更可品味。虽是轻描淡写，却使人感到其情蕴深沉，曲折地反映出备受压抑而不能自解的作者，在梦破后无路可走的深深的悲愁。

虽是写"桃源"，由于处境与胸襟各异，秦词与陶诗风貌就完全不同。"久在樊笼里，复得返自然"的陶潜笔下，处处流溢出一个精神上有所归宿的人的自得情怀；而"醉卧古藤阴下，了不知南北"的秦观笔下，却时时纠结着一个缺少精神支柱的失意者的迷惘与悲哀。这首小令以轻柔优美的调子开端，"尘缘"句以后却急转直下，一转一深，不无危苦之辞，就很典型地反映了这种心境，它自然能在千百年里引起那为数不少的失意彷徨之士的感情共鸣。

（周啸天）

●朱敦儒（1081—1159），字希真，号岩壑老人，洛阳（今属河南）人。早年隐居不仕。绍兴三年（1133）补右迪功郎。五年，赐进士出身，为秘书省正字，擢兵部郎中，迁两浙东路提点刑狱。秦桧当国时除鸿胪少卿，桧死，亦废。晚居嘉禾。有《岩壑老人诗文》《樵歌》等。

◇好事近·渔父词

摇首出红尘，醒醉更无时节。活计绿蓑青笠，惯披霜冲雪。　　晚来风定钓丝闲，上下是新月。千里水天一色，看孤鸿明灭。

朱敦儒于高宗绍兴十九年离开朝廷后，长期寓居嘉禾（今浙江嘉兴）。《宋诗纪事》引《澄怀录》："陆放翁云：'朱希真居嘉禾，与朋侪诣之。闻笛声自烟波间起，顷之，棹小舟而至，则与俱归。室中悬琴、筑、阮咸之类。檐间有珍禽，皆目所未睹。室中篮、缶，贮果实、脯醢，客至，挑取以奉客。'"可见作者当时全然过着一种世外桃源式的生活。他前后写了六首渔父词（均调寄《好事近》）来歌咏这种闲适生活的情趣。这是其中的一首。

开头一句表明自己放弃官场生活的坚决。"摇首"二字很形象，既对"红尘"（尘世，这里指官场）否定，又不置一词，这是一种轻蔑不

屑的态度，亦如杜甫《送孔巢父谢病归游江东兼呈李白》诗所云"巢父掉头不肯住，东将入海随烟雾"之意。何以如此，词人未说，只好让读者自去体味，紧接的一句只把原因推到自己的志趣与官场格格不入。晋时嵇康就数过官场之"七不堪"："卧喜晚起，而当关呼之不置，一不堪也；抱琴行吟，弋钓草野，而吏卒守之，不得妄动，二不堪也……"（《与山巨源绝交书》）总之，披红着紫，就必须严守官场制度，醒醉都要受节制。对于"天姿旷远，有神仙风致"（黄昇《花庵词选》赞作者语）的人物是一种束缚。一旦"摇首出红尘"，做了个烟波钓徒，才能"醒醉更无时节"。这两句语言明快质朴，同时又极传情，一种超脱尘世的轻快感溢于言表。

　　三、四句则进而写渔父生活，能使人想起两首著名的唐人诗词——

张志和《渔父》词和柳宗元《江雪》诗。其实，渔父生涯既不全然像"青箬笠，绿蓑衣，斜风细雨不须归"写的那样浪漫，又不全像"孤舟蓑笠翁，独钓寒江雪"写的那样苦寒。"绿蓑青笠"，白鹭桃花，固然可悦；"披霜冲雪"，独钓寒江，也很习惯。总是恬淡自适。这样写来，实兼张志和词和柳宗元诗的境界而折中之，颇具概括之妙。

　　渔父的志趣和生活概貌有了一个总的交代，后片便截取一个断面，进一步表现闲适生活的可爱。江湖上也有风浪，"已佩水仙宫印，恶风波不怕"（同调词）等句，都表明这一点。但与官场风波比较，则"江头未是风波恶"（辛弃疾）。而到"晚来风定"时候，更有一番景致：新月当空，钓丝不动，水平如镜，上下天光，表里澄澈。作者用洗练的笔墨勾勒出一幅清雅的图画。这境界是静的，所有的景物都表现着这一特点："钓丝"是静的（"闲"）；"上下是新月"，可见水也是静的，静得连波纹也没有。而在这幅静态的画面上，作者最后加上奇妙的一笔：一只缥缈的孤鸿，明灭于远空，那是静的背景上的一个动点，而它的动感不是来自位置的移动而是来自光线的变化。这小小一点便使如画的词境更显安静、清丽、美妙。

　　仅说后片如画还不够，这画境还具有一种象征的意义。那风平浪静的江景，显然是词人"澄怀"的反映；那"缥缈孤鸿影"，也是一个自由出没于江上的幽人的写照。

（周啸天）

●杨万里（1127—1206），字廷秀，号诚斋，吉水（今属江西）人。"中兴四大诗人"之一。绍兴二十四年（1154）进士。孝宗初，知奉新县，历太常博士、太子侍读等。光宗即位，为秘书监。有《诚斋集》。

◇小池

泉眼无声惜细流，树阴照水爱晴柔。
小荷才露尖尖角，早有蜻蜓立上头。

这首诗写小池之小景，好像是一幅小品风景画或风景摄影，虽小却好。

"泉眼无声惜细流，树阴照水爱晴柔"二句写池水，池水的来源是泉水。泉水是从泉眼中汩汩流出的，虽然动静不大，但出水流量却很充沛，水质很好，所以池水清澈，水面倒映着岸上的树影，风光特别美。"惜""爱"二字，写出观景者的愉悦心情，同时又移情于物，好像是说"泉眼"特别珍惜自己的水流，而"树阴"特别偏爱晴和的天气，这就不但表现了人与自然物的和谐关系，也巧妙地表现出自然物之间的亲和关系。

"小荷才露尖尖角，早有蜻蜓立上头"二句写池中的荷花以及招来的蜻蜓，好像一个特写镜头。荷花含苞待放，蜻蜓飞来立在上头，这是小池中常常可以见到的天然好景，一经高手抢拍成功，就会成为可爱的图片。但二者的美感是不一样的，图片的美是视觉的美，诗句的美是意境之美。除了画意之美，作者的语言运用也很微妙。如称花蕾或嫩叶为"小荷"，又形容以"尖尖角"，不但语意亲切，而且形态逼真。进而是"才露"和"早有"的勾勒。既是"才露"，何能"早有"？然而非如此说，不能表达"第一时间"于万一。较苏诗"春江水暖鸭先知"，有别趣焉。

可以说，这首诗写的是一种发现的喜悦：蜻蜓发现了小荷，不亦乐乎！诗人发现了蜻蜓之发现小荷，尤其不亦乐乎！

（周啸天）

◇宿新市徐公店

篱落疏疏一径深，树头新绿未成阴。
儿童急走追黄蝶，飞入菜花无处寻。

此诗写的是作者在新市（今湖南攸县北）一家姓徐的人开的客店住宿时，所看到的一幅村野情景。

前二句展示了一幅富有特征性的农舍景象：沿路的田地有疏疏的篱笆，树头的花已谢了，但树叶还不很茂盛，这是寒食前后的景象，也是日暖昼长蝴蝶飞的时节。后二句即写在小路上看到农村儿童捉蝴蝶的情景。诗味全出在"黄蝶遇险""菜花相救"的情节上。黄蝶飞入黄花丛中造成视觉的紊乱，令飞跑的儿童迷失了追捕方向。

诗人敏捷地捕捉住大自然赋予昆虫以保护色这一奇妙现象，设计了一个富于童趣的情节，读来兴味盎然。诗中黄蝶入花，儿童傻眼的情态如见；而诗中大人对小孩"幸灾乐祸"的神情也跃然纸上，令人忍俊不禁。

（周啸天）

◇闲居初夏午睡起二绝句（录一）

梅子留酸软齿牙，芭蕉分绿与窗纱。
日长睡起无情思，闲看儿童捉柳花。

夏日午觉醒后，不免仍存睡意，没有心思做事，而诗人当时丁忧家居，处于闲适的生活中，"日长睡起无情思"便是实感。然而此诗的好处却在从无情思中翻出许多情思，而又不动声色。善于捕捉琐细的题材和描写细腻的生活感受，原是杨万里的特长。

诗人在午睡前可能饮过酒，并食梅解酒，故一觉醒后，齿间尚有余酸。这种感觉本难名状，大致上下牙接触有不适感，不能咀嚼硬物，俗语谓之"倒牙"，而一个"软"字，恰好写出了这种感觉。这是醒后的第一感觉——味的感觉。古人窗纱多用绿色，日子久后便会褪色，而盛夏芭蕉浓绿充盈，掩映窗外，就使得窗纱颜色变深，似乎是芭蕉分给它一些绿色。这是醒后另一感觉——属于视觉。两句中"留""分"二字，赋客观以主动，很有情趣。以下就垫了"日长睡起无情思"一句，绝句做法以第三句为转关，第四句则是结穴所在——"闲看儿童捉柳花"。户外儿戏当然是诚斋看到的眼前景，而在造语上，则本白居易

"谁能更学孩童戏，寻迹春风捉柳花"。但白诗表达的是一种清醒的遗憾，此诗易"谁能"为"闲看"，在无法参与之外，别有歆羡之意在，诗人至少在感情上参与儿戏，并得到重返天真的乐趣。

人生旅途中，成年人的最大遗憾，莫过于丧失了早年的那份童心、童真与童趣。不少诗人画家，只能通过笔来追摹重温那已逝的情景，近人如知堂《儿童杂事诗》、子恺漫画，皆有妙谛。中国古代诗人兴趣在此的并不多，著名的如左思《娇女诗》、杜甫《北征》片段、李商隐《骄儿诗》等，代不数人，人不数首。而诚斋绝句中却有不少儿童题材的传神之作，如此诗，究其创作动机或并不起于午睡后的烦闷，而起于后来见到儿戏时瞬间的精神交通，儿童的天真无闷与成人生活中的虚假无聊，适成鲜明对照，诗人由此得到一种感召和精神上的复归。据说张浚读此诗，赞道："廷秀胸襟透脱矣！"当是就这种自我超越而言的。

（周啸天）

◇晓出净慈寺送林子方

毕竟西湖六月中，风光不与四时同。
接天莲叶无穷碧，映日荷花别样红。

净慈寺在西湖西南。一个夏天早上，杨万里宿寺起来，送别官居直阁秘书的朋友林子方。盛夏六月虽然暑热，清晨却是较凉爽的。旭日东升，照临湖上，荷叶长得十分茂密，几乎布满了湖面，而朵朵荷花盛开，鲜艳地点缀在绿底上，形成有气派的怡红快绿场面，与一般荷塘景色大为不同，便成为西湖四季景色中最为迷人的一段。

"毕竟西湖六月中，风光不与四时同"是脱口而出的即兴的两句，其语序都是诗化的。按习惯的语法，应该说："西湖六月中风光毕竟与四时不同。""毕竟"二字提前，是诗词创作中常见的腾挪以协于诗律的手法："毕竟不同"四字虽然拆散，但两句依然保持着口语中一气贯注的语气；而又使"毕竟"这个副词得到强调，使诗句具有欣赏夸耀的意味。夏天本是四时之一，说"风光不与四时同"，意谓在四时中风光尤具特色。

如果诗的前两句只是说一说，后两句则是画一画："接天莲叶无穷碧，映日荷花别样红。"有人说这两句是互文，其实是分写莲叶与荷花，在措辞上是极有分寸的。湖面如画，莲叶便是绿色的底，荷花则是点缀在底上的图。因为莲叶密布湖面，方可用"接天"形容，而荷花特别鲜妍，方才用"映日"描画。二句之妙并不在具体入微地描绘形象，而在于写景的概括和抽象，"无穷"是空间上的夸张，"别样"是程度上的形容，都具有模糊性，然而它们却能启发读者的想象力。"别样"乃口语，犹言特别，或异常。李后主有"别是一般滋味在心头"的名句，妙在说明而不说尽。此诗中的"别样红"虽属写景而非抒情，依稀亦有同妙。

（周啸天）

◇桑茶坑道中八首（录一）

晴明风日雨干时，草满花堤水满溪。

童子柳阴眠正着，一牛吃过柳阴西。

杨万里诗多即兴偶成于道途闻见中，所谓"万象毕来，献余诗材"。此题下共得诗八首，此其七，写桑茶坑（地名，顾名思义，谷多桑茶也）道中所见童子放牛的情景。

前二句写天气和风光。春雨初晴，堤上草茂，溪中水满，是放牛的好去处。后二句写牛儿在草地上啃草，牧童在柳树下睡大觉，这是春暖郊野常见情景。诗人通过写一个"柳阴眠正着"，一个"吃过柳阴西"相对照，以"柳阴"为定点，写出了时间推移的过程，牛从柳阴东边吃到西边，是通过啃草留下的痕迹辨识出的。诗中并没有明说，给读者以玩味的空间。后两句极富生活情趣：牧童既无人管，也不管牛；人也自在，牛也自在；睡的放心，吃的听话；睡的睡得香，吃的吃得香。

"活法"云者，首先是富于生活气息，其次是活泼的语言和表达方式。

（周啸天）

◇过松源晨炊漆公店

莫言下岭便无难，赚得行人错喜欢。

正入万山圈子里，一山放出一山拦。

这首诗作于绍熙三年作者任江东转运副使外出时。此诗写山行的一种体验。山行一般是上坡吃力，下坡轻松，平路最好走，但可惜不多。而人在群山中穿行，就概率而言，上坡与下坡机会均等，即：上完坡就下坡，下完坡就上坡；下坡的轻松，就潜伏着再度上坡的吃力。

所以前二句说，别以为一下坡就万事大吉，可别高兴太早。本来行人是为自己的主观愿望所骗，而一个"赚"字，则怪罪自然，并赋自然以狡黠的性格，极富生活趣味。

后二句补说理由，因为处在群山环绕之中，所以下得山来更上山。这里的趣味仍在把大自然人格化，"一山放出一山拦"，形象地写出山的重重阻隔，没有尽头，让人松不得气。

作者善于从日常生活里人们习见的现象中，敏感地发现和领悟某种新鲜的经验，并用通俗生动而富于理趣的语言表现出来，能给人以某种联想和启示。

（周啸天）

● 范成大（1126—1193），字致能，号石湖居士，苏州吴县（今江苏苏州）人。"中兴四大诗人"之一。绍兴二十四年（1154）进士。历任处州知府、知静江府兼广南西道安抚使、四川制置使、参知政事等职。曾使金。晚居故乡石湖。有《石湖居士诗集》《石湖词》《桂海虞衡志》《吴船录》等。

◇四时田园杂兴六十首（录五）

> 土膏欲动雨频催，万草千花一饷开。
> 舍后荒畦犹绿秀，邻家鞭笋过墙来。

这一组田园诗原本六十首，题下原序："淳熙（1186）丙午，沉疴少纾，复至石湖旧隐。野外即事，辄书一绝，终岁得六十篇，号四时田园杂兴。"本篇为春日田园杂兴，从自己的住宅说起，描写初春万物复苏的生机。前二句是大笼罩。首句写大地解冻，好雨应时，是天上地下一齐动作；次句紧接写万草千花漫山遍野席地而来，好像电影特技的低速镜头一样精彩。

后二句是特写，镜头转到院坝和墙角。"邻家鞭笋过墙来"，形象地表现了植物在萌发过程中的生命力之强大，表现出春的生机压抑不住。与叶绍翁"春色满园关不住，一枝红杏出墙来"异曲同工，更具乡村气息。

> 蝴蝶双双入菜花，日长无客到田家。
> 鸡飞过篱犬吠窦，知有行商来买茶。

这首诗为晚春田园杂兴，写采茶季节的村舍光景和行商收购茶叶的活动。前二句写农舍晚春光景。首句写蝴蝶穿飞于菜花，是抓住了晚春风光特色的；次句写田家日长人静，无人到访，并非闭门谢客，而是全体出动忙活（包括采茶）去了。在写行商到来之前，先写无人，后二句写行商收购茶叶之事，适有空谷足音之喜。

据载，宋代官府控制茶叶买卖，行商只有在获得官方发给的许可证（长引、短引）后，才能下乡收购茶叶，而农民采下的新茶要依靠他们进入流通领域。这些内容本是毫无诗意的，然而，诗人通过农家的鸡飞狗叫来报道行商到来的信息，就表现出浓厚的生活气氛和诗味。

> 采菱辛苦废犁锄，血指流丹鬼质枯。
> 无力买田聊种水，近来湖面亦收租。

这首诗写水乡农人的遭遇，揭露封建剥削的无孔不入。采菱是一种历史悠久的生产活动，唐诗中就经常写到采菱的场面，不过多是美丽的采菱姑娘荡舟于绿水之上，颇具诗情画意。而范成大却从严酷的现实出发，写出采菱劳动的艰苦和阶级矛盾的尖锐。采菱主要靠徒手操作，犁锄派不上用场，而菱角有尖芒，手指有时会被划破，以"流丹"形容"血指"，给人鲜血淋漓、惊心动魄的刺激感，"鬼质枯"三字也很形象，也就是瘦得不像人。采菱者多是失去土地的劳动者，既无力买田，同时也不佃田——因为不堪沉重的地租剥削的缘故。原来湖面种菱是不收租的，所以尽管辛苦，犹不失为一条活路。这里"种水"是比照"种田"生造的词儿，却显得简括新颖，符合平仄要求。殊不知好景不长，苛政像瘟疫一样蔓延到湖上："近来湖面亦收租。"往后的日子怎么过呢？诗人就此打住，妙在不言。这首诗使人想起唐人名句"渤澥声中涨小堤，官家知后海鸥知"（陆龟蒙《新沙》），"任是深山更深处，也应无计避征徭"（杜荀鹤《山中寡妇》）。

> 静看檐蛛结网低，无端妨碍小虫飞。
> 蜻蜓倒挂蜂儿窘，催唤山童为解围。

这是一首以昆虫作题材的诗，古人叫"禽虫诗"，属夏日田园杂兴。白居易多有这类诗，与范成大同时的杨万里集中，也多有这一类诗。

诗中"催唤山童为解围"的，必是看见"蜻蜓倒挂蜂儿窘"而心有不忍的老诗人；也不妨理解为那情景本身，就像是蜻蜓和蜂儿在向山童求救，极有闲情逸趣，此种诗不让诚斋独步。

> 新筑场泥镜面平，家家打稻趁霜晴。
> 笑歌声里轻雷动，一夜连枷响到明。

此诗写打稻时节农人忙碌而快活的情景，亦属夏日田园杂兴。前二句写打稻的准备工作。首先是筑场，"镜面平"以比喻写出晒场平整光洁的事实，还写出劳动者对亲手创造的成果的一种审美愉悦。一个"趁"字，写出收获季节须抢农时的情况，也写出一种争先恐后的劳动热情。"霜晴"二字来自生活经验，非随意可得。

后二句紧接上句，写如何"趁霜晴"。原来是连夜赶晚地干。"笑歌"句表明劳动虽然累，但天公作美，农人心情是愉快的。"连枷"是古老的脱粒工具，至今未废，以"轻雷动"形容噼噼啪啪的打场声极美，犹如轻柔和谐的和声。真正的雷声，哪怕是轻雷也绝没有这样悦耳的效果，因为它会引起切身利害的思虑，唯其是似雷非雷，才有如此美妙的听觉效果。农民是辛苦的，然而风调雨顺之年，由于生活会相对改善，也会给他们带来一些喜悦。此诗通过劳动场面，写出了真正意义上的农家乐，与王禹偁"各愿种成千百索，豆萁禾穗满青山"有异曲同工之妙。

（周啸天）

●陆游（1125—1210），字务观，号放翁，越州山阴（今浙江绍兴）人。"中兴四大诗人"之一。南宋绍兴中应殿试，为秦桧所黜。孝宗即位，赐其进士出身，曾任镇江、隆兴通判。乾道六年（1170）入蜀，任夔州通判。乾道八年，入四川宣抚使王炎幕府。官至宝谟阁待制。晚居山阴镜湖。有《剑南诗稿》《渭南文集》《南唐书》《老学庵笔记》等。

◇游山西村

莫笑农家腊酒浑，丰年留客足鸡豚。
山重水复疑无路，柳暗花明又一村。
箫鼓追随春社近，衣冠简朴古风存。
从今若许闲乘月，拄杖无时夜叩门。

此诗作于孝宗乾道三年，因符离之败落职居乡时，是一首纪游之作。当时陆游居住在绍兴西郊镜湖畔之三山，题中之村即在三山西面。

首联通过热情待客，写丰年农家的快乐。这不是一般意义上的好客，而是所谓"穰岁之秋，疏客必食"。在语气上，则描摹农家留客口吻，与"故人具鸡黍，邀我至田家"的纯叙述不同，上句带几分自谦，下句带几分自炫，惟妙惟肖地反映出农家衷心的喜悦。

次联写到村的经过。与"绿树村边合，青山郭外斜"的纯写景不同，在写景中寓有生活哲理。"山重水复"两句首先来自水程实感，所谓"舟行若穷，忽又无际"（柳宗元），而且还象征着事物在发展过程中，经常会遇到暂时的困惑或停滞的阶段，然而只要继续探索，经过一阵徘徊，总会有豁然开朗的时候。

前人写类似生活实感的诗不少，如王维"遥爱云木秀，初疑路不同。安知清流转，忽与前山通"，耿湋"花落寻无径，鸡鸣觉有村"，强彦文"远山初见疑无路，曲径徐行渐有村"，王安石"青山缭绕疑无路，忽见千帆隐映来"，等等，但都是着重叙述这种生活经验，没有一个写得像陆游这样富于理趣。用"山重水复"来写"疑无路"，以"柳暗花明"（出武元衡诗）来写"又一村"，不但对仗工稳，而且概括性强、象征性强，大有"踏破铁鞋无觅处，得来全不费功夫"的味道。流水对的形式，又赋予诗句以灵动之气。

三联写山西村群众的"社会"活动，以节日气氛，更为具体生动地写出了好年头带来好兆头，为孟浩然《过故人庄》所无。"春社"是古代农村祭祀土地神和五谷神的节日，村民吹吹打打，群众追随围观，名为娱神，实亦自娱。"衣冠"是人的精神面貌的反映，诗人抓住"简朴"的特征，就写出了纯朴节俭、不事华靡的劳动人民的本色。

末联写告别语，与《过故人庄》略近，但这里表现的是对村民在感情上的认同，也就是说在感情上打成一片。作为一个士大夫，是十分难能可贵的。这也是陆游爱国主义思想的一个重要组成部分。

诗不但思想境界、情感内容明朗健康，而且富于理趣，留意民俗，语言精练、清新、流畅，在唐宋七律中是独具特色的佳作。

（周啸天）

●辛弃疾（1140—1207），字幼安，号稼轩，历城（今山东济南）人。绍兴三十一年（1161），聚义抗金，归耿京，为掌书记。奉京命奏事建康，京为张安国杀害，擒诛安国。次年率部渡淮南归。历任湖北、江西、湖南、福建、浙江安抚使等职。有《稼轩长短句》。

◇鹧鸪天·代人赋

陌上柔桑破嫩芽，东邻蚕种已生些。平冈细草鸣黄犊，斜日寒林点暮鸦。　　山远近，路横斜，青旗沽酒有人家。城中桃李愁风雨，春在溪头荠菜花。

现实无情地迫使辛弃疾违背了"求田问舍，怕应羞见，刘郎才气"（《水龙吟·登建康赏心亭》）的初心，在将近二十年致仕生活中，他先后在上饶、铅山建造了相当宏丽的住宅。长期接触农村生活，心情上不期然而然地与农民发生了共鸣，这首词写的就是他的农村生活观感。

残冬过尽，春气萌动。词人没有一般地去描写初春物候，而是通过新蚕新桑这两种相关的农事和景物，宣布春来的消息，这一敏锐的观察和发现，洋溢着浓郁的生活气息。"柔""嫩"等字富于质感，一个"破"字则很有力度，生动地状出了桑芽新生给人的美好感觉。说蚕种"生些"与说柔桑初破一样，突出的是一个"早"字。或注"些"为语助词，是不妥的，除仿楚辞体如《水龙吟》"听兮清佩琼瑶些"的"些"确属语助词外，《鹧鸪天》（和吴子似山行韵）"酒病而今较减些"及本词"东邻蚕种已生些"的"些"，都是少许的意思。唐宋人写早梅云"前村深雪里，昨夜一枝开"（齐己）、"墙角数枝梅，凌寒独自开"（王安石），与此咏异理同，正是若要早，须是少，若不少，便不早。

"细草""黄犊"，皆属初生，同样着眼在一个早字。最有意味的是，词人在写了三句初春好景后，却添一句"斜日寒林点暮鸦"，似乎象征着残冬留下的最后一点儿衰飒，在明日艳阳升起的时候，就会被熏风扫荡。上句有一个"鸣"字，写声有悦耳之感，此句有一个"点"字，形容鲜明如画，都是吃紧的字眼。

上片已成功地表现出早春是美好的，新生事物是美好的，农村是美好的，下片更通过"山远近，路横斜"的简笔勾勒，把读者带到了村居的酒家，一个快乐的所在。这里的空气清新，人际关系单纯，气氛和谐，连吃酒也可以记账，与城市里受车马风尘污染的空气、官场尔虞我诈的人际关系、潜伏的杀机、赤裸裸的现金交易可以形成鲜明对照。那突然闯入眼中的酒家标志和怒放于溪头的荠菜花，使词人产生了新异之感，觉得野花从没有今天这样美，城中的桃李从没有今天感到的这么脆弱可怜。"城中桃李愁风雨，春在溪头荠菜花"就高声宣布了词人这一新的发现，不仅体现了一种健康朴素的审美观，同时也表现了作者的人格精神与价值取向，富于哲理意味，给人以多方面的感发和启迪。

《稼轩长短句》中还有一首与此词同调同意之作，题为《鹧鸪天·游鹅湖醉书酒家壁》，读者可对照玩味："春入平原荠菜花，新耕雨后落群鸦。多情白发春无奈，晚日青帘酒易赊。闲意态，细生涯，牛栏西畔有桑麻。青裙缟袂谁家女，去趁蚕生看外家。"这一首较重于叙事，在理趣上要逊色一些。

（周啸天）

◇清平乐·村居

　　茅檐低小，溪上青青草。醉里吴音相媚好，白发谁家翁媪？　　大儿锄豆溪东，中儿正织鸡笼。最喜小儿亡赖，溪头卧剥莲蓬。

近世诸多选本，对于该词所描绘的清新的农村生活画面、逼真传神的人物情态、白描手法、艺术结构等，都做了很高的评价，看法大致类似，可见这些方面，确实是该词突出的特征。

但有的分析，太胶着于字面，所以讲得过于死板。例如，根据词中所写到的人物，就认定这是五口之家。又如认定该词是辛弃疾闲居江西上饶之作，就肯定是写上饶的农村，因与词中"吴音"冲突，就辩说上饶春秋时代属吴国；又有人大概觉得"吴音"不切合地域，干脆取另一版本，改"吴音"作"蛮音"。又如词描写的景物环境，一般仅识及茅檐、溪、青草的构成。凡此，对文学创作思维规律与语言艺术表现范围的认识理解，多少存在一些问题。

词的字数有限，作者只能选取适合一定情意的有关人事来写，写到了五个人，不意味着这个家庭只有五口人：老两口、三个儿子。白发翁媪，是全家最年长者。"颁白者不负戴于道路""老者衣帛食肉"，选取他们来写，是作者的理想和愿望，自然有不同寻常的意义。以"醉里吴音相媚好"出之，表明这对翁妪老有所养，老有所乐，老来仍恩恩爱爱、亲密幸福；后辈对他们的敬重孝顺，也不言而喻。下片写三个男儿的劳动，词人是取用古乐府《相逢行》"大妇织绮罗，中妇织流黄，小妇无所为，挟瑟上高堂"的写法，宋人张侃《跋拣词》说："古乐府有《三息诗》，杜工部用于诗，辛待制用于词，各臻其妙。""三儿"，当是词人眼中有所见的三人物活动，意中有此人物关系的安排而已。非要死认这个家庭只五口人，翁妪和三个儿子，又当如何辩解翁妪已是"老公公、老婆婆"（某选本用语）级别的人物，而小儿子尚是儿童？其他儿子还未到婚娶年龄？或到了婚娶年龄还是单身？

这首词，并非全然写实。无须因"吴音"一词认定其是写江西上饶的农村，或是写江浙农村。春秋时代上饶虽属吴国，语音的影响到南宋时代到底还有多少？上饶地方音与"吴音"相去甚远。用"吴音"一词，是取其诗性之美。"吴音"具诗性之美，有着长期的历史文化心理认同。辛弃疾既精晓传统诗词中"吴音"的诗性情韵，又曾长期仕宦行旅于江浙等地，深有体会。词中特取众所周知的"吴音"的婉转柔美内涵，来表现翁妪的亲和力，极易唤起读者对其声情谐和的美感。至于"蛮音"，则缺乏这种诗性的美感，"蛮音"并不具体指南方哪一音，而且"蛮"的称呼容易唤起某一地域和民族情感上的不融洽、不和谐意识，则既与词的基调不合，也会对作为北方人的辛弃疾的精神境界造成贬损。

词中的景物环境，除了明写的茅檐、溪、青草，还有暗写的，其手法高明，耐人涵泳赏味。"大儿锄豆溪东"，农作物自然是一景；"溪东"之"东"字，很有一种田园诗境的包蕴。田地以东、南向阳之地为美，这在传统诗词中常常见到。本词"锄豆"事在于"东"，知稼穑也。于理不悖，则田园风味更显真淳，而且容易唤起读者对于诸如"东皋""东田""东坡""东篱""东园"之类田园诗境的联想，意趣无穷。"中儿正织鸡笼"，编制鸡笼，实已暗写了鸡，甚至可能是因鸡群增长的需要而进行的劳作。鸡是家禽的代表，也是农家副业的典型事物，并且它的存在和活动是农村一景，增添了浓郁的田园气息。"溪头卧剥莲蓬"，则暗示了荷。草且青青的时节，则莲叶正田田；莲蓬可剥，却还有莲花在开。如此景物环境，岂可视而不见乎？

　　景物的暗写既含蓄有味，又节省笔墨，是诗词创作三昧之法，读者品味时，万不可轻易弃之。

（李亮伟）

◇西江月·夜行黄沙道中

　　　明月别枝惊鹊，清风半夜鸣蝉。稻花香里说丰年，听取蛙声一片。　　七八个星天外，两三点雨山前。旧时茅店社林边，路转溪桥忽见。

　　辛弃疾之前，苏轼的《次韵蒋颖叔》和《杭州牡丹开时仆犹在常润周令作诗见寄次其韵复次一首送赴阙》两首诗中都有"月明惊鹊未安枝"句，非常明显，是化用曹操《短歌行》"月明星稀，乌鹊南飞。绕树三匝，何枝可依"的意象和意蕴，表现士人的一种漂泊情怀。辛弃疾的这首《西江月》词首句"明月别枝惊鹊"，从景象上看，确实与苏轼诗句非常相近。尽管辛弃疾的人生更有一种多年漂泊、归依无着的实情，在他的其他诗词中，亦可见这种实情所引发的苦闷、彷徨，但是在这首词中，细细品味，却丝毫不涉及这一情思。"明月别枝惊鹊"只在描绘一种景象，即作者夜行黄沙道中所见，如果说与苏轼诗句有联系，仅仅是景象的化用而已，与意蕴无关，倒是与王维《鸟鸣涧》"月出惊山鸟，时鸣春涧中"诗意更为接近。因为辛弃疾无疑是熟悉苏轼和王维的诗的，现在突然间看到明月出来惊动了路旁树枝上栖息的鹊鸟，这一新奇的景象令作者心灵为之一动，一下子凑泊了头脑中存储的苏轼和王维诗句的景象，于是很自然地产生了这一词句。

　　明月何以会使鸟鹊"惊"？让我们先看看下阕"七八个星天外，两三点雨山前"二句，原来当晚的天空并非一晴如洗，而是有一些较低的移动着的云团，但又不是遮蔽了天空的乌云。在云团之间的空罅处，时而能看见深邃的夜空中的一些星星。由于云层低，更加衬托出星星的遥远，所以给人以星星在"天外"的感觉。有的云团飘过作者行经的山前，还会突然间洒下一些雨来。这种夏日夜晚的景象，五代卢延让《松寺》不是也描绘过吗："两三条电欲为雨，七八个星犹在天。"语言简易，却天然真切。辛弃疾有会于心，于是妙手点化出了"七八个星天外，两三点雨山前"来，借用陈廷焯的话来评价，"的是夜景"（陈廷焯《词则·别调集》卷二）。

　　于是我们明白了，明月并非一直照耀着，而是云团移开时，月光陡然照射下来，暗与明突然间的变化，对比强烈，使得栖息的鹊鸟受了惊。倘若入夜以来明月便一直都照耀着，或明月缓缓升起，鸟儿是适应的，白居易《清夜琴兴》诗道"月出鸟栖尽"，就有这个道理。而周邦彦《蝶恋花》词"月皎惊鸟栖不定"，就符合我们所说的情形。因此，辛词写景有着极强的真实感，观察细致入微，胸中积淀又丰厚，加之大手笔，概括力强，"所见所闻，信手拈来，都呈异彩，总由笔力胜故也"（《词则·别调集》卷二）。

（李亮伟）

●党怀英（1134—1211），字世杰，号竹溪，奉符（今山东泰安）人。与辛弃疾同学。金世宗大定十年（1170）擢进士甲科。金章宗明昌、承安间自国子祭酒累擢至翰林学士承旨。卒谥文献。有《竹溪集》。

◇奉使行高邮道中二首（录一）

野雪来无际，风樯岸转迷。
潮吞淮泽小，云抱楚天低。
蹚踏船鸣浪，联翩路牵泥。
林鸟亦惊起，夜半傍人啼。

高邮，今属江苏，南宋时为淮南东路高邮军治所，隔楚州与金朝的山东东路、山东西路相望。诗人奉使南宋一事，《金史》本传、《大金国志·文学翰苑下》、赵秉文《中大夫翰林学士承旨文献党公神道碑》、元好问《中州集》小传均失载，而从其诗中看，诗人的确曾出使南宋，除本诗之外，其《宿宣湾》诗亦有"夜凉淮浦月，寂寞照边心"之句可参证。

"野雪来无际，风樯岸转迷。"诗人长期在朝廷翰林院供职，成天缠身于公文书牍之中，奉使出访，那心情自然格外快适。"野雪"的意象，可以看成是诗人快适心境的象征。"风樯"，正是同题第二首所写的"牵闲时掠水，帆饱不依桅"。它不仅写了顺风逆水行舟的情形，而且交代出诗人的观察点是在船上。"岸转迷"与首句"野雪来"所造成的天色转暗有关，同时暗示出时间——天色已经向晚，为末句的"夜半"埋下了伏笔。

"潮吞淮泽小，云抱楚天低"不失为名句。一是切合地理。淮泽，这里指淮水和高邮湖。据《读史方舆纪要·河南·淮水》记载，宋绍熙五年（金明昌五年，1194），黄河夺淮，淮水自洪泽湖以下主流合于运河，经高邮湖、江都进入长江。"潮吞淮泽小"五字，便简明精当地概括了这段地理变迁的事实。二是写出了诗人由北入南的第一印象："云抱楚天低。"云合天低，写出了南方天空的特有景观，而且包含着诗人初入南国的心理感受。以淮泽为"小"，以楚天为"低"，显示了诗人的胸襟阔大。

"蹲踏船鸣浪，联翩路牵泥"二句写使船在高邮水道中破浪前行的情形。"蹲踏"是浪击船头发出的声音，"联翩"描写纤夫拉船的阵形，悉为联绵词。同题第二首有"细雪吹仍急，凝云冻未开"之句，可见此时天空正飘洒着细雪，许是造成"路牵泥"的原因。

"林鸟亦惊起，夜半傍人啼"二句以林鸟夜啼来映衬诗人奉使出行，深入南宋时的紧张心情。"夜半"又与首联的天色"转迷"遥相呼应，形成首尾圆合的严谨格局，体现出诗人在结构上的独运匠心。

（周啸天）

●元好问（1190—1257），字裕之，秀容（今山西忻州）人。曾读书于山西遗山，因号遗山山人，世称元遗山。金宣宗兴定五年（1221）进士。官镇平、内乡、南阳等县县令。后入朝，历尚书省左司员外郎，入翰林，任知制诰。金亡不仕。有《遗山集》。又编金人诗为《中州集》十卷。

◇双调·骤雨打新荷

　　绿叶阴浓，遍池塘水阁，偏趁凉多。海榴初绽，妖艳喷香罗。老燕携雏弄语，有高柳鸣蝉相和。骤雨过，珍珠乱糁，打遍新荷。　　人生有几，念良辰美景，一梦初过。穷通前定，何用苦张罗。命友邀宾玩赏，对芳樽浅酌低歌。且酩酊，任他两轮日月，来往如梭。

　　这支曲子前半篇描写夏日园林美景，后半篇抒写作者乐天知命的隐逸情怀和莫负良辰美景的享乐思想。

　　中国古代的私家园林，富有山水田园景物，画境文心，多寄托着士人林泉之趣。自汉魏六朝唐宋以来，尽管私家园林的规模大小、景物繁简、自然与人工景物比例等各有不同，但不妨碍它成为满足士人赏悦美景、从事艺文、休闲雅居、调和仕隐矛盾等各种需要的绝佳场所，是士人的安乐窝。总观元好问诗词的山水之作，其中园林山水占较大比重，可以看出他对此种环境十分倾心。这应是出于多种原因。受传统园林文化的熏染自是不言而喻，而身处金元之际乱世社会，尤其使他渴求、耽乐于此境。他既有过游乐许多园林的经历和浓厚兴趣，又自有过多处山居、别业，如"卜筑欣成趣"，想象为"竹里蓝田山下，草阁百花潭上，千古占烟霞"的长寿山居，"卖书买得吕氏园"，拟"明年高筑野史亭，天已安排看山处"的鹿泉新居，"窗中远岫，舍后长松"的外家东园，"新斋淅江曲，山水穷放浪"的淅江野史亭，等等。有的可能十分寒俭，因地制宜，主要借山水田园自然景物，结茅筑庐，略葺亭阁，仅仅是一定程度园林化，精神的赏会却到极高境地，所以他应是最会、最能得其趣的人，善于审美。此首《骤雨打新荷》散曲，借夏日景物明丽优美，生发闲适之情，令人陶醉。"绿叶阴浓，遍池塘水阁，偏趁凉多。"夏日里，人最需要的是清凉。绿叶的浓阴，遍覆池塘、水阁。景清则目清、心清，阁中人的幽居闲畅，都在这景物中了。"凉"字下得好，非只是身体肌肤对天气的感受，视觉之清爽、心中之涤烦，也蕴含其中。此雅阁，无疑是中心建筑，与池塘、高柳等的布局，是固定不移的；而节候性景物方面，作者接着描绘了特定时间内"海榴初绽，妖艳喷香罗。老燕携雏弄语，有高柳鸣蝉相和"，有色彩夺目的海榴花、燕语蝉声之交响乐等。最为吸引人眼球的，是"骤雨过，珍珠乱糁，打遍新荷"，它描绘出夏日里天气突然变化带来的眼前瞬间美景：晶亮豆大的雨点，像珍珠般撒下，打在阁前池塘中的新荷上。此神来之笔，似从东坡"白雨跳珠乱入船"诗意化出，而又更具一种适合此处园林环境的赏悦之美，天然清新，十分淡雅。此曲牌本名《小圣乐》，就是因为这三句脍炙人口，人们易之为《骤雨打新荷》。

"情知春草池塘句，不到柴烟粪火边"（元好问《论诗三首》），只要写到山水景物闲适之乐，便多雅致。诗词如此，散曲未尝不如此。此曲景中情味，甚为浓至。有此景此趣，下半篇之情怀和思想的直接抒写，便很自然顺畅。词意甚明，已无须笔者饶舌。

（李亮伟）

◇山居二首（录一）

斜阳高树挂晴虹，萧萧微凉雨气中。
一道鹭莺花不断，蜜香吹满马头风。

"斜阳高树挂晴虹"写山雨初霁的天空——太阳已经西斜，雨过天晴，高高的树头山巅之上，飞驾起绚烂的长虹，赏心悦目。"斜阳""高树""晴虹"都给人以异常高爽之感，让人心胸怡畅。"萧萧微凉雨气中"写雨后空气的清新——清风裹挟着雨后的湿润，山行中人，真有"萧萧微凉"的感觉，诗人的步履该是多么轻松而愉快。

"一道鹭莺花不断"写途中观赏所得。"一道""不断"联系起"鹭莺""花"。鹭即白鹭、鹭莺，写鹭实际就暗写了水、鱼；"莺"即黄莺、黄鹂。两句描绘的是白鹭在戏水捕鱼，黄鹂在树头花间娇啼，组成了一幅优美和谐的画卷，形成了一组动听的乐章。山居之乐，可想而知。

"蜜香吹满马头风"侧重写嗅觉。从"马头风"三字可见诗人是骑乘出游，移步换景间，有轻风向马头吹来，夹带着鲜花的阵阵芬芳。"密"字、"满"字，写出了花之繁，香之浓，风之爽。全诗从视觉、感觉、听觉、嗅觉等不同角度着笔，提供给读者的信息是丰富的，展示的空间是多维的。

（周啸天）

●白朴（1226—1306以后），字仁甫、太素，号兰谷先生。陕州（今山西河曲）人。后居真定（今河北正定）。金亡入元不仕，浪迹山水。与关汉卿、马致远、郑光祖并称"元曲四大家"。

◇双调·沉醉东风

　　黄芦岸白蘋渡口，绿杨堤红蓼滩头。虽无刎颈交，却有忘机友，点秋江白鹭沙鸥。傲杀人间万户侯，不识字烟波钓叟。

　　元代文人多尚隐，无论渔隐、樵隐、耕隐，都是他们赞美的。要想说明隐逸的好处，表现对元统治者的不满和对功名利禄的鄙弃，便尽最大的努力去发现山水之美，寄情山水之间，以散曲等文学形式和语言艺术来表现它。隐逸情调的浓郁，是元代山水散曲的时代特征之一。

　　这支曲子写美丽的山水环境中的渔夫情操，表现了高蹈志趣。

　　"黄芦岸白蘋渡口，绿杨堤红蓼滩头"二句展示了秋日里广袤的水边的美丽景色：黄芦、绿杨，岸上景物；白蘋、红蓼，水中景物。高低相映，色彩缤纷，如诗似画。渔夫就活动在这个美丽清纯的天地间。

　　"虽无刎颈交，却有忘机友，点秋江白鹭沙鸥"三句是说，渔夫并不孤独，他虽没有像廉颇、蔺相如那样初因功名不和，而后互相谅解成为生死之交的朋友，但他有更为纯洁的互无巧诈、伤害之心的朋友——那些点染着秋江的白鹭、沙鸥。用了"鸥鹭忘机"之典，出自《列子·黄帝》。白鹭、沙鸥，是淡泊名利的善良者的盟友，李白诗"明朝拂衣去，永与海鸥群"（《赠王判官时余归隐居庐山屏风叠》），刘长卿诗"谁念沧洲吏，忘机鸥鸟群"（《送路少府使东京便应制举》），黄庭坚诗"万里归船弄长笛，此心吾与白鸥盟"（《登快阁》），辛弃疾词"凡我同盟鸥鹭，今日既盟之后，来往莫相猜"（《水调歌头》），等等，古人已用甚广，而鸥、鹭作为水边之物，此曲以写渔隐，最为贴切。又"点"字极活，尤具神韵，有点缀、点染、点破等意，从"鱼翻藻鉴，鹭点烟汀"（苏轼《行香子》）等化来。

"傲杀人间万户侯，不识字烟波钓叟"，道出渔夫的高尚品质和人格。"不识字烟波钓叟"却"傲杀人间万户侯"，何等傲世独立！此钓叟非不识字，称"不识字"者，便卸却了名利，不以世事为怀，做真渔父，无忧无虑，与山水最相亲和。后来白贲有一首［正宫·鹦鹉曲］，可与这支曲做一下对比："侬家鹦鹉洲边住，是个不识字渔父。浪花中一叶扁舟，睡煞江南烟雨。觉来时满眼青山，抖擞绿蓑归去。算从前错怨天公，甚也有安排我处。"此曲影响甚大，和者众多。曲中亦称"不识字"，但因"算从前错怨天公"而显得语近谐谑、自嘲，有怨愤气，看来作者经历过挫折，未似白朴早早绝意仕途，洁身自守。白朴年轻时曾有人屡荐其出仕，他都拒绝了，而长期漫游南北山水。结合他的［中吕·阳春曲］《知己》"张良辞汉全身计，范蠡归湖远害机，乐山乐水总相宜"，正可见其思想意识。

元人的渔隐情怀，就是山水情怀，大量地反映在山水诗、山水词、山水散曲、山水画中。其旨趣，既秉承了前代渔隐文化的精神，也融入了元代文人的寄寓和审美追求。元代山水散曲大量写南方山水，原来南方山水为渔隐提供了极为便当的现实素材，从而成为渔隐之乐的依托。我们欣赏元人以渔隐为题材的山水散曲时，不妨结合品味流传至今的如吴镇的《渔父图》《秋江渔隐图》《洞庭渔隐图》、赵雍的《松溪钓艇图》、唐棣的《霜浦归渔图》、王蒙的《花溪渔隐图》等山水画，会发现它们的意境那么相通，一般都充盈着一股清逸之气。同时，我们还可从意趣、意境、构图、设色等方面注意山水散曲与山水画艺术手法的相互借鉴。

（李亮伟）

●张养浩（1270—1329），字希孟，号云庄，济南（今属山东）人。元武宗至大年间曾拜监察御史，上疏论时政，为权要所忌，当即罢官。仁宗即位，召为右司都事，官至礼部尚书，参议中书省事。有《云庄休居自适小乐府》。

◇双调·雁儿落兼得胜令

　　云来山更佳，云去山如画。山因云晦明，云共山高下。倚仗立云沙，回首见山家。野鹿眠山草，山猿戏野花。云霞，我爱山无价。看时行踏，云山也爱咱。

　　读此曲，首先应知张养浩于山水诸般景物之中，特爱云。养浩别墅即号"云庄"，在历城西北十里。玩其散曲，爱云之心频见，如"俺住云水屋三间"（［双调·雁儿落兼得胜令］），"共白云往来山水间"（［越调·寨儿令］），"一片闲云无拘系"（［中吕·普天乐］《闲居》），"湖山佳处屋两间，掩映垂杨岸。满地白云，东风吹散，却遮了一半山"（［中吕·朝天曲］），"向鹊华庄把白云种"（［双调·庆东原］），"白云深处结团茅"（［中吕·喜春来］），"归来闲枕白云卧"（［中吕·山坡羊］），等等。云，自由，轻灵，多姿多彩，简直就是他的人生追求的象征。在他的一百六十余首散曲中，用到与山水景物有关的"云"字，即不下五十处。诗文中亦甚多。故养浩笔下的"云"意象，或潇洒闲远，或雅洁旷淡，或绚烂美丽，乃其性情所好，并与他的人生相系，得到了人们的认同，葛万里《别号录》说，于张养浩即着一"云"字。

其次应知在古代文人心目中，云生有处，着有处。今日读者，或问：何处无云？答曰：云虽随处可见，然而城市上空之云，与山水间之云，就是有不同的审美内涵。陶弘景《诏问山中何所有赋诗以答》说："山中何所有，岭上多白云。只可自怡悦，不堪持赠君。"历代爱云、咏云者不计其数，元曲家汤式道："陆士衡酝酿做文章，王摩诘收拾在肺腑，狄仁杰迤逗出嗟吁。……但能够青山共居，白云共锄，才与云山做得主。"（［南吕·一枝花］《云山图为储公子赋》）

明白上述两点，可以品味张养浩此曲矣。然已无须细表。此曲把云、山描绘得美丽无比，总共才五十六字，却用了七个"云"字，九个"山"字。云、山是其主要意象，由它们组合并与其他山水景物配搭，姿态横生，构成美妙的佳致和意境。这也是作者爱极云、山，平时观察细微，而咏时毫不着力，兴象高远，情致悠闲的再现。隐逸的情调，洋溢其间。

（李亮伟）

●傅若金（1304—1342），初字汝砺，揭傒斯为其改字与砺，新喻（今江西新余）人。以异才荐，佐使安南，归除广州文学教授。有《傅与砺诗文集》。

◇衡湘驿

烽火连诸郡，旌旗转百蛮。

野莺先客至，江雁及春还。

吴楚青天迥，潇湘白日闲。

登临慰怀抱，况复近乡关。

这首诗当是傅若金出使安南回到衡湘驿时的作品，诗中描写了在驿站见到的春天景色，表现了渐近故乡时的喜悦情怀，诗风简洁洗练，清新明快。

在元代，为了加强统治，驿站建设相当完备，全国有一千五百多处，为往来的官员、军队提供居住、饮食和转运的便利。衡湘驿就是其中之一，在湖南衡阳附近，是从中原通往广州、安南的要冲，地位十分重要。诗歌的题目是《衡湘驿》，但首联并不从驿站入手，而是从远处落笔，先交代来驿站的原因："烽火连诸郡，旌旗转百蛮。"当时，安南诸郡正在发生战争，元朝派遣使者前往诏谕，诗人就是使者之一。

"烽火",即战争。"旌旗",犹旌节,乃使者所持的旗帜和信物。"百蛮",出《诗经·大雅·韩奕》:"以先祖受命,因时百蛮。"指与华夏对称的诸少数民族,此特指安南诸郡的各种南方少数民族。前句一个"连"字,说明了安南诸郡正是遍地烽火之际,战争普遍而又激烈,后句一个"转"字,分明见出使者们出入于战火之中,到各处诏谕的情景。两句高度概括,把这样广大的地区和复杂的情事,包括自己来衡湘驿之由,都交代得清清楚楚。其中烽烟滚滚、旌旗飘扬的战争景象,又使诗歌一开始就显得气势雄壮,发端十分有力,这和下面即将描写的和平宁静的气氛适成对照。刘坡公《学诗百法》说:"起笔时尤以来势突兀为胜,若一涉平淡,便觉句法不挺矣。"这两句堪称"来势突兀",起得劲挺不凡。

中间两联,是作者来到衡湘驿登高眺望时,见到的春天景色,由近而远,渐次推开。颔联"野莺先客至,江雁及春还",是写近景。诗人看到树间的黄莺正在飞来飞去,清脆地鸣啭;江边的大雁也在趁着美好的春天,互相呼唤,向北飞还。这春天的南国风光是多么美好啊!诗人刚从战火纷飞的远地归来,看到这些情景,自然是一种很好的慰藉。诗中"先客至""及春还",把黄莺和大雁写得很有情意;仿佛黄莺是和诗人一道从南方结伴归来的,但它却比诗人跑得快,先他而至了;大雁更是非常懂得节候,刚到春天就及时回去了。这样描写,不仅融情于景,使自然景物带上了强烈的感情色彩,而且也因景见情,含蓄地传达出诗人希望早日归家的迫切心情,画意诗情,十分生动。颈联"吴楚青天迥,潇湘白日闲",是写远景。由于江雁归飞的导引,诗人的视线转向了更为辽阔的空间。看吧,那吴、楚之地的天空,是多么晴朗而高远;潇水和湘江两条河流,在白日的映照下,显得明澈而又安静。这真是一幅绝妙的江山平远图,它从淡淡的勾勒中,传出了平和、宁静而又清新明媚的气息，让人领略到春光的美好。如果说颔联中诗人还多少带着一点从战乱中归来的行色匆匆之意，那么到颈联中，这种匆匆之意也早已被春光净化，心情变得舒畅而又熨帖了。这两联写景，明丽如画，真切动人，而且由近而远，富于变化，特别是颈联景象十分开阔，更加拓展了诗意。

尾联"登临慰怀抱，况复近乡关"，才正面点题，说明作者正在衡湘驿的高处登眺，那映入眼帘的一切是这般美好，给人以深深的安慰。同时，也流露出作者庆幸自己从战乱中平安归来之意。最后一句"况复近乡关"又把意思推进了一层，衡湘驿离诗人的家乡新喻不远，很快就可以到家了。"况复"二字中，隐含着万分欣喜之情。这最后一联，是对全诗的自然的结束，但又一波三折，寓意丰富，给读者留下了品尝不尽的余味。

这是一首五言律诗，第一联本可不用对偶，但作者却用了对偶，一开始就给人以格律精严的感觉。并且，前三联的对偶都十分工整，字字精当且自然，充分显示出作者语言文字上的深厚功力。全篇以对起，以散结，与"言有尽而意无穷"的诗情正相吻合，形式与内容有机统一。

（管遗瑞）

●高启（1336—1374），字季迪，长洲（今江苏苏州）人。元末隐
居吴淞青丘，自号青丘子。与杨基、张羽、徐贲并称"吴中四杰"。洪武
初，召修《元史》，授翰林院国史编修。拜户部侍郎，不受。后被明太祖
借故腰斩。有《高太史大全集》。

◇水上盥手

盥手爱春水，水香手应绿。

沄沄细浪起，杳杳惊鱼伏。

惆怅坐沙边，流花去难掬。

这是一首别致的惜春曲。说它别致，是因为其所表现的情感是普遍
的，而形式是独特的。诗写行人在途中到水边盥手，由所见而有所感。
显然，行人到水边去，并不是因为手脏的缘故，而是因为"春来江水
绿如蓝"，引得人顿生童心，盥手一半是为了玩玩的缘故。"盥手爱
春水"可不正是"爱春水而盥手"的倒装吗？

"水香手应绿"，这是一个妙句。"香"字、"绿"字皆为诗眼。
本来是水碧如染，却使盥手人产生一个错觉，似乎手浸在水中也被染绿
了；本来是水上花香，行人却误以为水香，则会怀疑他的手也被染香
了。"水香手应绿"包含这样两重含义，句中"香""绿"分别相对于

"水""手"而言，有互文的意味，可见无论是"水香手应香"或"水绿手应绿"，都不能完全替代它，故为佳句。

"泛泛细浪起，杳杳惊鱼伏。"行人走到水边先看到鱼游春水，从容自乐的景观。当他俯身弄水，水面就起了粼粼细浪，鱼群受到惊扰，一忽儿就潜进深水中去了。字里行间，可以感到行人有点儿遗憾的感觉，似乎觉得不该扰乱了鱼群和平宁静的生活。这时忽然又看到另一景物，更增加了他的惆怅。

"惆怅坐沙边，流花去难掬。"这时从水的上游漂浮下片片落红，使行人想起了这已是暮春三月。那逐水漂流的落花，使他产生无限的遐想。也许他会想到水的上游有夹岸桃花，及桃林尽头有可爱的园田；无疑他也会悼念落红，生出惜春的情绪。他坐在沙边，默默出神。"流花去难掬"不仅是说落花漂流离岸有点远，手捧不到，所以令人惋惜；更深的一层意思却是说流光容易把人抛，飞絮落花时节，春去难留啊。即使掬来落花，又能怎样呢？

惜春伤逝，是古代诗人常写的题材，本篇写得却不落俗套。它从生活中一个偶发情节写起，饶有兴味地生发，自然引入惜春情绪，可说是渐入佳境。

（周啸天）

◇寻胡隐君

渡水复渡水，看花还看花。

春风江上路，不觉到君家。

　　这首诗写作者去访问友人，一位姓胡的隐士，但诗中并没有写这位隐士的生活情况，而是饶有兴致地写一路上领略到的春光，一道道水，一簇簇花，一阵阵春风，仿佛他是全心全意在春游似的，令人不知他意在寻春还是"寻胡隐君"。这是诗趣所在。

　　从"渡水复渡水，看花还看花"两句，可知到胡隐君家路途不近，然而一路风光却非常幽美。"渡水""看花"，实在是太简略的叙写，然而通过叠句法，却能给人以山重水复、柳暗花明的繁复与变化之感；"复""还"字的勾勒，给人"总想看个够，总也看不够"的感觉，而不是厌倦其多。第三句展现了一条路，即到胡家的路。"春风江上"的定语，概括地点出了时间和环境。要不断地渡水过桥，可见那江是曲曲弯弯的，路也是曲曲弯弯的，并不径直。行人一点也不必为行程发愁，一路的春光已足以消除他的疲劳。

只有这三句，这首诗还算不得好诗，最妙的还在三句之后，"不觉到君家"这一句。它不仅是说，因为看花看水，不知不觉来到胡家，一点儿也不感觉路远，而且意味着诗人到了胡家才回过神来，仿佛直到这时他还没有看够似的，几乎已经忘了此行的目的是什么。

《世说新语·任诞》记载：晋代名士王子猷，居山阴，雪夜思念友人戴逵，遂连夜乘船往，经一夜到达，不见戴而返，说什么"吾本乘兴而行，兴尽而返，何必见戴！"其实，八成是因剡中雪月并明，转移了王子猷的兴趣，才造成了这一任诞之举。而本篇的抒情主人公，虽然没有中止访友行动，但兴趣转移，却与那个故事同旨。"不觉到君家"，突然换了第二人称语气，似乎是和胡隐君见面后寒暄的话。他一面说着"不觉到君家"，一面还在为沿途的风光兴奋不已，这情景就活现在读者面前似的。

（周啸天）

●杨基（1326—1378后），字孟载，号眉庵。原籍嘉州（今四川乐山），生长于吴县（今江苏苏州）。初为张士诚幕僚。明初官至山西按察使，后谪罚输作，卒于工所。为"吴中四杰"之一。有《眉庵集》。

◇岳阳楼

春色醉巴陵，阑干落洞庭。
水吞三楚白，山接九疑青。
空阔鱼龙舞，娉婷帝子灵。
何人夜吹笛，风急雨冥冥。

巴陵本指古岳州，即今湖南岳阳市，岳阳楼便建在城西楼上，李太白诗云："巴陵无限酒，醉杀洞庭秋。"（《陪侍郎叔游洞庭醉后三首》其一）诗仙幸逢大赦归来，醉眼朦胧之间，竟将洞庭湖水当成美酒，将满目秋色幻想成醉汉的酡颜。杨诗首联"春色醉巴陵，阑干落洞庭"即从此化出，不过他写的是洞庭之春。诗人驰骋想象，描写了洞庭之春的"醉态"，似乎步履蹒跚、飘飘莅临。"阑干"意为参差错杂，形象地描画出洞庭春色的斑驳纵横。此外，动词"落"也用得活脱、传神，好像春色是喝了酒醉倒在洞庭湖中的。一开端的拟人化笔墨就赋予诗歌以浪漫风格和神异情调。

　　"水吞三楚白，山接九疑青"二句中"白水""青山"被颠倒、拆用，凸显了粼粼波光、如黛山色，表现出湖光山色的浩荡、空蒙，乃重"势"而不重"色"。上句的一个"白"字突出洞庭湖清波万顷、苍茫无涯的水势。"吞"是拟人化手法，极写湖面之开阔；"三楚"指东、西、南楚。洞庭置于其间，一览无垠，水波浩渺，似与楚地相吞吐，远远望去白茫茫一片，浑然莫辨。正是"雄三楚，吞七泽，隘九州"（张孝祥），"衔远山，吞长江，浩浩汤汤，横无际涯"（范仲淹）。洞庭湖区除著名的君山之外，尚有团山、赤山等，绵延不绝，一直与九嶷（也作"九疑"）山相连。只一个"接"字，化静为动，表现了青翠山峦重重叠叠，和谐浑成，一派生机。

　　九疑又名苍梧（今湖南宁远南），传说中舜帝葬身于此，"空阔鱼龙舞，娉婷帝子灵"二句运用舜帝与二妃的传说。据说舜南巡不归，二妃——娥皇、女英姊妹闻讯追寻，为洞庭君山阻隔，于是泪洒斑竹、身溺湘江，从此精魂不散，徜徉于洞庭之渊、潇湘之浦。杨基用此典意在张扬美丽洞庭的神奇非凡。"何人夜吹笛，风急雨冥冥。"全诗结语，无论就格调还是意境都别开一番境界。急风吹雨，虽不乏悍勇之势，但笛声悲婉，是在高亢的情调中平添一段苍凉。笛里愁怨缘何而起？又怎样引起诗人的共鸣？究里当是各人心灵的秘密，无须挑明，感人自深。江畔楼头，风雨大作之夜，正是人们躲进个人小天地独享快乐的时候，到底是怨笛招来了满天风雨，还是情随境迁，任风雨勾起那吹笛人的如潮思绪？个中情形，恰似那如泣如诉的笛声，余音袅袅，不绝如缕，让读者自己去咀嚼、去品味。

（秦岭梅）

●高棅（1350—1423），一名廷礼，字彦恢，号漫士，福建长乐（今福州市长乐区）人。永乐初，征为翰林待诏，后升典籍。论诗主唐音。编《唐诗品汇》，影响颇大。有《啸台集》《木天清气集》。

◇峤屿春潮

瀛洲见海色，潮来如风雨。
初日照寒涛，春声在孤屿。
飞帆落镜中，望入桃花去。

这首诗是作者在海岛观潮之作。"峤"指尖峭的高山，"屿"指海中山岛。"峤屿"在诗中指海边的一个孤岛。潮涨之时，"海上涛头一线来，楼前指顾雪成堆"（苏轼），是十分壮观的。全诗六句分三层写来。

"瀛洲见海色，潮来如风雨。"《史记·秦始皇本纪》："齐人徐市等上书，言海中有三神山，名曰蓬莱、方丈、瀛洲，仙人居之。"诗中以"瀛洲"代称海岛，便写出了诗人观潮时飘飘欲仙的感受。"海色"指大海的景观，此处特指春潮。潮水到来时，是浪头连成一线，一浪紧追一浪而来，声势雷动。本来没有风雨，看上去，听起来，都使人疑心风雨大作，特别是浪头打在山崖上，轰响如雷，而飞沫满空，尤似风雨。

"初日照寒涛，春声在孤屿。"这是诗中骈偶的佳句。潮水涨落一般白天晚上各有一次，故称"潮汐"。"初日"二字正见春潮方兴未艾，煞是好看。而初临海上的旭日，光线不强烈，由于海雾蒸腾，还有几分惨淡的感觉。潮水的涛头本来就是雪白如群鹭齐飞、万马奔腾，在淡薄的日光照射下，更显得耀眼地白。白色与寒冷构成通感。"初日照寒涛"之妙，在于它不仅写出了潮的壮观，还写出了景象导致降温的错觉，但观潮者并不因寒冷之感而觉得身在严冬，海上雪浪翻卷，如冰山崩融，简直就是在宣布着春天的消息。那风吹雷动的声音，不正像是惊蛰的春雨吗？"春声在孤屿"，妙在一个"在"字，本来春天的来临，消息遍地都是，这个"在"字却把它限于一个"孤屿"，这就写出了诗人率先占春的强烈的主观感觉。从另一角度说，这潮水造成的"春声"，不正是钟于此岛吗？一个"在"字又并非无理。

"飞帆落镜中，望入桃花去。"结尾突然出现了小舟飞驶海面的奇景，那可能是诗人所见，也可能就是诗人乘舟离岛归陆。那船儿必然是顺着潮水方向而行，故有如"飞"的感觉。别看涛头这样大，但因为它的运动很有规律、秩序，舟驰海上仍有平稳的感觉，故"飞帆落镜中"是从体验生出的诗句。末句不径言归陆，却由桃花着想，写作"望入桃花去"，这分明又有一重暗喻，即诗人觉得那小舟载着人，将驶到一个桃源仙境。这就与篇首"瀛洲"映带，令人神往。

诗仅六句，前两句和后两句均为散行，中间两句对仗。其体制较绝句为有余，比律诗则不足。诗人既不减之为绝句，亦不增之作律诗，是因为这样写恰到好处。唐人祖咏应试赋《望终南余雪》，按规矩至少应写八句，但他只写四句，言"意尽而止"，其诗竟成名作，历代传为佳话。诗到好处，一句增减不得，古人往往如此。

（周啸天）

●蓝仁（生卒年不详），字静之，明崇安（今福建武夷山）人。元末不应试，一意为诗。后辟武夷书院山长，明初随例徙临濠（今安徽凤阳），不久放归。洪武七年（1374）一度出仕。有《蓝山集》六卷。

◇暮归山中

暮归山已昏，濯足月在涧。
衡门栖鹊定，暗树流萤乱。
妻孥候我至，明灯共蔬饭。
伫立松桂凉，疏星隔河汉。

本篇写山居生活片段，田园风味甚浓。

从诗中景物看，这是一个秋初的傍晚，诗人外出归来。天色已"暮"，而入山之后光线更幽暗，"暮归山已昏"，"昏"与"暮"二字辨味很细。次句写"濯足"，肯定不是"沧浪之水浊兮，可以濯我足"（《孺子歌》）那个意思，也不应是因脚弄脏的缘故——那可以回家去洗。想必是回家路上要经过一个山涧，或许本来就要蹚水，或许是月色在水里太诱人的缘故，使得作者"当流赤足踏涧石"（韩愈），享受到泉水清凉的抚慰。颔联"衡门栖鹊定，暗树流萤乱"，写的是到家时分的景色。从"栖鹊""流萤"等景物看，较上联所写已有一段时间间隔，这时夜幕降临已很久了。"栖鹊定"与"流萤乱"，这一"定"一"乱"，一静一动，相映成趣，下字十分准确，是句中字眼。

颈联写与家人一起吃饭，极富乡间生活气息。看来饭菜早做好了，小孩子家早就巴巴地盼着吃饭，但爸爸没回来，妈妈不让吃。"妻孥候我至"的"候我"二字，写出亲人的期待关切，以及既至后应有的高兴。所以"明灯共蔬饭"一句平平叙来，晚饭一起吃，有无限天伦之乐洋溢句中。"明灯"二字写山居灯火，实在有主观感情色彩的作用，足见其心情的愉快。饭罢，踱出室外站在松树桂树下，天气是已"凉"未寒，十分宜人。仰观天象，只见"疏星隔河汉"。那隔河汉的疏星，特指牵牛织女星。于是读者得到一个暗示，七夕将近，但还未到来，所以牛郎、织女一时还无法相会。作者望着星空，也许在替他们祝福，间接地表达了对自己能享受天伦之乐的知足。

诗按时间顺序，从容写来，取景幽静，用字精细，极有生活趣味，末尾的一笔似有意无意中提高了意境。

（周啸天）

●杨荣（1371—1440），字勉仁，福建建安（今福建建瓯）人。明惠帝建文二年（1400）进士，授翰林编修。洪熙元年（1425）时累官工部尚书。宣德五年（1430）进少傅，正统三年（1438）进少师，五年卒。赠太师，谥文敏。为"台阁体"诗人。

◇江西旅怀

客梦家千里，乡心柳万条。
片云遮海峤，一雨送江潮。
恋阙绯袍在，怀人尺素遥。
春光看又晚，何处灞陵桥。

本篇写于作者宦达之前，自抒旅食江西思乡感离的情绪。

本篇一起便用对仗："客梦家千里，乡心柳万条。"紧扣题面写思家情怀。纯粹诗的语言，使此十字容量很大，正因为在千里之外，有家难回，才有此魂牵梦萦之事，正所谓"枕上片时春梦中，行尽江南数千里"（岑参）。上句的"梦"字是关键，下句则以"柳"字为枢纽。它不仅显示出这是在一个春天，而且是牵引起"乡心"的一个契机。"柳万条"便使人想起离别之事，而平添愁绪，正所谓"无事将心系柳条"（李益）。这句直启"旅怀"，遥接篇末"灞陵桥"云云，读时应予留意。

"片云遮海峤，一雨送江潮。"此联写景，为诗中警策语。估计诗人在钱塘江上，这里离闽中建安约千里之遥，且有著名的钱塘潮，在江上景物中，诗人仅选择了"片云""一雨""江潮"这些能显示气候的意象，可谓大处落墨。由"片云"联想到"遮海峤"（此指闽峤，即诗人故乡），暗示了诗人的视线方向和思故乡念当归的殷切心情。"江潮"本是应时而至，与晴雨无关，但刚才下过雨，江中水量较平时为多，故潮水显得特别大，故云"一雨送江潮"，可谓妙于写景。同时江潮有信，古人往往用来反形游子归家无期，故此景中仍含有意味，妙在水中着盐，无迹可求。

"恋阙绨袍在，怀人尺素遥。"这两句给读者暗示了作者羁旅不归的原因，是因为渴望功名，感念知遇之恩。虽然他所怀之人不易详考，但可以肯定对方是一位先达的友人。《史记·范雎蔡泽列传》载：范雎与须贾积怨后入秦为相，遇须贾出使秦国，范雎便装成穷人去见他。须贾动了恻隐之心，赠之以绨袍（粗厚的丝绸官袍），遂释前嫌。后人常用"绨袍"典故指贫寒中受人接济。"尺素"是一尺左右的绢帛，古人用作书写文具，故常为书信的代称。这两句在诗中作为与乡思相对的思想感情，它的加入十分重要。它丰富了诗的内涵，也使抒情主人公性格更加温润。

"春光看又晚，何处灞陵桥。"最后两句仍绾合到旅情上来，与"乡心柳万条"句呼应。《三辅黄图》云："灞桥在长安东，跨水作桥。汉人送客至此桥，折柳赠别。"古诗词中常代用为送客远行之处。这里诗情由乡思转移到伤离，而这"灞陵桥"应指在当时南京与故人分手的地方。

综上四层，读者可以看到这样一个人物形象：他是热心仕宦功名的，但还没有找到归宿，所以有些惶惶不可终日；他很想念故乡，偏偏又不安心回去；他希望能得到援引，故又十分恋旧。"春光看又晚"就十分形象地写出了他那唯恐后时的心理。

（周啸天）

●沈明臣（1518—1595），字嘉则，鄞县（今浙江宁波市鄞州区）人。少为博士弟子员。胡宗宪督师平倭，偕徐渭入胡幕府。后浪迹湖海，殁于里中。有《丰对楼诗选》四十三卷。

◇萧皋别业竹枝词十首（录一）

青黄梅气暖凉天，红白花开正种田。
燕子巢边泥带水，鹁鸪声里雨如烟。

《竹枝词》本出巴渝民歌，带有浓厚的乡土气息和地方风味。自唐代刘禹锡以来，仿作者极多，大都用来写一方风土人情及城乡风光，形成七言绝句中一大专题。"萧皋别业"是作者友人李宾父的别墅名称，本篇就写江南梅雨季节当地农村景象。其韵味和宋人翁卷的《乡村四月》颇为接近："绿遍山原白满川，子规声里雨如烟。乡村四月闲人少，才了蚕桑又插田。"然而对比玩味，沈明臣本篇自有新意。

"青黄梅气暖凉天，红白花开正种田。"开篇两句描绘萧皋别业所在的郊野春光，就有美不胜收之感。与翁诗的"绿满山原白满川"比较，更为色彩绚丽。显然沈诗所写的不是初夏四月的乡村，而是春二三月的乡村。这里排开了"青""黄""红""白"四种色彩，较翁诗的

"绿""白"，色彩的冷暖变化更大。

"青黄梅""红白花""暖凉天"是三个结构相同的排比的片语。每个片语中的名词性主语前，都有两个不同甚至对立的形容词（"青""黄"是不同色，而"红""白"是对比色，"暖""凉"是对立感觉），它们恰到好处地写出了乍暖还寒的早春天气及相应的景物特征：桃李刚刚开花，而梅子尚小，黄里带青。这里辨味之细，只有晚唐韩偓绝句差可仿佛。

诗人下字也很精确，如果在别人笔下，首句也许是"青黄梅子"而不是"青黄梅气"。"气"字多么虚，感得到，摸不着。前两句之妙，就在于不仅写出了视觉色彩，还比翁诗多写出了人的感觉（冷暖）。这时还不是农忙时节，没有"才了蚕桑又插田"那么紧张，只道"正种田"，多么从容。

"燕子巢边泥带水，鹁鸪声里雨如烟。"最惹人喜爱的是后一句，它在感觉、视觉形象外又添了听觉——雨声和鹁鸪声。然而，它毕竟是有意无意落到了翁卷那个得意之句的窠臼里。不过这里不是"子规声"，因为子规是迎春的鸟儿。鹁鸪羽毛黑褐而胸部淡红，喜欢在春雨中鸣叫。在一片迷蒙的烟雨中，鹁鸪柔声呼侣，倍觉迷人。

沈诗的独创性，尤见于"燕子巢边泥带水"一句。前人咏燕之作多矣，谁曾拈出"泥带水"三字？那是来源于生活观察的一个发现。"芹泥雨润"，使得燕子窝边的泥土湿漉漉的。"泥带水"不是"拖泥带水"，而是一个充满生气的形象，因为这是春雨，是好雨、喜雨。"晓看红湿处，花重锦官城"是杜甫的奇妙发现，"燕子巢边泥带水"则是沈明臣的奇妙发现。

翁卷的《乡村四月》在形式上是四句散行的，而沈明臣本篇则以骈句为主。它不仅前两句对结，后两句有三个排比片语，同时上下句也似对非对，这就使它在形式上更有锦绣成文之感，这正是春天给人的感觉，而不是初夏给人的感觉。

（周啸天）

●孙承宗（1563—1638），字稚绳，号恺阳，明保定高阳（今属河北）人。万历三十二年（1604）一甲二名进士，授翰林院编修。天启二年（1622）官兵部尚书，兼东阁大学士，奉命督师山海关及蓟辽、天津、登莱诸处军务。十一年，清兵深入畿南，守高阳，城陷，自缢死。有《高阳诗集》八卷。

◇渔家

　　呵冻提篙手未苏，满船凉月雪模糊。
　　画家不解渔家苦，好作寒江钓雪图。

　　自从柳宗元写出《江雪》"孤舟蓑笠翁，独钓寒江雪"之后，画家们常常以渔翁入画，而形象大都不出柳诗所写的范畴。如五代赵干《江行初雪图卷》、宋代王诜《渔村小雪图卷》、明代朱端《钓雪图轴》等，即著名的画例。因为柳宗元诗是寓言身世之作，并不客观反映渔民一般的生活情况，所以"寒江钓雪图"也大都反映文人的审美情趣，而并不反映渔民苦乐。孙承宗这篇论图之作便是有感而发，批评文人画中脱离现实的倾向。

　　"呵冻提篙手未苏，满船凉月雪模糊"两句勾勒了一幅很现实的渔家冬景图。因为地冻天寒，渔民为生计很早就起身撑船，手指僵直，

提篙很费劲，不得不频频向手心呵气取暖。侵晓的残月，将余晖洒了一船，明晃晃的。仔细一看，原来船身已覆盖了一层雪。这幅图景很典型，可以窥斑见豹，反映出渔民的辛苦。它本身也饶有画意。背景仍是"江雪"，人物仍是"渔翁"，但趣味完全不同。可以想象，如果某位画家照孙承宗的构思画一幅"江雪"什么的，准不错。可偏偏没人这样做，其原因何在呢？

　　"画家不解渔家苦，好作寒江钓雪图。"这里的原因有两个：一是作家的思想、生活与渔家隔膜。由于不深入生活，他们也就不了解渔民的思想感情。和古代田园诗人常犯的毛病一样，用自己的主观情趣取代对象实际情感，就像鲁迅在《风波》中讽刺的，明明是很清贫的农村图景，"河里驶过文人的酒船，文豪见了，大发诗兴说：'无思无虑，这真是田家乐啊！'"一是作家在艺术上的因袭，完全照抄前人的构思，实际上成为一种偷懒取巧的行为。柳宗元《江雪》以寓言为象征，写个人孤傲的品格，实在不坏。第一个想到要将他的诗意作成画卷的，也不坏。但如果天长日久，你画我也画，最后必然陈陈相因，如同印板，这就必然导致艺术上的衰落。

以上两种弊端，都是艺术创作的致命弱点。拯之只有一法，深入生活，改造思想，更新艺术——要"解渔家苦"。

（周啸天）

●施武（生卒年不详），字鲁孙，苏州（今属江苏）人。

◇相见坡

上坡面在山，下坡山在面。

相见令人愁，何如不相见。

本篇是作者记旅途行役之作，是用民歌体写的"行路难"。

"相见坡"的命名包含着民间的幽默。因为其坡度很陡，所以行人上坡时，脸都快贴在石壁上了，而下坡只能面朝坡倒着往下退，好用手抓住石壁上的藤蔓或扶手，脸仍然凑近石壁。当地人形象地命名为"相见坡"。

"上坡面在山，下坡山在面"是照实直书，除"上""下"易字，两句用字全同；不过颠倒"面""山"二字押韵，也有拨弄字面生情的游戏成分在内。民间的幽默在于给险坡取了个动人的名字。"相见"二字容易使人发生误会，以为它与情人或友人的久别重逢有某种关系。作者在没有亲身经过这个山坡之前，或许就受过名称的蒙蔽，以为那是很有诗意的地方，直到他胆战心惊地过了这一坡，才吐了一口恶气：原来是这样"相见"！从此以后还是"不相见"的好呢。诗人也有幽默感，他便就那地名双关的意义，说了另一句双关话："相见令人愁，何如不相见。"好像是人间"冤家"，偏偏要聚头，而聚头后又搞不到一块儿，只好不欢而散！

诗在写尽险恶境地的同时，还给人一点幽默风趣的感觉，表现出一种乐观的人生态度。

（周啸天）

◇乌鸦关

朝上乌鸦关，暮下乌鸦关。

老乌啼哑哑，行人还未还。

乌鸦关即云南的老鸦关。"朝上乌鸦关，暮下乌鸦关"，二句除"朝上""暮下"对仗，余三字皆点题面。这是有意无意模仿了"朝发黄牛，暮宿黄牛"那首古歌谣的句调。古歌谣是说黄牛山太高，江行几日都能看到它。

本篇说乌鸦关山高路长，早上向关进发，傍晚还在下关，老鸦已群飞到关上的高树投宿，哑哑乱啼。这里既形象地描画出荒山傍晚的景色——第三句继"暮"字写暮色——也交代了"乌鸦关"得名的缘由。末句承上句说：老鸦都投林了，行人还没有到家，焦急之态如见。本篇末两句也略有"三朝三暮，黄牛如故"那种埋怨的味儿，只不过不那么明显。

此诗与《相见坡》皆言简意长，道尽旅途况味，是乘兴写出的，而不是刻意作出的。

（周啸天）

●蒲松龄（1640—1715），字留仙，一字剑臣，号柳泉居士，淄川（今山东淄博市淄川区）人。屡试不第，七十一岁始成贡生。教书为业。著《聊斋志异》。有《聊斋诗文集》。

◇喜雨口号

一夜松风撼远潮，满庭疏雨响潇潇。

陇头禾黍知何似？槛外新抽几叶蕉。

风雨可以使人愁，也可以使人喜。一看它来在什么时候，二看对于什么人而言。如果是送春的风雨，碰上个多愁多病的身，就有李清照的《如梦令》所赋的闲愁："昨夜雨疏风骤，浓睡不消残酒。试问卷帘人！却道海棠依旧。知否，知否，应是绿肥红瘦。"如果是春耕时节的雨，又遇上感情与农夫相通的诗人，就有蒲松龄《喜雨口号》所赋的欢欣了。

"一夜松风撼远潮，满庭疏雨响潇潇。"比起"昨夜雨疏风骤"，这两句诗是什么气势！这绝不是住在城市四合院中所能听到的雨声风声，而是身在山野的人才能领略到的雨声风声；必须是成片松林，在大风吹入的时候，才会出现松涛的奇观和奇响。而夜里听去，就如大江潮汐，由近及远，或由远及近。风入松，是第一部夜曲；梧桐雨，则是第二部夜曲。前者雄浑低沉，后者明快响亮，交响成一片，使人感到何等愉快。

"陇头禾黍知何似？槛外新抽几叶蕉。"易安居士大早起来就怯生生地打听海棠消息，而柳泉先生则迫不及待地问到"陇头禾黍"的长势。当然，他也为庭前槛外芭蕉足雨而发出的新叶感到欣喜、愉快，但他没有满足于此，心里早已想到，田地里的庄稼经春雨滋润后，该也和槛外芭蕉一样抽叶拔节了吧。这两句之妙，不仅仅在于第三句提唱，表现了关心时稼的仁人之心，提高了诗的思想价值，还在于第四句回到眼前庭院中的新叶，从而关合前两句的造境，使整首绝句通体浑成，没有节外生枝的生硬感觉。

在语言上，前两句中的"撼"字、"响"字都是推敲精当的句眼，它们恰当表现出松风的声浪和滂沱的庭雨微妙的听觉差异。末句的"几叶"和前文"一夜""满庭"对举，妙在由少而见其早也，也含欣喜的感情色彩。

（周啸天）

●孔尚任（1648—1718），字聘之，一字季重，号东塘、岸堂、云亭山人，山东曲阜人。因御前讲经而受康熙赏识，授国子博士。官至户部员外郎。曾奉命赴淮阳疏浚黄河口，遍游东南胜地。后因作《桃花扇》被削职。有诗文集《湖海集》等。

◇北固山看大江

孤城铁瓮四山围，绝顶高秋坐落晖。
眼见长江趋大海，青天却似向西飞。

北固山在今江苏镇江市城北，下临长江，三面傍水，形势险要。三国时为京口重镇，南宋辛弃疾多次在此遥望中原，缅怀孙权、刘裕等古代英雄。昔人诗多怀古，本篇却不然。诗人坐在北固山上俯仰江天，为之目眩，即兴作诗，产生了这首写景佳作。

镇江城别称"铁瓮"，以多山而形势险固得名。"孤城铁瓮四山围，绝顶高秋坐落晖"二句写黄昏日落时分，诗人独坐北固山头，俯瞰镇江城。由于秋高气爽，他的心情不错。诗人虽称坐的地方为"绝顶"，但江面太宽，三面激流，相对而言，并不很高，所以俯视江面，可以清楚地看到湍急的江水掠山脚而过，迅速奔向东方。这是惊心动魄，极为壮观的景象，可以想见诗人是怎样屏息凝神地目送江水奔向天

边，奔向海洋。

由于江天占据了诗人的全部视野，又由于诗人看得太专注、太出神，这时一个错觉发生了：诗人不但看到滔滔的江水向东奔流，而且也看到整个青天在向西移动，那速度还不慢呢。"眼见长江趋大海，青天却似向西飞"，就写出了长江与青天相对运动的感觉。类似感觉，人们都有过，但通过如此有声势的诗句揭示出来，还是令人感到新鲜。

南宋诗人杨万里诗笔灵动，如："岭下看山似伏涛，见人上岭旋争豪。一登一陟一回顾，我脚高时它更高！"（《过上湖岭望招贤江南北山》）昔人谓之"活法"。孔尚任本篇也就妙于"活法"的运用。

（周啸天）

●王士禛（1634—1711），字子真，一字贻上，号阮亭、渔洋山人，新城（今山东桓台）人。雍正时避帝讳，改称士正、士祯。顺治十五年（1658）进士。历扬州府推官、礼部主事、刑部尚书。后因事革职。诗宗唐人，倡导神韵。著作甚富，名重一时。有《带经堂集》等。

◇瓜洲渡二首

昨上京江北固楼，微茫风日见瓜洲。
层层远树浮青荠，叶叶轻帆起白鸥。

扬子桥头鸡未鸣，瓜洲城外日东生。
风波不惮西津渡，一见金焦双眼明。

瓜洲，镇名，在扬州城南长江北岸，当大运河之口，地为江中沙碛，状如"瓜"字，故名瓜洲；有渡口以通江南的镇江，名瓜洲渡。顺治十七年，王士禛先后任扬州推官和江南同考官，九月因病归扬州，冬天曾游北固山和金、焦山，往来于镇江与瓜洲之间。这两首七绝，当作于此时。

第一首，描述在镇江登北固楼隔江远望瓜洲的情景。北固楼在镇江西北的北固山上，山高数十丈，三面临江，登楼则江景可望。梁武帝

曾登临此处，谓可为京口（镇江）壮观；辛弃疾亦有词曰："何处望神州？满眼风光北固楼。"（《南乡子·登京口北固亭有怀》）此楼向为登临胜地。在一个晴和的冬日，诗人来到这高高的北固楼上，登临送目。但见烟波浩渺的江面上，一片迷茫，北岸的瓜洲镇依稀可见，再往远处看，一层层树木像只有几寸高的青青的荠菜一样，浮在天际，而江中的一只只小船，正在扬起轻帆，像白鸥一样在水上翔游。这是一幅多么开阔宏大而又空明淡远的画图！诗以北固楼为近景，随着视线的推移，把瓜洲、远树和轻帆这些远景，井然有序地组合在一起，淡淡几笔，远近映衬，交织融会，极有层次。用"青荠"比"远树"，以"白鸥"喻"轻帆"，不仅生动形象，也暗有反衬楼高之意，而且"青""白"的色彩，更给疏简的构图增添了清新、淡雅之趣。细玩全诗，如置身画幅中，意境清远，韵致超逸，自然天成。

第二首，描述晓日从瓜洲渡江往金、焦途中所见之景。"金焦"即金山和焦山，在镇江西北长江中，两山相对，突兀高峙，亦游览胜地。前两句写诗人乘船从扬子桥头出发时，清晨的宁静气氛。扬子桥在扬州城南十五里，又名扬子渡。此时，鸡尚未鸣，晨光熹微，诗人就出发了；渐渐地，到得瓜洲城外时，一轮红日才刚从东方升起，朝霞映照在江面上，漫江红透，一派美景。"鸡未鸣"，言行船之早和游兴之高；"日东生"，见天气之佳和景色之美。两句都含蓄地传达出作者十分喜悦的情怀。第三句一转，到了"西津渡"（瓜洲渡的别称），忽然风起浪涌，给行船带来了困难。但是，"不惮"二字，表现了作者乘兴前往的坚定信心，我们仿佛看见一叶小舟正乘风破浪，向前奋进。最后，终于见到目的地金山和焦山了。那蔚成奇观的山势，使得作者的眼睛忽然格外明亮，欣喜之情溢于言外。全诗到此戛然而止，一幅长江晓日行舟图，清新明朗，历历如在目前，并且给读者留下想象和回味的余地。

这两首诗围绕瓜洲渡这个中心，从不同的角度表现了不同的景象，相映成趣。前一首是从远处居高临下地鸟瞰，纵目眺望，景象开阔，但多少有些朦胧；而后一首则是从江上观望，虽然风波浩荡，但却格外清晰。这一远一近，一朦胧一清晰，对比之下，更饶诗意。虽然景象有所不同，但它们却共同含蓄地表达出作者的某种期冀追求之心和奋发进取之意，体现出诗人在青年时期那种热烈的情怀和积极的人生态度。

从技巧上看，两首诗都显得笔调轻灵，而且用字准确生动，使诗歌更加神韵悠长。"层层远树浮青荠"中的"浮"字，把隔江眺望时，因水面波动而显得略有动荡之感的远树，表现得极为形象。"一见金焦双眼明"的"明"字，把经过风波而看见美丽的金、焦二山时的惊喜之态，形容得淋漓尽致。"浮""明"都是极为寻常的字，但一经作者点化，恰到好处地运用，就显得格外生动，令人叹服。与王士禛同时代的人评论他的诗"言语妙天下"（《谈龙录》），信非虚誉。另外，两诗章法也颇见变化。前一首开始两句散起，后面两句对结；后一首开始两句对起，后面两句散结。这种变化，在流畅中见工致，在精整中又有逸宕，把诗中景清而意远的神韵表现得更加耐人寻味。

（管遗瑞）

◇雨中度故关

危栈飞流万仞山，戍楼遥指暮云间。

西风忽送潇潇雨，满路槐花过故关。

诗题中的"故关"，指河北省的井陉（xíng）关。康熙十一年（1672）六月，王士禛由户部福建司郎中奉命主四川乡试，这首诗是他夏末秋初由京入蜀经过井陉关时所作。井陉关又名土门关，故址在今河北井陉县北井陉山上，是华北平原进入太行山区的隘口。《吕氏春秋·有始览》以此为天下九塞之一，形势十分险要，历来为兵家必争之地，王翦伐赵、韩信破赵、拓跋魏伐后燕等，皆经井陉出兵，是有名的古战场之一。这首《雨中度故关》，作者以生动形象的笔墨，描写了井陉关的险要形势，以及在出关道路上所见到的清秋景色。

前两句写山势的险峻。"危栈"即高悬于崖壁之上的栈道；"飞流"即瀑布。在"万仞"高山上（古代以八尺为一仞，"万仞"是极言其高），峭岩陡壁间凿孔架桥连接而成的栈道，与那从天而落、飞流直下的瀑布交相映衬；兵士们守望的"戍楼"清晰可见，远远地高耸在暮云中间。这两句，作者精心选择了"危栈""飞流""戍楼""暮云"等几个富有特征的意象，把井陉关山势的高峻、险要写得十分生动，精练而又传神，其中"危栈""戍楼"又隐隐透露出古战场的气息，使人产生出对井陉关的军事地位和漫长历史的联想，可谓善于"引而不发"。从用语上看，诗人融汇了历代著名诗句如"飞流直下三千尺"（李白）、"一片孤城万仞山"（王之涣）、"牧童遥指杏花村"（杜牧）中的"飞流""万仞山"和"遥指"这些词语，使诗意显得更加深厚，更加耐人寻味。

如果顺着前两句的思路写下去，那么后两句就该是对古战场的凭吊和对历史往事的感叹。然而，高明的作者却另有巧妙的安排，他把笔锋一掉，宕开一步，出人意料地写出了西风送雨、满路槐花的清秋景色，令人耳目一新。你看，西风过处，忽然下起了潇潇大雨，风声雨声，连成一片；此时，在风雨中槐花纷纷飞落，铺满道路。诗人就在这花雨之中，渡过故关。这是多么富有诗意的情景啊！全诗在这里自然结束，留下了深长的意味，其中有对清秋美景的欣赏和留恋，也隐含着由于过古战场而引起的一丝淡淡的悲凉和莫名的怅惘，它与槐花细细的甜香混合在一起，直沁人心脾。

这首诗前两句与后两句的意境迥然不同，前者气势雄伟而后者清新雅健，但它们结合在一起，却又十分自然，构成了全诗雄伟清健的特色。四句之间，结构细密，意脉贯通，结构谨严。首句提到"万仞山"，山高则气象多变，为以下写风雨预做暗示。次句即谈到"暮云"，第三句于是写到风、雨，由风、雨而"满路槐花"，结构变化曲折而又流畅自然，出人意表而又入情入理。特别是第三句一转，为全诗开出了新境界。正如元人杨载在《诗法家数》中论到绝句时说："宛转变化工夫，全在第三句，若于此转变得好，则第四句如顺流之舟矣。"由于此诗第三句转得巧妙，承前则暗中蝉联，启后则水到渠成，使得高峻、险要的井陉关，不仅具有古战场的特色，也有了清秋时节的醉人风姿，读来格外动人。

（管遗瑞）

◇江上看晚霞三首（录一）

彭泽县前风倒吹，三朝休怨峭帆迟。
余霞散绮澄江练，满眼青山小谢诗。

此诗是王士禛康熙二十四年（1685）四月从广州北乘舟过彭泽之作，时年五十一岁。《渔洋诗话》曾载其事："江行看晚霞，最是妙境。余尝阻风小孤三日，看晚霞，极妍尽态，顿忘留滞之苦。""小孤"即小孤山，在长江边，离江西彭泽县甚近。诗题中"江上"，即指小孤山旁的长江，第二首有"小孤山外红霞影"可证，这首诗用清丽隽永的笔调和新颖的手法，描写了在江上看晚霞的妙境，读来情趣盎然，如置身画中。

前两句起势峻峭，但又转折跌宕："彭泽县前风倒吹，三朝休怨峭帆迟。"对于一个久在外地而乘船归家的旅行者，多想顺风而行，早日到家，然而事有不巧，在行到彭泽县前的小孤山旁时，忽然逆风猛吹，难以前进了，只好停泊下来。"风倒吹"三字，隐然透出诗人心中的焦虑，诗情也在此猛然一顿，显得"发唱惊挺"。然而下一句却忽然一转，虽然这逆风一连吹了三天，使得高帆（即"峭帆"）大船迟迟难以启行，却休要去抱怨啊！"休怨"二字，看似诗人在安慰自己，但又好像是在劝慰别人，而且从肯定的语气中看，还仿佛有一种自得之意哩，这真是出人意料的一笔！在这一顿一转中，诗情起伏曲折，步步紧逼而下，人们不禁要想知道这到底是什么原因呢。这就为后两句的出现，做了极为有力而又自然的衬垫。于是，我们在渴望知道底蕴的心情中，惊喜而又满意地看到了这样的美景："余霞散绮澄江练，满眼青山小谢诗。"到了傍晚，从长江上看去，空中的彩霞好像美丽的锦缎，江水宛如一条洁白的绢；再看那两岸一座座青山啊，苍翠欲流，清秀可爱，就像一首首清新流丽的山水诗。两句中，五彩的云霞，洁白的江水，葱绿的青山，组成了一幅多么醉人的画图！面对这种美景，有谁不流连呢？难怪诗人要"休怨峭帆迟"了。而且，对于那倒吹的风，倒要生出感激之意，不然，顺风疾驶而去，那就要与这美景失之交臂而遗憾不迭了。在短短四句诗中，诗人倾注了充沛的激情，在对山水的深入的观照中，把起伏变化的心情，迷人的美景，交织融会在一起，叫人激赏不已，品味不尽。

　　这首诗以清新淡远的笔墨，为江中晚霞和两岸青山的风采气韵传神阿堵，显得风神跌宕。不仅如此，在手法上以诗比景，也新颖而贴切。"小谢"，即南朝齐诗人谢朓。把谢朓与山水联系起来，唐诗中就不乏其例，但这首诗说"满眼青山小谢诗"，明白地以他著名的山水诗来比满目青山，就更加直接，能够唤起更为具体生动的印象，而引起更多的联想，并且，"余霞散绮澄江练"一句，就是直接从谢朓的《晚登三山还望京邑》的名句"余霞散成绮，澄江静如练"中变化而来的，驱遣自如，运化无迹，三、四两句结合得紧密而又自然，使全诗浑然一体而又情致高远，吴调公先生在《论王渔洋的神韵说与创作个性》中说："与其说他的神韵说引导了他的七绝诗，不如说，如果没有这些诗，他的神韵说将难以得到丰富和充实。"（见《古典文论与审美鉴赏》一书）的确，仔细读了这首清新隽永、风韵绵绵的七绝，我们会对王士禛的神韵说有更深的理解。

（管遗瑞）

●胡天游（1696—1758），字稚威，号云持。浙江山阴（今浙江绍兴）人。雍正时副榜贡生，乾隆元年（1736）举博学鸿词科，以病未终试。后客游河北、山西等地。工骈文，亦能诗。有《石笥山房集》。

◇晓行

梦阑莺唤穆陵西，驿吏催时雨拂衣。
行客落花心事别，无端俱趁晓风飞。

这首诗写清晨赶路时的心情，在一层淡淡的羁旅愁思中，隐含着触物兴感的凄迷怅惘之情，但却写得意态自然，具有轻松抒情的笔调，别致而有逸趣。

"梦阑莺唤穆陵西，驿吏催时雨拂衣。"这两句写早晨梦醒后在驿站被催上路的情形，但作者不是平铺直叙，而是委婉地曲陈其事，在一波三折中，充满了耐人寻味的诗情。第一句本来意思是，在今山东临朐东南大岘山上的穆陵关西面的驿站里，清晨，作者听到黄莺的鸣啭，不觉从梦中醒来。这样的意思，诗句"梦阑莺唤穆陵西"却完全是倒过来写的，首先点出了"梦"字，使"晓行"与迷离的睡梦相连，表明清晨起床之早。而"莺唤"二字，又进一步暗示出作者对梦境的留恋，因为莺并不会唤人，这是作者别有感觉，仿佛是黄莺惊破了他的好梦，在睡

眼惺忪中还牵系着梦里的绵绵情思。到句末，方才点出梦醒的地方，原
来是远离家乡（今浙江绍兴）的"穆陵西"，作者此时在这陌生的地方
茫然地掉头四顾的情景，以及由此而透出的异乡羁旅之思，全都默默包
含其中了。这样写来，不仅符合生活的真实，生动地表现出出行早起的
神情意态，而且读来颇有一种婉转顿挫之美，这正是诗歌的妙处所在。
第二句接着写梦醒后驿站官吏的催促，作者开始出站，这时才发现野外
正在下雨，雨水飘洒到衣服上，带来春朝的寒意。这一句的"催"字，
与上句的"唤"字连用，"唤"而又"催"，充分表现出旅行中的行色
匆匆，艰难劳苦之意不言而喻。句中"雨"字与上句"莺"字相呼应，
不仅表明了现在的季节是春天——因为黄莺多在春季鸣叫，而且也表明
昨夜正经过了一场春雨——"夜来风雨声，花落知多少"（孟浩然诗

句）。雨打花落的情景，自然隐含于字里行间，意味深长婉曲。这两句读来轻松自然，好像是作者信手拈来，但仔细玩味后不难发现，其实经过了作者的惨淡经营。

由于前两句中已经包含着客行匆匆和雨打花落之意，到第三句的转折时，作者就明确地写出"行客落花"，似承似转，亦承亦转，巧妙而自然。不过，作者却不是把"行客落花"相提并论，而是进行对照反衬，指出他（它）们的"心事"有"别"。也就是说，行客的心事与落花的心事是不相同的。"落花"的心事是什么呢？在风吹雨打中，零落飘残，"更能消几番风雨，匆匆春又归去"（辛弃疾词句），充满着凄然伤感之意。作者说"落花"也有"心事"，是将它拟人化，使自然之物变得更具情趣。与"落花"不同，"行客"却有着另外的心事。作者虽然没有具体写出自己的心事到底是什么，但根据作者身世可以揣度。他在乾隆年间举博学鸿词科因病不终场而出，长期客游河北、山西、山东等地，飘飘然颇有"天地一沙鸥"（杜甫诗句）之意，则他的不得已而流落在野，又不得已而以客游消遣的心情，是不难想见的，这里面多少有一些悠然自得之意，自然与落花相异其趣了。然而，尽管"心事"有"别"，在这绝早的清晨，"行客"与"落花"却"无端"（没来由）地趁着晓风而"飞"。这里的"飞"字，对于"落花"来说，是因风雨摧残而飞落，而对于作者来说，却是在路上跨马疾行而走，两相映衬，虽然有别，但也有共同之处，那就是身世无处寄托，行踪飘忽不定，其间透露了作者的隐隐的行旅之思，特别是"无端"二字中，有明显流露。但这意思，总的说来却非常迷离朦胧，似乎只可意会，难以言传，可谓婉曲之至而又神韵悠扬。

此诗虽然写得情韵悠长，有一种朦胧美，但在具体描写上却十分精细，后二句的同中见异，异中寓同，真是刻画入微，给读者留下了多少遐思远想。全诗虽然不以叙事为主，但仔细领会，包含其中的在驿站晓行的整个过程，都井然有序，纹丝不乱。首二句言"梦阑""驿吏催"，则起床、盥洗、备马等情节在其中，似乎连驿站一片忙乱的情景，以及人喊马叫的声音，都可想见；"雨拂衣"，则又说明已经出站、上路。三、四句的"行客"和"飞"，进一步说明已经在路上匆匆行走了。这些，诗中没有明写，却可以味而得之，深见含蓄之美，也见出作者长于剪裁的功夫，体现出精练之美。

（管遗瑞）

●黎简（1747—1799），字简民，一字未裁，号二樵。广东顺德（今佛山市顺德区）人。乾隆诸生。工书画，诗词亦著名。其诗峻拔清峭，刻意新颖，自成一家。有《五百四峰草堂诗钞》。

◇小园

水影动深树，山光窥短墙。

秋村黄叶满，一半入斜阳。

幽竹如人静，寒花为我芳。

小园宜小立，新月似新霜。

这首五言律诗以"小园"为中心，把园里园外的景象融成一体，表现了深秋时节山村幽深、静美的景色，读来形象感人。

全诗从时间上看，是从傍晚写到初夜。作者之所以要这样安排，是因为深秋时节的山村，本是一种萧索、荒凉的景象。但是，这些景象在夕阳和新月的映照下，却又会幻化出幽静深邃、优美动人的新姿，引人流连不已，作者正是抓住了这一稍纵即逝的时机，把小园置于夕照和新月的交替之中，通过生动传神的描绘，展示出它动人的风采，给读者以品味不尽的美的享受。

前三联的关键是"斜阳"二字。它虽然出现在第二联的末尾，但细品全诗，却有着融贯一切的重要作用。傍晚时分，晴朗的天空余光返照，它那淡红、橙黄的颜色给整个山村抹上了一层诱人的色彩。此时，小园的一切，都因它而顿然增色，显得分外美好。你看，园中高树的影子倒映在池水中，在幻成金波的水中荡漾。四围丛山被夕阳照得分外明亮，它们透过矮矮的围墙在向园中窥视。园子里那满树、满地的黄叶，与村外相连，有一半在夕照中更加色彩斑斓。园中的修竹，就像袅袅婷婷的人儿，相依相傍，多么娴静美好；深秋寒气中的花朵，也散发出淡淡的幽香，仿佛是在特别为我开放。这一切，构成了多么幽静美丽的小园！这六句，诗人不仅将园中的水、树、竹、花井然不乱地交织在一起，而且还将园外的山光、黄叶，与园内景色相融合，在夕阳的余晖中连成一片。这金色的夕照，为小小山园盖上了一层薄纱，使其朦胧隐现中含蕴着深沉、静美的幽韵。

在这三联中，作者给静的景象赋予动态，让冷寂的小园充满了生机。"深树"本是静景，但倒映在微动涟漪的池水中，却荡漾而有了动感。"黄叶满"，不仅表明已非"铿然一叶"的初秋，点明了深秋季节，而且也有纷纷下落的感觉，同样具有动静。"山光"与小园相邻，似乎各不相干，着一"窥"字，就把它们巧妙地联系在一起，并且显得情态依依，增添了活泼的气氛。作者还采用拟人的手法，把园中的竹子比为"人"，这显然是受了杜甫《佳人》诗的影响，从"天寒翠袖薄，日暮倚修竹"中脱化而出。特别是"寒花"句，不仅赋予了花以人的感情，并且以嗅觉来陪衬视觉，在一片幽芳中，夕照从视觉上显得更加美好，也更加亲切，整个园中的一切景物，都富有不尽的情意，从中体现出作者对小园的难以言喻的深情。这一切，作者写得极其自然，好像全是客观描绘，像高明的画家，用淡淡的油彩，画出了一幅秋园夕照图，让人们自去欣赏，但画图深处却满含着作者的一片深沉的情意，表露出对山村小园的赞美。

这首诗单看前六句，已经组成了一幅美好的画图，清新而又绚烂，如果接着这个意思再写两句，让诗意始终笼罩在夕照的余晖中，也未尝不可。但是，作者却并不这样处理，到最后一联，出人意料而又入人意中地引出如霜新月，转换景色，在结尾处把读者带到了一个新的境界。前一句"小园宜小立"，既承上又启下，写在"夕阳无限好"（李商隐诗句）的黄昏时刻，作者被美景陶醉，不禁伫足园中，依依不舍地观赏景色。在不知不觉中，夕阳渐渐隐没了，那淡红、橙黄的颜色也逐渐消退，而清冷、银白的月光却洒满了园中，给池水、深树、修竹、寒花等，披上了一层新装。此时，那小园仿佛褪去红衣，换上了一身素雅的衣衫，这时的景色似乎比刚才更加迷人。不难想见，作者此时被新的景色吸引，更加不忍遽然离去，他在园中伫立、徘徊，与天上的新月遥遥相伴。诗在这里结尾，留下了想象的余地，像半夜钟磬之声，清亮悠扬，而又余音袅袅。

全诗从傍晚写到初夜，从日光和月光的变化中，赋予小园以不同的色彩，充满了诗情的转换美。为了表现小园中这种迷离朦胧的色彩，诗歌在结构上也颇具特色。按照五律的规定，首联一般是散起，然后二、三联对偶，四联散结，但这首诗一开始就是精致的对偶句，给人以精巧的感觉。第二联本该对偶，但却不对，似乎是任其自然，稍稍一放。第三、四联却又连用对偶句，而且四联中前句连用两"小"字，后句连用两"新"字，对得更为新巧。透过这种精巧的形式，人们仿佛从中感受到了园子的精致小巧，而夕阳和新月笼罩中的这小小的园子，它的景色就格外耐人寻味，而显得韵味无穷了。这些方面，体现出了作者的精思巧构，可谓匠心独运。

（管遗瑞）

●潘高（1624—约1678），字孟升，江南金坛（今属江苏）人。有
《南村集》。

◇秦淮晓渡

潮长波平岸，乌啼月满街。
一声孤棹响，残梦落清淮。

秦淮河流经今南京市入长江，以秦时所开得名。本篇乃金陵诗社集
会命题之作，彼时名流云集，潘高以此诗夺魁。

月落乌啼的时候，残月的清辉还洒在街市上，除了乌啼，听不到更
多的声音。江边由于潮涨的缘故，水位上升齐岸，江面开阔不少。"潮
长波平岸，乌啼月满街"二句清丽如画，同时写出早行人特有的新鲜和
凄清的况味。江面潮涨，又意味着过江不易。

的确是太早了，江边的渡船还没摆渡。终于有人开了头班船。秦淮
河上，空荡荡只有这一艘船儿，早行人又会感到何等寂寞凄清。一坐上
船，不免有些无聊。四下望去，残月清辉越来越淡，城市只见剪影似的
轮廓，于是他又打盹了。

划得太响的一声船棹将他惊醒，他看到天快亮了。"残梦落清淮"
句，语带双关：一是行人将残梦丢进秦淮河，也就是在晓渡中清醒

了；二是秦淮河也从"睡梦"中醒来，迎来了新的黎明。

　　"一声孤棹响，残梦落清淮"就写出了一种微妙的旅途况味，使本篇境界全出。"清淮"就是秦淮河，以水清故云，而这个"清"字，也正是晓渡时最突出的感觉。

　　　　　　　　　　　　　　　　　　　　　　　　　　　（周啸天）

●沈德潜（1673—1769），字确士，号归愚，长洲（今江苏苏州）人。乾隆四年（1739）进士及第。官至内阁学士兼礼部侍郎。论诗主格调说，宗汉魏、盛唐。辑有《古诗源》《唐诗别裁集》《明诗别裁集》《清诗别裁集》。有《沈归愚诗文全集》。

◇晚晴

云开逗夕阳，水落穿浅土。

时见叱牛翁，一犁带残雨。

题为《晚晴》，可见傍晚之前有雨。雨刚停住，夕阳下山，老农却抓紧时间犁田，可见有过一场春旱。总之，本篇字面以外有不少余意，读者须多加留意。

俗话道"早雨晚晴"，"云开逗夕阳"正是晚晴的景象。这时雨云渐散，夕阳的光辉便从薄云间隙处透射出来。"逗"即"漏"，但也有逗引的意思。"水落穿浅土"，可见虽有一场雨，但还没有下透，雨水仅仅浸润了一层浅土。春旱的情形，便从这句表现出来。于是这一场未足的春雨，又显得弥足珍贵，那真是及时雨，救命雨。农家是决不会白白放过这一耕种良机的，所以他们要出晚工了。

"时见叱牛翁"写的便是农夫趁此晚晴力耕的情景。"叱牛"二字，可见他们心情很迫切，牛走得稍慢，就不停地吆喝。那吆喝声严厉中含有几分亲切。"翁"尚如此，青壮年自不消说，只说"时见叱牛翁"，举隅而已。

"一犁带残雨"是一个特写镜头：农夫湿漉漉的犁把上，还挂着些水珠儿——刚过去的一场雨留下的痕迹。这画面至少包含两层意味：一以见雨虽没下够，但也不小，可解燃眉之急，表现出力耕人的喜悦心情；一以见正是农忙时节，这犁早就放在田地里，这才能淋上雨，反映了农家紧张的生产活动。诗人本人关心民情和喜雨悯农的思想情感，也通过画面，无声地流露出来，所以这句诗十分够味。

（周啸天）

◇过许州

到处陂塘决决流，垂杨百里罨平畴。
行人便觉须眉绿，一路蝉声过许州。

这是作者过许州（今河南许昌）郊外即景抒情之作。

画龙点睛的是一个"绿"字，虽然出现在第三句，但一、二句中已具其意："到处陂塘决决流，垂杨百里罨平畴。"从"垂杨百里"和"一路蝉声"的描写看，时间可能是初夏。到处的池塘都在溢水，可见是雨后。"决决"是流水声（卢纶《山店》"登登山路行时尽，决决溪泉到处闻"），虽只写水声，但碧波荡漾之景如见，写出水绿。"平畴"即田坝，陶潜有"平畴交远风，良苗亦怀新"之句，它给人的感觉也是绿的，而阡陌之间垂杨成行，披拂掩映，更见得平野之绿。"到处"和"百里"，又从空间上展示出那"绿"的范围之大，可谓触目皆是，整个许州城外初夏景色便以绿色为基调。

"行人便觉须眉绿"这句以新奇的感受，一下子抓住读者，使人觉得比王安石"春风又绿江南岸"的名句还要耐味。对王安石的那个名句，钱锺书先生评论说："这句也是王安石讲究修辞的有名例子。据说他在草稿上改了十几次，才选定这个'绿'字；最初是'到'字，改为'过'字，又改为'入'字，又改为'满'字等等。（洪迈《容斋随笔》卷八）……但'绿'字这种用法在唐诗中早见而亦屡见，如丘为《题农父庐舍》：'东风何时至？已绿湖上山'……于是发生了一连串的问题：王安石的反复修改是忘记了唐人的诗句而白费心力呢？还是明知道这些诗句而有心立异呢？他的选定'绿'字是跟唐人暗合呢？是最后想起了唐人诗句而欣然沿用呢？还是自觉不能出奇制胜，终于向唐人认输呢？"（《宋诗选注》）

不管怎么说，从丘为的"已绿湖上山"到王安石的"春风又绿江南岸"，都是写视觉的感受；而沈德潜的"行人便觉须眉绿"却又跳过了一级，写的不是视觉感受，而是由视觉感受引起的心理感受。因为黑色的须眉，是染不绿、映不绿的。只是行人走在绿色的川原中，心里充满绿色的感觉，才有"须眉绿"的心理感受发生。它表现的并不是颜色，而是快感。诗的创新之意就表现在这里。

"一路蝉声过许州"传达的也是快意，而且是"须眉绿"的快意之延续。许州地界那样宽，要走过还真不容易。然而作者一路上看水看树，心情舒畅，又有蝉声相送，颇不寂寞，所以觉得很快就走过来了。这"蝉"是蜕壳不久的新蝉，而非秋季的寒蝉，故其声音并不凄厉。即使是很凄厉的声音，只要人的主观上很愉快，感觉也就有所不同。如李白《早发白帝城》"两岸猿声啼不住，轻舟已过万重山"，这一路猿声不但不使人掉泪，反倒衬托出人在轻舟中的愉悦之感。就此而言，"一路蝉声过许州"亦有异曲同工之妙。

（周啸天）

●刘大櫆（1698—1779），字才甫，又字耕南，号海峰，安徽桐城人。雍正七年（1729）副榜贡生，乾隆中官黟县教谕。工文章，为桐城派古文家。有《海峰文集》。

◇西山

西山过雨染朝岚，千尺平冈百顷潭。
啼鸟数声深树里，屏风十幅写江南。

作者为文重"神气音节"，认为"学者求神气而得之于音节，求音节而得之于字句，则思过半矣"（《论文偶记》），世称"因声求气"说。这也影响到他的诗歌创作，像这首七绝，就以神气音节见长。西山，是北京西郊群山的总称，有百花山、灵山、妙峰山、香山、翠微山、卢师山、玉泉山等，为京郊名胜。本篇写西山春雨后的景色。

"西山过雨染朝岚，千尺平冈百顷潭。"诗云"过雨"，可见雨持续的时间不长，但雨量不小。雨后青山为之一洗，显得分外青翠，就好像是重新染过色似的。这一个"染"字，暗中将春雨比喻为画师，直启第四句的画意。"染朝岚"重在绘色，而"千尺平冈百顷潭"则重在写西山的气势。这里群山连绵，峰峦之间竟有平冈千尺，上有深林茂树，气象何等开阔；而山下潭水空明，得雨而水位上升，景象亦远大。这又为第四句"屏风十幅"埋下伏笔。

　　前两句展现西山壮美如画之景观，直通"屏风十幅写江南"一句。妙在中间小作跌宕，铺垫一句"啼鸟数声深树里"，也就在视觉形象中添上了听觉形象：啼鸟数声；在壮阔的描绘中加入了细节刻画：树丛中的啼鸟数声，有映衬互成之妙。从美声的角度看，"数声深树"在音节（字音）上构成回荡，而字形字义则完全不同，深宜吟诵。

　　"屏风十幅写江南"一句总括前两句的写景，又推出新意，那就是将北国春光比作江南。读者准会记起杜牧《江南春》那首著名绝句："千里莺啼绿映红，水村山郭酒旗风。"你看，西山连绵，平冈千尺，青葱如染，潭水澄清，鸟鸣深树，这气势，这色调不大类"江南春"吗？形之图画，一幅屏风不能尽收其美，直须"十幅写"之。这里诗句之妙，首先就妙在神完气足；而形之音节，则慷慨可歌。至于境界的清新可喜，亦足称道。

（周啸天）

●纪昀（1724—1805），字晓岚、春帆，号石云，献县（今属河北）人。乾隆十九年（1754）进士及第。官至礼部尚书、协办大学士。卒谥文达。学识广博精深，曾任《四库全书》馆总纂官，主持编撰《四库全书总目提要》。有《纪文达公遗集》。

◇富春至严陵山水甚佳四首（录二）

沿江无数好山迎，才出杭州眼便明。
两岸蒙蒙空翠合，琉璃镜里一帆行。

浓似春云淡似烟，参差绿到大江边。
斜阳流水推篷坐，翠色随人欲上船。

纪昀从杭州出发，沿富春江上行，到桐庐以西的严陵（东汉名士严光隐居垂钓处）。这一段山水，就是梁代吴均在《与朱元思书》中所描绘过的那一段奇山异水："风烟俱净，天山共色。从流飘荡，任意东西。自富阳至桐庐一百许里，奇山异水，天下独绝。水皆缥碧，千丈见底。游鱼细石，直视无碍。"

才从钱塘江进入富春江的相当长的一段水路，江面是很开阔的。离开了大都市杭州，就迎来两岸青山，风景自然一新。第一首写的就是

初入富春江的新奇感受："沿江无数好山迎，才出杭州眼便明。"敦煌曲子词《浣溪沙》有道"仔细看山山不动，是船行"，由于诗人坐在船上，人与船相对静止，所以"看山恰似走来迎"。"眼便明"三字，不但写出眼界一新的感觉，而且也流露出旅游中心情的愉快。

　　富春江虽然两岸多山，但由于江面开阔，又不像峡中行船似的险隘，故两岸青山都远远地在天边合围起来，呈现出"天山共色"的奇观。所谓"两岸蒙蒙空翠合"的"空翠"，就有天色，有山色。由于江面很辽阔，水的流速很慢，船行十分平稳，又大有"春水船如天上坐"（杜甫）的奇异感受。诗的末句"琉璃（即玻璃）镜里一帆行"绝佳。它首先写出了江水之平，所谓水平如镜；又写出了江水之清，所谓水明如镜；还写出了船在水中的倒影、两岸青山和天空在水中的倒影——这些本来是很难描写的景色，全赖"琉璃镜里"四字，间接地得到了反映。

　　人在富春江上行船，感觉天是青的，水是绿的，山色与水天亦相淆乱，总是一片青翠欲滴。第二首诗就写这种奇妙感觉。"浓似春云淡似烟"，既有两个"似"字，就不能说这里写的一定是云烟。那么这浓云淡烟似的，究竟是什么？看来是"天山共色"形成的一片空翠。这一片空翠，就"参差绿到大江边"。绿到江边的空翠，必然倒映于碧水中，呈现"碧色全无翠色深"（雍陶）的类比效果，特美。"参差"二字，正见色的浓淡远近，绝非一刀切。

　　景致引人入胜，遂有"斜阳流水推篷坐"的情事。夕阳西下，又给这片绿色为主的图画添上一笔对比色彩，不免"半江瑟瑟半江红"（白居易），但这并不破坏绿的基调。"流水"固然是写富春江水，但又含有"从流飘荡"，借风帆自行的潇洒意态。遮盖舱顶的船篷是活动的，可以推动重叠起来。诗人不钻出船舱观望江景，而是"推篷坐"在舱中观赏之，为的是想要一路看山看水，直到严陵。故此三字亦有意味。

　　"翠色随人欲上船"句，亦可圈可点。"翠色"能够"随人"，这是船行时的主观感觉，和"沿江无数好山迎"一样，既是视觉上的错觉，又赋景物以人情味。沿途好山相迎，富春江是多么好客哟！而一路翠色随人，富春江又是多么钟情哟！这"翠色随人"，依依不舍，乃至于"欲上船"来。诗人妙用拟人法，不但写活了江上景物，也惟妙惟肖地写出了对大自然的热爱。

　　王维《山中》云："山路元无雨，空翠湿人衣。"《书事》云："坐看苍苔色，欲上人衣来。"本篇在措辞上受王诗的启迪，而诗中的旅途况味则来自生活实感。

　　　　　　　　　　　　　　　　　　　　　　　（周啸天）

●王文治（1730—1802），字禹卿，号梦楼，江苏丹徒（今镇江）人。乾隆进士，曾任翰林院侍读、云南姚安府知府。有《梦楼诗集》《赏雨轩题跋》等。

◇安宁道中即事

夜来春雨润垂杨，春水新生不满塘。
日暮平原风过处，菜花香杂豆花香。

本篇作于云南安宁，描绘春日郊行即目所见的风光，抒发春游的愉快。

"夜来春雨润垂杨，春水新生不满塘"二句写春雨之后塘边景色。由于夜雨的洗涤，柳条显得格外娇嫩，而池塘的贮水也略有增多，这里的"润""生"两字都值得细细咀嚼。春雨初霁，杨柳不但色泽更鲜，而且柳叶也应有所滋长，所以"润"字不但有润色之义，也有滋润哺育之义，把柳条柳叶的质感都写出来了。

池塘一冬也应有水，但在枯水季节，这水也给人以萎缩冬眠的感觉。而在春雨之后，池塘水位增高，水色变绿，确乎给人以质变的感觉，又仿佛从一冬的沉睡中醒来，恢复了生机，获得了"新生"。"不满塘"三字，见得春雨时间不长，雨量也不很大。虽"不满塘"，但毕

竟使人感到塘水的增高，"正是一年春好处"。如果满塘甚至溢水，须
是夏日暴雨后的情景。

　　"日暮平原风过处，菜花香杂豆花香。"前二句所写全属视觉愉
悦，这两句则写春的气息，全是嗅觉的快感。春日郊原百花盛开，桃
李飘香，而诗人偏偏只抉出"菜花香"和"豆花香"来写，是很有别趣
的。读者不难想见，他是身在田野阡陌上，而庄稼地里菜花与豆花的开
放，是成畦成片的，有时是连绵数里，桃李花哪有这样的气派。他这时
只嗅到菜花、豆花的清香，应是实感，拈来自好。

　　一个"杂"字写出辨味之细。而与此同时，诗人为农家将有一个好
的收成而喜悦，也不言而喻。此外，上句的"风过处"三字亦下得好，
盖庄稼的花粉和气息是随风传送的，往往在风过的时候，香味最浓，

最使人心醉。诗句虽然直接写香，但"菜花""豆花"也能间接表现颜色，仿佛郭沫若歌吟的司春的女神来了，把黄的菜花、蓝的豆花，还有许多不知名的草花，散在路上，散在地上，散在农人的田上，使人感到美不胜收。

（周啸天）

●阮元（1764—1849），字伯元，号芸台。江苏仪征人。乾隆
五十四年（1789）进士及第。历官两广、云贵总督，体仁阁大学士，卒谥
文达。平生以治经学、考据著称。编刻的书甚多。有《揅经室集》。

◇吴兴杂诗

交流四水抱城斜，散作千溪遍万家。
深处种菱浅种稻，不深不浅种荷花。

在江南水乡，地处太湖南面的吴兴（今浙江湖州市吴兴区）是最
美丽的城市之一。苕溪、霅（zhà）溪、苎溪、吴兴塘等四水在这里汇
流，这些干流又有无数分支遍布城外农郊。临水屋舍毗连，人烟稠密，
人们利用天然的水利资源和肥沃的土地，发展生产，美化环境，把家乡
变成米粮之仓。本篇即描写吴兴的田园风光。

"交流四水抱城斜，散作千溪遍万家"，写吴兴地处水乡的特殊
自然风光。读者首先注意到两句中的三个数量词，"四水"是主干，
"千溪"是支流，"万家"则意味着更多的支流。通过"交流""散
作""遍（布）"等动词勾勒，读者仿佛凌空鸟瞰，一望收尽吴兴水乡
风光。被这密如蛛网的水系分割，江南绿野就变成由许多色块组成的锦
绣。"抱城斜"是指环城的干流与城墙有一定走向上的斜度，是自然形

成的一种势态，大大小小的水流都是活水，给江南原野带来了生机。

"深处种菱浅种稻，不深不浅种荷花"两句写水乡农作物及其特点：人们在水深处种菱，水浅处种稻，而在不深不浅的地方种藕。这两句首先给读者呈现的是一派富庶的景象，难怪人人都说江南好，难怪人人都说"苏杭熟，天下足"。接着在前二句的背景上描绘了更加生动的景物，即各种作物互相间杂，组成缤纷错综的图案，给人更多的美感。

不说种藕而说"种荷花"，固然是为了字数和韵脚的要求，但也使人从经济价值观念中跳出来，从审美价值角度来审视这幅图景。待到夏秋之交，绿的菱叶、黄的稻浪、红的荷花交相掩映，那是一幅何等宜人的图画！

从语言风韵看，这两句也极有意趣。上句以"句中排"形式，揭出一"深"一"浅"，相反相成，已给人唱叹宕跌、无限妍媚之感，殊不知作者能事未尽，又写出一个"不深不浅"，似乎对上句来了个折中，表现出绝妙的平衡，实际上又推出一层唱叹之音，使本篇洋洋乎愈歌愈妙。

（周啸天）

●何绍基（1799—1873），字子贞，号东洲，湖南道州（今道县）人。道光十六年（1836）进士及第，授翰林院庶吉士、编修。出任四川学政。后因故罢官。在山东、湖南、浙江等地书院讲学。通经史、小学。为晚清宋诗派主要诗人。有《东洲草堂诗钞》。

◇山雨

短笠团团避树枝，初凉天气野行宜。
溪云到处自相聚，山雨忽来人不知。
马上衣巾任沾湿，村边瓜豆也离披。
新晴尽放峰峦出，万瀑齐飞又一奇。

道光二十四年作者为贵州乡试主考官，诗即赴任途中所作。贵州为山区，谚云："天无三日晴，地无三尺平。"不要看是晴天，雨说来就来，但遇雨也不要大惊小怪，说不准一忽儿又要放晴。诗人就用一支生龙活虎的笔，捕捉了"山雨"前后气候瞬息万变的景色，深得东坡《有美堂暴雨》诗趣。

作者写途中遇雨，共分四层叙述。雨前天气很好，一点也没有雨意。作者在山林中穿行，虽只戴短笠，还是被茂密的树枝挂缠和阻挠，他一路观山望景，兴致很好，只觉天气凉爽宜人，没有想到下雨。这一层告诉读者，"山雨"之来，确乎是出人意料的。

溪上云雾四起，渐渐连成一片，行人只觉山光物态的迷人，而没有意识到这就是雨来的信号。要在别处，"山雨欲来风满楼"（许浑《咸阳城东楼》），雨前的征兆十分显著，贵州山区却全然不同，云雾乍起，阵雨就来了。"溪云到处自相聚，山雨忽来人不知"二句写出雨来迅疾，使人回不过神来，不知怎么凉爽宜人的轻阴天气就变成了下雨天。好奇之感，通过"忽来""不知"等词语，自然流露出来。

正因为出乎意料，作者事先没有准备雨具，只有一领遮头的短笠，衣巾不免要被打湿了。但反正遇上了，"莫听穿林打叶声，何妨吟啸且徐行"（苏轼）吧。看到雨中村边瓜豆蔓藤散乱纷披，做狼狈状，他的注意力转移到观望雨中景色，浑忘沾湿之苦。"马上衣巾任沾湿，村边瓜豆也离披"，一个"也"字，从物我同情中得到几分慰藉，而一个"任"字则表现出雨中人的从容与泰然。

突然，雨脚为之一收，天就放晴了。这时比雨前轻阴中的物象，又有一番清丽：云雾全失，峰峦尽出，斜阳相迎，虹霓随之，一片明朗璀璨景象。山雨虽然住了，但雨水化成无数山泉奔流下山，跳坡注涧，又作"万瀑齐飞"的壮丽景观。"新晴尽放峰峦出，万瀑齐飞又一奇"是这首写景诗推出的新境界，令读者情绪为之一振。好个"又一奇"！雨前的溪云四起是一奇，雨中的瓜豆离披是一奇，而雨后的万瀑映日是又一奇。

"溪云到处"——山雨之兆，"万瀑齐飞"——山雨所成，来龙去脉，皆扣题面。重心所在是写"山雨"，而非写雨雾。"山雨"非川原如烟之雨——后者是绝不可见"万瀑齐飞"之奇观的。本篇境界层出不穷，恰似张镃赞"诚斋体"所谓："造化精神无尽期，跳腾踔厉及时追。目前言句知多少，罕有先生活法诗！"（《携杨秘监诗一编登舟因成二绝》）何绍基本篇亦得"诚斋体"之精髓，不过诚斋多施之七绝，此作七律，尤见新奇。

（周啸天）

●高鼎（生卒年不详），清诗人，字象一，又字拙吾，浙江仁和（今浙江杭州）人。

◇村居

草长莺飞二月天，拂堤杨柳醉春烟。

儿童散学归来早，忙趁东风放纸鸢。

高鼎诗善于描写自然景物，而这首《村居》写春天郊外即目所见的景象：春光明媚，一群儿童正迎着东风，把风筝放上高高的蓝天。此诗具有新鲜浓郁的生活气息。

"草长莺飞二月天，拂堤杨柳醉春烟"两句写春景，首句活用丘迟《与陈伯之书》中名句"暮春三月，江南草长，杂花生树，群莺乱飞"，让人感到风光美不胜收。二月较三月略早一点，这时季节之风——东风已起。"拂堤杨柳醉春烟"句中"醉"字很形象，很新颖，生动状写出杨柳丝丝，飘飘然使人陶醉的感觉。还有"拂堤"二字，已有春风吹拂之意。春风风向是稳定的，而且风力不大不小，因此一年四季唯此时最便于放风筝。放风筝是民间群众自娱活动之一，做纸鸢是一种民间专门技艺。每到春季，即有专店出售风筝。而各家各户，也能自制"豆腐干"一类简易风筝。前二句写景，已给放风筝的情景预作铺垫。

　　"儿童散学归来早，忙趁东风放纸鸢"两句即写放风筝。放风筝虽然老少咸宜，但毕竟要跑跑跳跳，是最适宜少年儿童的活动，所以诗人专门描写少年儿童。要在平时，他们散学以后，必定不肯按时回家，不免在路上磨蹭，想方设法地玩耍。而这几天却是急忙回家，因为家里的"纸鸢"在等着他们放呢！恐怕上课时都一心以为鸿鹄将至，早就盼着散学呢！末二句不但直接描写放风筝的场面，而且通过"归来早""忙趁东风"写出了一片童心。

　　诗写到"放纸鸢"三字为止，而读者却浮想联翩，仿佛看到一个个淡墨色的蟹风筝、淡蓝色的蜈蚣风筝和淡赭色的鹞鹰风筝在天空比高；而寂寞的瓦片风筝没有风轮，又放得很低……拂堤的杨柳丝丝弄碧，杂花生树，草长莺飞，和孩子们放归天上的点缀相照应，融成一片春日的温和。

　　　　　　　　　　　　　　　　　　　　　　　　　（周啸天）

●陈三立（1853—1937），字伯严，江西义宁（今修水）人。光绪年间进士。曾任吏部主事。有《散原精舍诗文集》。

◇夜舟泊吴城

夜气冥冥白，烟丝窈窈青。

孤篷寒上月，微浪稳移星。

灯火喧渔港，沧桑换独醒。

犹怀中兴略，听角望湖亭。

作者是晚清同光间宋诗派的著名诗人。他的诗追踪韩愈、黄庭坚一路，以冷涩尖新为高，力避俗语熟语，追求意境上的高远朦胧和形式上的精巧工细。其弊是冷涩易流于隐晦，尖新则难免险僻。内容上很少直对现实，往往曲折隐约地表达了士大夫阶层在特定历史条件下的一种颓唐失望情绪和空虚迷茫的心境。但是本诗却没有明显地表现出这些缺点，相反，它倒是比较能体现宋诗派的某些艺术特色。

首二句用对句，这是律诗特别是五言律诗中常见的，但这里却见出作者在遣词造句上别具匠心。不用"夜雾"而用"夜气"，显然是避熟或者避实。《孟子》所说的"夜气"是另一种意思，作者用以指代"夜雾"必然引起读者一点曲折的思索，这就避开了"近"和"实"，而显出这种朦胧的意味。下句的"烟丝",在诗词中,一般指柳丝、柳烟、烟柳等,但这些词语常用于春日,很少用于夜景和寒夜。当然,寒烟衰柳一类的话,也是用过的,但在夜间特别是寒夜,就很难看出"窈窈青"的颜色。所以这里的"烟丝",当指夜晚舟船或岸上人家的炊烟而言。在一片茫茫白雾中,缕缕青烟,轻柔飘动,环境本非孤寂,然而却衬出了作者孤寂的心境。作者不用"茫茫"而用"冥冥",不用"袅袅"而用"窈窈",就是为了把诗意推得深远一些,给自己留下抒写心曲的余地。如果把这两句改为"夜雾茫茫白,炊烟袅袅青",就显得比较浅近,而且太实,尽管意思也差不多,但却没有什么可咀嚼的意味了。

"孤篷"与"微浪"一联,用语也是常见的。其新意和不同寻常处,在于这些用语的特殊组合,而这种组合恰恰是作者的艺术追求和某种心境的体现。例如"寒上月""稳移星"等语,就颇耐寻味。寒气紧压孤篷,朦胧的月却升起来了,境况显得更加凄冷。江上的微浪本是荡动的,但从泊岸的孤舟上望去,它似乎仍是稳定的,只有水中映出的星星在闪烁跳动。"孤篷"之"孤","微浪"之"微",都增加了幽独、寂静的气氛。这一切构成了特定的诗境,而这种诗境,也正是作者的心境,通过诗的语言低声诉说,尽管声音低微,但在读者心中,仍然可以引起某种颤动。

"灯火喧渔港"一句,使诗的情调有了一点转折和跌宕,让人感到一点温暖的气氛,但是时局的激烈动荡和沧桑变迁,又使作者感到一种无可奈何的悲凉。他觉得眼前的渔港灯火,远处的人声喧哗,都不过是"众人皆醉",昏昏然犹在梦中。只有自己经过沧桑变化,换来稍许清醒。但是清醒徒增苦恼,更加感到前途茫茫,不知托身何所了。

诗的结尾"犹怀中兴略,听角望湖亭",显然是作者觉得调子太低沉，强自振作，希望拔高一点，但由于全诗的情调和作者的心境已成定格，末两句就显得空虚无力，使人感到这只不过是强自解嘲和自我安慰罢了。

（刘锋晋）

◇晓抵九江作

藏舟夜半负之去，摇兀江湖便可怜。
合眼风涛移枕上，抚膺家国逼灯前。
鼾声邻榻添雷吼，曙色孤篷漏日妍。
咫尺琵琶亭畔客，起看啼雁万峰巅。

这首诗在遣词造句上比较平实，但是它仍然体现出清末宋诗派的艺术特色，力求追逐一种深远的意境，于平实处仍具匠心。此诗只有两处用典，即"藏舟夜半"句和"琵琶亭畔"句，其余全是写实，但是它的写实，其实是不实的。"藏舟夜半"，表面是用庄子语意，写夜间行船去九江，实际是说，自己命运莫测，漂泊不定，譬如有力者夜半负之而走，无可奈何。接句用"摇兀江湖"直承上句，显得自然而有情致。因为"藏舟夜半"尽管活用，而且寄寓另一层意思，但从字面看，毕竟太实，所以接句必须具有一种摇曳的情思，才能加以补救。作者在用字上下了功夫，不用"摇荡""摇落"或"漂泊"等词，而在"摇兀"二字上加以锤炼。因为"摇荡""摇落"等词都较熟较实，这是作者所要避开的。"摇兀"显得生涩，生涩反而虚活，诗意的容量也就更大一些。

　　"摇兀"不可释为"摇荡"，"摇"指飘零，"兀"指孤独。"摇兀"
也不是指船在江上摇荡，即使有这个意思，也只不过沾了一点。诗句主
要的、深层的意思，是写作者自己飘零孤独的身世和坎坷的处境。正因
身世飘零，孤独无依，作者也就自己可怜自己了。"便可怜"的"便"
不能用"最""更"等字代替，这也是为了避实避熟。作者在此处选用
意义较虚的"便"字，只是表达一种情致，可以会其意，不必以言说。
　　诗的中间两联，都是写舟中实境和实感，但是作者的意中之境和
言外之感，却是和首两句突出的飘零孤独的心境紧紧相连的。飘零孤独
从何而来？有了这种心情，又会随时想到什么？这一切都是因为时局发
生了剧烈变化。1901年作者写此诗时，他和父亲陈宝箴，已于戊戌变法
（1898）失败后，同被清政府革职，永不叙用。而在前一年（1900），

又发生了八国联军入侵北京的巨变，一种惶惶不知所措的失落感和拊膺切齿的家国之痛，压在心头，他怎能不感到时局风涛移来枕上，家国惨变逼在灯前呢？在孤寂怅恨的境况下，邻榻鼾声更使他心情烦乱。他觉得许多人不识不知，仍在做着好梦，实在可悲。希望在哪里呢？这时船头露出曙色，孤篷漏下可爱的日光，作者感到了一点暖意。但是到了九江，琵琶亭近在咫尺，又使他想起，自己也和白居易一样，"同是天涯沦落人"。翘首远望，万峰之巅，雁阵哀啼。它们也是漂泊天涯的匆匆过客，命运将把它们带往何方呢？

（刘锋晋）

●丘逢甲（1864—1912），又名仓海，字仙根，号蛰仙，福建彰化（今属台湾）人。光绪十五年（1889）进士。未任官，赴台湾各地讲学。后抗击日寇，兵败内渡。辛亥革命后，赴南京，为参议院参议员。有《岭云海日楼诗钞》等。

◇山村即目

一角西峰夕照中，断云东岭雨蒙蒙。

林枫欲老柿将熟，秋在万山深处红。

丘逢甲离台内渡后，定居祖籍粤东镇平澹定村。"村在镇平县北之文福乡。乡之西翼然而起者，庐山也。其山多松，山之主峰曰松光峰，其麓有林曰松林，湾曰松湾，而澹定村在焉。"（作者未刊稿《松山书屋图记》）本篇作于光绪二十五年，诗中所写山村当即澹定。

一个深秋的傍晚，刚刚下了一场过路雨。西边雨脚已收，夕照辉映了西面庐山一角；而东边的山岭还被雨云笼罩，蒙蒙小雨，尚未全停。"一角西峰夕照中，断云东岭雨蒙蒙"，写的就是即目所见的一山之中气候不齐的自然奇景。使人感到西山是"晴方好"，而东岭是"雨亦奇"，"东边日出西边雨，道是无晴却有晴"（刘禹锡《竹枝词》），且具画意。

　　前两句所写偏于秋夕山中的气候，而真正描绘山村即目所见的景色，还在下两句："林枫欲老柿将熟，秋在万山深处红。"秋已深了，正是枫叶变红、柿子成熟的时候，这时的山中，不仅枫林如醉，柿子也透出橙红的颜色。"看万山红遍，层林尽染"，正是最典型的秋色。故诗云："秋在万山深处红。"末句之妙，在于那个"秋"字。"秋"本是季节，没有色相，通常可以说"秋叶红"，却不可说"秋红"，但如作"林枫欲老柿将熟，都在万山深处红"，一切落实，又反不如"秋在万山深处红"灵妙。

　　盖"秋"可以囊括枫、柿等秋叶、秋实，而不局限于枫叶柿实。这样写，使本不具形色的"秋"有了形色，变得赏心悦目。如果将写诗下字比作弈棋，诗人这就是棋高一着，一字下去，全局皆赢。不可忽略的还有第三句的"欲""将"二字。"枫老""柿熟"，都指向末句的"红"字，然枫过老则叶枯，柿过熟则实烂，唯有欲老未老之枫叶，将熟未熟之柿实，才红得富于生机，红得耐人寻味，只让人感到欣喜，而不会引起感伤。

（周啸天）

●谭嗣同（1865—1898），字复生，号壮飞。湖南浏阳人。"戊戌六君子"之一。曾纳资为候补知府。后以徐致靖荐，被征入京，官四品卿衔军机章京，积极参与戊戌变法。失败后被害。今辑有《谭嗣同全集》。

◇邠州

棠梨树下鸟呼风，桃李蹊边白复红。
一百里间香似海，孤城掩映万花中。

邠州，今陕西省彬州市，在西安市西北约二百五十里，境内山明水秀，颇多古迹。此诗描述了邠州春暖花开时节的秀美。

棠梨，一称杜梨，多年生落叶乔木。棠梨树应变能力极强，黄河、长江两大流域各地野生极多。树开白花，阳春之时，繁花满枝，极为可喜。"棠梨树下鸟呼风"，写鸟在棠梨枝头啼叫，"鸟呼风"三字从杜诗（"龙媒去尽鸟呼风"《韦讽录事宅观曹将军画马图》）来，用得好，能使景物生动，是读书受用的一例。"桃李蹊边白复红"——"白复红"三字好，说白了是"复"字夹用得好，这是作者的创意，写出不断行进之中所见景物的变换，一会儿是红花，一会儿是白花——正是"行行重行行，看花复看花"。

"一百里间香似海"，"一百里"当是作者一天行程的概略估计。

这不仅是在写花海，同时是在写花海中的行人旅途疲劳的消失。紧承"香似海"三字，末句"孤城掩映万花中"是说邻州城快到了，城楼已经看得到了，只是看得不那么分明，只是为花枝所掩映。"孤城"的"孤"字，是相对于香如海、花如海而言的。

此诗意境优美，语言清新，不假雕饰，虽化用（杜诗）也如自己出，做到了"清水出芙蓉，天然去雕饰"（《经乱离后天恩流夜郎忆旧游书怀赠江夏韦太守良宰》）。

（刘新生）